JN289654

人間の進化

～愛より命が大事だなんて誰にも言わせない～

伊吹龍彦　著

明窓出版

夢を見ることが出来るのは人間だけで、
それは神への第一歩なのである。

序

「いのち」より「あい」が大事だ。

とはいえ、しばし言葉の正確さを期するために面倒なことが続きます。生き急いでいらっしゃる方は、少し先のサンフランシスコの場面まで飛んでください。☆が輝いているあたりです。面倒に付き合ってくださる方は、ゆるりと参りましょう。では……


「いのち」より「あい」が大事だ。

この一行に逡巡(しゅんじゅん)して陽盛りを溶かしてしまって、やがて晩夏。なのに、香りもなければ色気もなく、洗練されずに泥臭いまま放り出したようで辛い。泥濘(でいねい)の蓮(はちす)のように汚濁の世間から咲きながら、凛(りん)として清浄で、かつ妖艶な言葉など捜してみたが、まるで遠い。では、文章の始めにふさわしい洗練された言葉が望めないなら、せめて戦慄(せんりつ)でもと思ってもみたが、それもはかない夢のまた夢。

その上悪いことに、頼りの言葉が想いとの共鳴を奏でることができず、錆びた金属板を二枚擦り合せるようにざらついて不快ですらある。というのも、「命」を漢和大辞典で引けば、「集める、人、口の会意文字」であり「人々を集めて口で意向を表明し伝えるさまを示す」とある。時に神や君主が意向を表明することだと言うが、それは、ひらがなの「いのち」の「生きてゆく原動力、生命力」の意味からは遠く、ひらがなの「いのち」の方がこちらが言いたい思いを表出している。

同様に「愛」という漢字もおぼつかなくて、本来「心がせつなく詰まって足もそぞろに進まないさま」であるというから、やはりひらがなの「あい」で、「広く、人間や生物への思いやり」という意味に妥協しておきたい。

もちろん、これから綴(つづ)るのは言語学の専門書でも哲学書でも科学書でもない。言葉に囚(とら)われて、自らの中で水掛け論などやるつもりもない。おっぱじめるのは、言わば自分と他者への煽動文書であり、爆発点間近にまでヒートアップしてきた自爆テロの指南書というかマニュアル本なのだから、ついつい勢い余って、「あい」を「愛」に、「いのち」を「命」と表記することだって多々ある。というより細部に拘泥(こうでい)などしないで、乱暴に言い放ちたいから、「命」は「いのち」、「愛」は「あい」だと思ってほしい。

それにしても、しょせん文字は自己表出にしろ指示表出にしろ象徴であって、その物事自体でもなければ現象そのものでもないから、これからの作業の中で、その「いのち」とか「命」、「あい」とか「愛」が表象される「もの」が「ああ、そういうものだったのか」と分かりたいし、「なるほど命より愛が大事なのだ」と分からせたい。

傲慢な書き出しである。理由は簡単、腹立たしいからである。ただその理由を書き始めるとたちまち七面倒臭くなって、放り出したくなる。レストランの外形で勝手に味を決め、食べずに立ち去る慌て者に似て、こちらが「生の醍醐味を味わえないぞ」と偉そうに吠えても弱い犬の遠吠え状態だから、「どうぞよろしければお読みください」「面倒であれば、この段落、ポイと水溜りを跨ぐように捨ててください」そうお願いしながら、誤解を覚悟で、最短距離ででっちあげます。跳び越えていただく水溜りは次の段落です。

腹立たしさの理由は、言葉を生業にして三十年余、生を受けて五〇年余、「ことば」で自分の表現したいことを少しは構築できるようになったとはいえ、本当に書きたいことは言語表現を超えていることがウスウスわかってきたからだ。表現能力が減退したのではない。言語が成り立つ機能とは違った成り立ちかたをした表現方法が必要なことがわかってきたのだろう。というのも、言語で表現する時、記憶や普遍意識などから選択をして組み立てたり集合させたり融合させたり、時に削ったりしながら表現する。それは思考の回路を使うが、その選択や伝達は日常の時間をはるかに超えた速さで可能だから選択や伝達などの面倒なプロセスなどなく、自然に表現しているように思うが、実はそうした電気的な処理によって行われている。だから人間の通訳ほどには優れていないが、コンピュータでさえ、二つの言語、英語と日本語、中国語と英語の相互翻訳が可能なのだろう。アナログ的なため息や感嘆詞などないこともないが、主として二次元的でデジタルが主たる構造である。ところがかすかに彼方に望みえる世界を表現しようとすれば、それは次元のないような、主としてアナログ的なものである。言語を点と線とたとえるならば、書きたいことは磁場のような、少なくとも三次元であり、言語の表現が電気信号の通過だとすれば、広く帯電しているような状態なのだろう。そう思いつつやはり言語を積み重ね、つまり四方八方に電線を張り巡らせて、その一本一本に高圧の熱い思いを流せば、自然と帯電状態から磁場が生じ、竜巻も起こり、雷鳴も稲光りも発生し、生の根源的磁場を作りえるのかもしれない。進化の初発にコアセルベートという科学者の、つじつまを合わせすための逃げの論理のような状態があるが、あれがもし存在するとすれば、そうした電気的な過剰がおのずと作り出した沸騰する磁場で、それこそが「いのち」の磁場となって進化が始まったのだろう。そうそう、あのダーウィン以来の進化論には全く組しないが〈このシリーズのタイトルが進化だって文句を言うのですか。それは別著でとうとうと述べた。滔滔と懸河の如き弁を振るったちゅうことです〉、とにかく、「いのち」が進化したしないにかかわらず、それこそが「いのち」の磁場であろう。だから手間取るのであって、「いのちよりあいが大事」というたった一行のために数万語を費やし、それでも不十分で、その一行のために六十年、七十年、八十年の人生をフイにしてしまうことだってある。「五十にして天命を知る」とは、天の個人個人に与えられた命令を知るといわれているが、天が与えた「いのち」を知ることだろう。だが、五十半ばを過ぎてしまった。生き急ぎ狂わねばなるまい。「何せうぞ　くすんで　一期は夢よ　たゞ狂へ」とは『閑吟集』

　さてと、このあたりで逃げられるといけないから先に言っておくが、これは「いのち」と「あい」をテーマにした大サスペンスドラマで、いやラヴロマンスで、舞台はサンフランシスコから大阪、京都、淡路島から四国という不思議な舞台。だからちょっと前説だけ我慢して。

やがてここで柝が入る。チョーン。

さて、「命より愛が大事」この一行に全ての宇宙創生の法則が凝縮されるなどと言えば、誰も振り向かず、振り向いてくれたとしても、足蹴にするために振り向いたのであって、きっと無視されるのがおちであろう。太平洋の西端で、大陸からの十数億人のださい念力でフィリッピン海溝に呪い落とされようとしている島々では、明らかに死語であり、人生をまじめに見つめている人にさえ気恥ずかしい思いをさせるに違いない。

かつて大陸から「あい」の何たるかを教えられたというが、それは瞬く間に硬直化し、環太平洋人間、あるいはムー大陸の末裔だった人間の根本的な生存基盤としての、しかもさりげなく暖かい愛を、理屈を捏ね回したり、厳しい修行でしか体感できないように捻じ曲げ、冷たくささくれ立ったものにしてしまった。

その硬直化し教条化した「あい」でさえ、日常から存在の「灰汁」のようにきれいさっぱり掬い取られてしまった人間たちは、今、おそまきながら集め蓄える喜びを知った一〇数億の愚民の群に、物を売ったり、安い労働力でこき使うような時代錯誤を、笑止にも経済効果などと平気で言う愚かな民族に成り果ててしまった。

「もの」のためならなりふり構わぬ日本列島人と、それを羨ましく眺めながらひたすら後を追いかける中国大陸人、この二つの人種は、日本海を隔てているとはいえ「しょせん」同じ人種に過ぎない。つまり先に海を渡ってまほろばの島々を支配した末裔か、臆病だったか既得権があって離れたくなくて大陸に残ったかという程度の違いである。台湾の高砂族と砂塵舞う砂漠の大陸民とを「中国人」として同一視するように、日本列島原住民と大陸移動人を「日本人」としてごちゃ混ぜにしてしまっている。かつて「もの」を集め蓄え、「もの」に執着し、「もの」に拘泥し、生の目的をはき違えた輩が集団で夢大陸から追放され、太平洋のへりから中国大陸に這い上がりそこに住み着いた者と、再び夢大陸を目指して日本海を渡って日本列島に辿り着き、そこから先に進む勇気も気力も萎えたものとが日本海を隔てているだけのことである。

　夢大陸とはもちろんあの幻のムー大陸で、「ムー」とは「夢」であったに違いない。チャーチワードによれば、日本語の半分がムー大陸の言語の残りだというが、彼の業績に信憑性がないとしても、そのムー言語こそが日本列島原住民が伝えてきたものであると信じたい。膨大な歴史資料の机を（本当はちゃぶ台を）ひっくり返すようなこんな愚論はここらで終わりにしておかないと、肝心なところに辿り着く前に見捨てられそうである。歴史資料なんてものは、言葉の中でも最も信用のできないもので、時の権力におもねる書き手によってしか書かれなかったし、そういう書き物しか残されてはいない。もちろん、本当に書いて残しておいてほしかったものは、すでに述べたようにデジタル的な言語を越えているから望むべくもないが、その点口伝の方が信用できるかもしれない。話し言葉ゆえに、たとえ強制力が及ばなくても、記憶しておこう、伝えておこうという意欲がいつかは消え、口伝は消滅してしまうはずである。だから今日まで伝わる口伝は、人類の知恵の宝庫である普遍意識の中にしっかりと結びついているだろう。人類の欠かせない智恵としてその表現法の一部が日本語として残っているとすれば、悪戦苦闘しながら、「あい」は「いのち」より大事だなんて言おうとすること自体あながち徒労ではないだろう。

しかし、日本の古き書き物の中に、ニカイア公会議で改竄されて骨抜きにされたという、現在流布している『聖書』ほどにも「あい」について言及したものはない。「無」だの「空」だのと、「あい」どころか「いのち」まで干上がる言葉が生と宇宙の根本論理のように、言い含め、諭そうと必死なのだ。体制が認める『古事記』や『日本書紀』以来、体制が認める全ての書き物は、ムー大陸を追放されて辿り着いた中国から再びムーを目指して、運よく上陸した日本列島の心優しき原住民を支配して安穏と生き始めた人間たちの歴史に過ぎない。今なお安息日の夜のゴールデンアワーに、騙し合い、裏切り合い、殺し合い、およそ「あい」にも「いのち」にも無縁の『大河ドラマ』なるものが営々と放映され、視聴率を上げるということ自体がムー大陸追放人である何よりの証拠なのだ。「中国の東方千五百浬の海中に黄金に富む島、ジパング」とマルコ・ポーロが書いた十三世紀、日本列島はとっくに黄金の国ではなかった。きっと「黄金の国ジパング」とは日本列島ではなくて、さらに東方、幻のムー大陸ではなかったのか、と思いたくもなる。

しかし、何度輪廻を繰り返しても、ムー大陸の沈没直前に甘い汁を吸った美味しいトラウマとその根性はDNAにまで刻印されたのか、「もの」に執着する人種は数千年、いや数万年をへても未だに進化しないままである。人のルーツは「もの」に対する執着度で計ることができる。地位や名誉だって「もの」獲得の一つの方便に過ぎない。もし、その人が地位や名誉に恵まれていても、それを全く生活のレベルで拘泥せず、日常の心的作用に反映していない時、その人はいうまでもなくムーの子孫である。ムー大陸から追放された人には「あいよりいのちが大事」であり、ムーの真の住民だった人には、「あいはいのちより大事」なのである。

だが、この言葉にはまだまだ辛いことがある。「あいはいのちより大事」と言うと、愛さえあれば命なんてどうでもいいのか、と食って掛かるムー追放人たちの声に充分に答えられないのだ。というのも日本語の場合、「より」という言葉が、英語のように「more important」と「大事」に「より」がかかるのではなくて、「いのち」と「あい」が比較されて、二者択一するようなニュアンスもあるからで、「いのち」ではなくて「あい」だというように取られる事だってある。同胞や愛する妻や子のためには自らの命を投げ出してもいいという自爆テロに収斂する企てを目標としているのではなくて、むしろ「いのち」あってのものだね、「いのち」を最前提にしての「あい」であり、「いのち」を失っては元も子もない、という意味を前提にしての「より」でもある。「いのち」があって、それより「あい」が大事なのだから、それをわかりやすくするために、これから長い長い、いや長すぎる例題に入る。

偶然は隠された神の意志だと言うが、偶然を神の意志と読み取ることができるのは、日々刻々の注意深さであることを心にとめておいて、では本当の出だしを始めよう。

☆☆☆☆☆☆

風に乗れるかもしれない。確かにそう思った。

ノブヒルのリッツカールトン・ホテルを出てパイン・ストリートを西に歩いていた。行き先にあてはなかった。足が勝手に向く方に従ってやろう、ホテルを出る時にそう思ったからに過ぎない。パウエル・ストリートでふと北を見ると、パウエル・ハイド線のケーブルカーがちょうどワシントン・ストリートに曲がろうとしていた。それは西風を切り裂くようでいながらも、風の向きをそっと北に変えさせているように見えた。いや、風にまんまと乗っかっているような軽快さがあった。乗り物にしては鈍重なケーブルカーだったが、私の気持ちの軽快さによってそう見えたと思ったが、乗ってみれば、見た目だけでなくケーブルカーは軽快そのものだった。それは目的に向かって決められた路線を引っ張ってもらって走るケーブルカー独特のものだろう。市電も地下鉄も、懐かしい蒸気機関車とて、自分の力で走るものには、大地を蹴立てて何か大きな力に逆らって走っているという自負がある。そんなものは別段気にもとめることはないが、ふとその力強さが疎(うと)ましく思うことだってある。いかにも自分の力だけで走っているような思い上がりが人の生き様と重ねてうっとおしくなることもある。

だが、ケーブルカーは違った。風に乗りたいと思ってワシントン・ストリートに出て、ステップサインでフィッシャマンズ・ワースに向かうケーブルカーを待つ。風を探しかねてもたもたと近づいてきたケーブルカーはすでに満員だった。ステップ乗車も無理なようだった。諦めようと思った時、ステップ乗車をしている女性が少し場所を譲ってくれた。車掌が乗れと叫んでいる。

「サンキュー」、バーをしっかりつかみながら場所をあけてくれた女性に礼を言う。

笑顔だけが返ってきたが、昨夜到着したばかりの旅行者ではなく、サンフランシスコ在住の人間のようにいかにも慣れた風にステップ乗車をしようとする分だけ力が入ってぎこちなく、風に乗るどころか、風に振り落とされそうで、しっかりとバーを握り、視線もバーに釘付けになってしまった。私の手の横に細いしかししっかりした手があった。白人の手ではなかった。アフロアメリカンのように黒くもなく、ヒスパニックのようでもなかった。アジア人かなと思いながら目を上げて見るとネイティヴ・アメリカンの長い民族へアーが見えた。ロングスカートとビーズ刺繍をしたブラウス状の上着で、部族や既婚か未婚かがわかるというが、私にはただ伝統的なヘアースタイルが端正だが柔らかい顔つきに似合っていることしかわからなかった。彼女は紛れもなく風に乗っていた。いや、そのしなやかな乗り方は風と一体だった。旅行者として五年ぶりに乗った私のぎこちなさや危うさはなかった。

「ホールド　オン」という車掌の叫びで、ケーブルカーはワシントン・ストリートとハイド・ストリートの交差点を右に大きくカーブした。車掌は振り落とされないように、「強く握れ」と叫んだのだろうが、カーブしながら風の隙間に滑り込んだと思うと、ケーブルカーは南からの風を受けて、やがて風の中に入ると、サーファーがビッグウエーブの内部から波の頂上を滑るように、風のてっぺんを飛び始めた。

「ヒァー　ウイ　ゴー！」

車掌の声が響き渡ると、ケーブルカーはロシアン・ヒルの坂道を一気に疾走し始めた。まるでジェットコースターだったが、ケーブルカーに勢いがつくと、風に乗っているせいか私の体を縛っていたぎこちなさが薄まった。彼女はと見れば、いまや振り落とされないようにバーにつかまっているのではなかった。風と一体になった彼女がケーブルカーを空に向けて引っ張っていた。ネイティヴ・アメリカンが鳥の羽根を尊び、羽根飾りをいろんな場所で使っているのを、「鳥の力を自分の中に取り入れたいがためで、羽根は権力の象徴であり、自らの力を誇示する道具なのである」なんてしたり顔に解釈しているが、それは白人や白人に追随することが文明・文化だと信じて疑わない飛べない亜流白人たちの考え方にすぎず、実際は羽根は鳥と一体であることの証明で、大空を飛ぶことも夢の世界を飛翔することも自在にできる魔法の羽根なのである。私も飛びたい。いや飛べなくてもいい、あんな風にしなやかに風に馴染みたい。風に乗って見たい。

そう思っていると不思議なことに気がついた。先ほどカーブを曲がる時、「ホールド　オン！」という車掌の声で私はバーをしっかりと握り、彼女もまたそうしたはずである。だが、ケーブルカーが街を振り払うような勢いで曲がり始めると、バーを握る彼女の手がスーと近づいて私の手に触れた。その瞬間、手の暖かさや冷たさより先に、電気に触れたようにピリピリした感触が走った。その時は、その微妙な震えがケーブルカーの振動だと安易に思ったが、振動にしてはその小さなショックは物理的なものでなくて精神的なものだと気がついた。しかも毛細血管が快感にしびれるようなときめきがバーを握る手からひじや腕のあたりにまで伝わった。そして、なぜか、絶対に振り落とされはしないという確信と共に、力いっぱい握り締めていた手が自然に柔らかくなった。カーブを曲がりきると、その反動で体が大きく揺れ、彼女の手と私の手の間に隙間ができた。その時、体が再び緊張してバーを力一杯握り締めていた。私は、車掌の「ヒァ　ウイ　ゴー！」という声のせいで、降り落とされないように、という恐怖にとらわれていたために、その微妙な振動が私の精神さえ和ませる不思議なものであることには気づかなかった。まして、その手によって私の新しい人生が展開するだろうことなど、その時は夢想さえしなかった。

彼女がまだ完全に停止していないケーブルカーのステップを軽やかに降り、風を捨てたと思った時には、ネイティヴ・アメリカンが行きずりの旅人に見せたちょっとした親切の一カットが終わったと思っていた。私はケーブルカーがハイド・ストリートの停留所に着くまでしがみついたまま、首が痛くなるほど彼女の後姿を追いかけた。それは彼女が長い黒髪と共に風をさらっていってしまって、重い空気のみが残ったように思ったからだ。

彼女はビーチ・ストリートの角に消えた。忽然（こつぜん）と消えた。風がスーと無くなるように彼女の姿は消えた。それだけだった。ケーブルカーを降りてフィッシャマンズ・ワーフの西に立ってはみたものの、別段そこを目指していたわけではなかったから、一瞬行き先を無くしてしばし呆然と突っ立っていた。やがて、ただ風に乗りたかっただけだったことに気づいた時、私は彼女を追うわけではなく、むしろ彼女が消えたビーチ・ストリートとは全く逆方向に歩き始めた。

私は彼女が持ち去った風を探すために、観光客の歩く方向を避けた。人いきれの磁場からはじかれ、緑と潮風に吸い込まれるようにアクアティック・パークに向かって風を求めた。芝生を横切りながら風を予感し、波打ち際に出ると間もなく風を拾ったが、それには彼女が運び去ったような濃密さはなかった。彼女の持ち去った風は密度が高く、あの風に馴染んでいるとまるで水中にいて体を持ち上げられるようにさえ感じた。それでも風の源を辿って行くと海に突き出たムニシパル・ピアに至り、その岸壁の孕(はら)んだ力に引っ張られるように先端まで歩いた。ムニシアル・ピアは湾を抱くように東に向かって曲線を描いた桟橋(ピア)で、その緩やかなカーブは陸から海に突き出ていながら、しかもあくまで陸に向かっているような不思議な感じの桟橋だった。

桟橋は、風を探して喧騒を捨てようとしている私に、人の営みを嫌悪してどうするとたしなめているようにも思えた。しかもそれは今の心情をたしなめているだけではないように思えた。というのもサンフランシスコへの逃避行が、まるでムニシアル・ピアの出だしのように、あくまで社会と言う陸地から離反して海という人里はなれた空間を目指していたが、それは社会に居たたまれなくなったせいだったからだ。

今から半年前のことだった。心から望んでいたことが起こってしまった。夢の確実な実現ともいえることだった。生涯をかけてきた自分の書き物が、小さいながら真っ当で真摯(しんし)な出版社の好意で出版された。作家という職業の末席、しかも遅刻したようなバツの悪さではあったが、それなりの場所を与えられたにもかかわらず、それ以来、心情を蝕み始めた疎外感がいかんともしがたくなっていた。出版によって時折り届く読者からの批評がまるで自分の思いと違っていることによる社会との折り合いの悪さなのか、それともようやくにして、書き物だけでなく書き手としての自分にまで注目され始めたことの煩(わずら)わしさなのか、あるいはあれほど私を馬鹿にしていた近親者が手のひらを返したようにおべっかを使ういやらしさに呆れたのか、私は日ごとに社会や周りと分離して沈み込んでいく自分自身をもてあましていた。挙句、転地療法などではなくて、単なる逃避行で太平洋を越えて来てしまった。それを見通してたしなめ、社会に押し戻そうとしているようなムニシバル・ピアの緩やかな曲線だった。

私はそんなムニシバル・ピアの力をしばし拒むために、思考を過去に集中させた。そして半年間だけでなく、ものを書き始めた頃からのおおよそ四十年を振り返っていた。私は最初、言葉を必死で紡ぐことによって他でもない書き手としての自分が進化できるのではないのだろうか、そして結果として何らかのメッセージが作れるのではないか、そう思ってペンを持った。そして、書きまくり書きなぐり書き溜めて、推敲に推敲を重ね、削って捨てて破いて、それでもおおよそ七冊、四百字詰め原稿用紙にして四千枚以上百七十万字近くの原稿が残っている。そして気がついたらおおよそ四十年が過ぎ去っていた。

気がつけば、と言ってもあっと言う間に過ぎたわけではなく、むしろ事情は逆で、泥濘の中の匍匐前進に似ていた。それはその四十年が病気との戦いでもあったからで、もぞもぞと原稿用紙を埋め出した頃から痛風の激痛が足の親指の付け根からくるぶし、かかと、そして膝からひじ、あげくは首の骨まで、全身に広がってきて、四十年はその痛みとの戦いだった。体を宥め宥め痛みを軽減するための様々な手立てをしながら、ひたすらに我慢して書き、いつ叶えられるかもわからないような無謀な夢に賭けてきた。四十年で鍛え上げたのは忍耐と挫折感の克服だけであり、我ながらよくぞやってきたと褒めてやりたい気分でもある。一度目の結婚は私の果てしない夢の分だけ妻との間が乖離して駄目になったから、二度目の結婚の時は、結婚前に全てをぶちまけた。文学で生きたいなどとどうしようもないことに命懸けであり、無一文無一物であることを宣言した。無一文無一物は比喩ではなかった。当時全く所持金はなく、持ち物と言えば、商店街の景品でもらったボールペン数本と裏に書くために集めた広告の紙と古びた『広辞苑』一冊、数枚の下着のみだった。

二度目の結婚は全て了解済みであったはずだが、だからと言ってのほほんと字ばかり書いていることが許されるわけでもない。期待にも忍耐にも限度がある、そう妻は言う。夢なら無限なのだが、妻からは、「夢なんかすっかり棄てて他の職業、他の生き方に転進したら」と何度も勧められた。「あなたは自分で才能があると思っているけど、その思い込みで一生を台無しにするに違いないわ」とやんわりグサッと、心臓どころか存在の核心に致命傷を負わせる言葉と共にだったが、受けるこちらのしつこさはたいしたもので、それでも私はひたすらに書き続けた。そんな私を妻はついに諦め、能無しの稼ぎの少ない無能亭主としてのランク付けをしてしまったようだ。私はいつの頃からか出版社や社会からの軽蔑侮蔑だけでなく家庭の中でさえ軽蔑侮蔑の視線を感じなければならないようになっていた。

だが、私はそれ以外の生きる方法を知らなかった。それ以外の方法で生きたいとも思わなかった。あの難病で死を宣告された時も、ああ、これで書けなくなるのか、そう思っただけで、ああ、これで世に出る前にくたばるのか、とは思わなかった。退院間近の頃には病室にパソコンを持ち込んで雑感など打ち始めてはいたが、退院後、少しずつ日常生活ができるようになってまず始めたのは書くことだった。それをするために死にたくなかったし、書くことがそのまま生の喜びとなった。

とはいってもそれは本人の自己満足でしかなく、周囲の人間を戸惑わせ、呆れさすばかりだった。死ぬような目にあってもそれでも生活を変えないのか、そんなにしてまで売れない原稿を書き溜めてどうするのか、独りよがりの自慰でしかないような書き物、いつ売れると思っているのか、などなど周囲を呆れさせながら、ようやく出版社が契約をしてくれた。その契約の日、家に帰った私は法外な慰謝料を未来に支払う約束をして離婚にこぎつけた。

性格の不一致、生活心情の違い、趣味や感性、生活習慣の違い、同じ目的を持てないなどの理由なら離婚などする必要もないだろう。そんなことは男女であれば当たり前のことで、結婚すれば当然その違いが明白になり、その違いによって未来に向けての回転を作ればいいのだが、私の場合は違う。「生きる」という枠組みが全く違っていたことで、それを結婚前に予想することはできなかった。彼女のために言っておかねばならないが、「生きる枠組み」で普通だったのが彼女で、異常だったのが私だった。だから普通の生活ができない能無しで自堕落な男には決して起こりえない、実現し得ないはずの夢が実現し始めた時、軽蔑と侮蔑しかしなかった男を地位と名誉と、そうそうきっと金のために尊敬し直せなどということは酷だと思うし、おそらく仕事らしい仕事を始めて誇らしげに歩き始める夫など信じがたいだろうし、見たくもないだろうと思ったからだ。貧乏の時代から連れ添って苦労を共にした妻を糟糠(そうこう)の妻というが、それは貧乏だろうと世に出られないだろうと、世界でたった一人になっても夫の才能と夫の時代が来ることを信じて疑わなかった妻にして言う言葉であり、誰よりも先に夫の才能を見くびり、夫の夢を嘲笑って、夫を見下しさえしてきた妻は、夫の価値の評価軸であった金銭で決着をつけるより方法がないだろう。たっぷりと慰謝料を支払い、私は惨めにうずくまった自分の過去を買い戻して捨てたつもりだ。

一度目の離婚の時も、最終的には金でしか決着がつかず、知人から借金をして別居中の妻にわずかばかりの札束を届けに出かけた。離婚後に住むだろう家にはまだ電気が来ていなかったから、その暗がりの部屋で、懐中電灯の明かりを頼りに札束の封を切って、一枚一枚札を数える身の毛もよだつ光景が忘れられないから、今度は一気に片付けるつもりだった。東京から帰って突然離婚を申し出ると妻は呆気にとられて口を開いたままで、それでもカバンの中の一時金の現金の量をみて、そそくさと離婚届にサインした。一度目も二度目もこんな顛末（てんまつ）になるとは思ってもみなかったが、いずれも、書き物という金を産みそうにないものに憑依（ひょうい）されたせいに違いない。

四十年になる前作家時代は、痛風という体の痛みと妻という精神の痛みの二重奏が伴奏だったが、作家となる直前に襲われた難病からの命からがらの生還と引き換えに始めさせられた人工透析のおかげで痛風の痛みからは解放され、離婚によって精神的な痛みからも解放された。そうして身も心もすっきりとしたつもりだったが、かわりに世間の冷たい目が注がれるような気持ちになり、その心理的軋轢（あつれき）に耐えかねて、長年住んだ街も捨ててきた。

わかってますよ、わかってます。わがままだってことも。数十年間耐えに耐え、ひたすら夢に賭けてきたことがわずかでも報われた疲労感かもしれませんからここはお見逃しを。元気が回復すれば疎外感なんて贅沢なことなど言わずに、これまで書き続けてきたことを自らが体現していくようにしますから、少々お許しを。書くことが生きることではないですから、書くことはあくまで手段ですから、今に、書くことからすっぱり足を洗って、生きる目的のために生きますから……。海に突き出ているはずでしかも陸地に力の方向を向けているムニシバル・ピアの先端に座って、誰もいないことをいいことにぶつぶつとつぶやいていたが、それも最後にはほとんど叫び声になっていた。

「Take it easy（無理しないほうがいいですよ）」

「エ、日本語がわかるのですか」

後ろからの英語の声に日本語で尋ねながら声の主を探した。すぐ後にケーブルカーで場所をあけてくれたあの女性が顔を左右に振っていた。

「じゃ、どうして『無理しないで』と言ってくださったのですか」

「言葉はわかりませんでしたが、あなたのお声から何か御自身の気持ちがバラバラになっているように感じたからです」

「テレパシーですか」

「そうかもしれません。ただ私たちは昔から言葉でのコミュニケーションが全てだと思っていません。ディベート（議論）が得意なアメリカ人とはそもそも最初からうまくいくはずがなかったのです」

「エ？あなたはアメリカ人ではないのですか」

「あたしはスー人」

「スー人といいますとネイティヴ・アメリカン」

「そう、騎兵隊に殺される役のインディアン」

彼女はさらりと言いながら、しかも微かに微笑んだ。

頭が沸騰しそうだった。かの世間への興味のなさがエネルギーダウンならば、一気にエネルギーが充満して彼女にあれやこれや質問したいという欲求が爆発しそうだった。

「時間はあります。一つずつおたずねください」

またしても見抜かれている。

「僕のこと全てお分かりならおたずねしなくてもいいですよね」

「それはあたしの問題でなくてあなたの問題です。あなたの問題ならば、あなたがあなた自身に問うためにあたしを鏡にするのですから、あたしがわかっていたとしても、あなたはあたしに問い掛けるべきです。そしてあなたはあたしの言葉を介してあなたの中のあなたの言葉に出会うのですから」

「わかりました。こんなことわかるかな?なんてあなたを推理しながら話すことは止めます。全て僕のために僕に向かって話すようにおたずねします」

「丁寧な英語も必要ないですよ。どうせ二人にとって英語はネイティヴではないのですから」

私は英語がネイティヴでないという彼女の言葉に、「エ」という驚きの言葉を吐く前に飲み込んだ。彼女がまたもや先に話し始めたからだ。

「そう、驚かれたでしょうが、英語は支配者の言葉で私たちにとっては各部族の言葉が本来のネイティヴです。支配の完成は支配者の言葉を被支配者の言葉にすることだと言いますが、イギリスから侵略してきた白人は地球全体を植民地化する企ての中で、ここ北アメリカ大陸で最も効果をあげました。おかげで私たちネイティヴ・アメリカンは二十一世紀を見ない間に壊滅するところでした」

「僕たちは壊滅しましたが」

「エ？」

「今度は僕があなたの思いを先に言います。日本人は日本列島という極東の島々に住むネイティヴではないのですかと、そう聞きたいのでしょうが、現在の日本に住んでいるいわゆる日本人は日本列島にもともと住んでいた日本原住民とは違います」

「そんなこと……」

「そんなことは歴史では習わないでしょうが、それほどまでに壊滅させられたのが日本原住民で、その存在を証明するものは何もありませんし、文献も資料もありません」

「では、どうして……」

「日本列島には同じ日本人と言われながら僕には同じ人種とは思えない人々がいて、その人々はまた僕のような人間の心情が理解できないようです。その違いは単に生い立ちや経済的な状況、政治的な立場、あるいは宗教的な偏向といったような環境的な違いではなく、もっと内面的な違いなのです。社会的な位置や環境が全く違っても何か問題に向き合った時、何も話さなくてもすぐに同じ思いだということがわかる間柄と、いかに言葉を尽くして話し合っても結局は分かり合えない間柄があって、あるいは相手はしきりに同意見だ同意見だと同意してもどこか微妙なずれを感じてしまうような時もありますが、その違い、違和感は日本原住民と日本支配民の違いが根本にあるのではないか、そう思っているのです。もちろんそれを証明する物的な証拠は何もありませんが、僕に言わせれば物的証拠より、人々の感性、感情、思考形態の方が、民族の証のようなものです」

「それはわかります。意識の違いはいかなるものの違いよりも明らかにその人のこれまでのプロフィールを語っていると思います。もちろん、プロフィールといっても、現在の存在のたかだか数十年のヒストリーではなくて、前世も、そしてその人が属していたと思われる民族の痕跡も含めてプロフィールと言うべきであり、多分意識にこそ脈々と伝わっているのだと思います。そしてその違いはこれこれがこう違うという論理的なものよりは、感性というか、むしろ意識のパラダイムみたいなものでしょう。意識のよって立つ土台の違いと言いますか、枠組みが違うと言えばいいでしょうか。肉体の違いではなく、普遍意識とのつながり方の違い、あるいは一方はつながっていて、一方はつながっていないような、そんな重大な差異だと思います」

「僕も人種の違い、皮膚の色、毛髪の色、目の色などの肉体的な差異はまさに物質としての肉体上の問題だけであり、それによってここでいう人の違いとは言えないと思います」

「あなたはそういう違った人々に囲まれての生活がいやでやってきたのでしょうが、でも本当に人間全体を嫌悪しているのなら、きっとサンフランシスコなんかに来ていないはずです。アリゾナの砂漠か、グランドキャニオンの渓谷のほうが人間の営みから全く離れた自然のただ中で心を癒せるはずですが、あなたはそうではないのです。意識のありようの違う人に出会いたい、あなたの中の最もあなたらしい部分がそう潜在的に望んだのです。そのあたりがきちんと整理できていないままに、ふらふらとケーブルカーに乗って、フィッシャマンズ・ワーフに降り立ち、しかも雑踏から離れて、こんな突拍子もないムニシバル・ピアに来てしまったのです。で、あたしがなぜここにやってきたかお聞きになりたいのでしょう。そう顔に書いています。それはあなたがあたしに出会いたいと思っていたからです。もちろん、ここに来るまで一度も声をかけたわけではありませんし、あなたの気持ちの中に、どうしてもあたしに会いたいという強い思いがあったわけではありません。誤解のないように言っておかねばなりません。あたしに会いたいというのは、あたしと言う個人ではなくて、あたしが属している私たちの人間の仲間に会いたいと言うことです。たまたま、ケーブルカーに乗ろうとしているあなたから、あなたが意識していなくても私たちに、会いたいという強い光が放射されていました」

「……」

「大丈夫ですよあなたは完璧に理解していますよ」

彼女の話があまりにも不思議であったから、自分の英語の読解力のなさからくる誤解かと思ったが、そう頭をよぎっただけで、もう彼女から指摘された。

「ゆっくりお話していただいているので助かります……」

「お目にかかってから、何故かこのゆっくりした話し振りです。あたしにとっても確かにいつもと違います」

「英語が苦手な僕に対しての神様の憐れみでしょうか」

「いいえ、充分お上手です」

「ありがとうございます。では僕が光を放っていたと理解していいのですね」

「そうです。あなたのその光を受ければ、あたしにはほうっておけないように思えたのです」

「こんなことを聞くと、僕がまだわかっていないか、と思われるでしょうが」

「思いません、そんな言い方のほうが良くないです。何でも聞くべきです」

「わかりました。じゃ、僕が意識していないその願いを受けてケーブルカーの場所をあけて乗せてくださった、それがそうだとしても、それでこの出会いは終わりじゃなかったのですか」

「そう、始まりでした。あたしは先に降りて、屋台でこれを買ってきました」

「ダンジネス・クラブ」

「そうです、サンフランシスコ湾でとれるカニですが、美味しいですよ」

「いただきます。でも……」

「そんな訝(いぶか)しげな顔をしないで下さい。あなたがなぜここにいるかわかったのか……、そう思っているのでしょうが、簡単です。その人の気持ちになればどこに行きたいか、行こうとしているかぐらいはわかります。今度、あなたもやってみてください。それでもどこへどう行っていいかわからない時は、その会うべき人に思いを集中して、光を投げかけて見てください。足が勝手にあなたを連れて行ってくれますから。思考だけではないのですよ、人間が行動をするための規範は」

「で、どうして僕があなた、いやあなたがたのような人間に会いたいと思っているかがわかるのですか」

「先ほどのあなたの言葉でよりはっきりしたのですが、最初、ワシントン・ストリートであなたを見かけた時、日本人かな、いや違うな、そう思いながら今度はケーブルカーで場所をあけて手招きしてみましたが、やっぱり第一印象は正しかったようです。あなたは日本人ですが、いわゆる日本人ではないのですね。きっとあなたの言う日本原住民の末裔、ネイティヴ・ジャパニーズで、街で見かける典型的な観光ツアーの日本人とは違っていました。あなたのいう日本原住民と日本支配人との違いは、あなたがた日本原住民が、私たちネイティヴ・アメリカンや太平洋民族、あるいはイヌイット、ネイティヴ・オーストラリアンなどがそうであるように、空や大地や海とつながっていて、民族の底に降りれば降りるほど、普遍的な世界に、文字通り世界に根を張っていて、今でいう根っからの地球人なのですよ」

「民族や宗教のために血を流したりしなくてもアイデンティティを保持しえる人間たちですよね」

「そう、ネイティヴに共通するものは、『もの』に対する態度であり、いわゆる『もの』に第一義的な価値をおかないことでしょう」

「僕は一日前には日本支配人の中にいて、今日はこうしてサンフランシスコで先ほど会ったばかりのあなたとダンジネス・クラブを頬ばる……」

「不思議かも知れませんが、あなたはそれに違和感を感じていませんね。それもまた私たちが同じ意識のパラダイムを持っている証拠じゃないでしょうか。初めてなのに懐かしい人にあったように思いませんか」

「失礼かもしれませんが、僕には幼馴染(おさななじみ)に会ったようなそんな感じですね」

「幼馴染というのはいいかもしれませんね。幼い頃の子供の人間関係には大人のように物質を介する関係もないでしょうし、いやな駆け引きもないでしょうから」

「初恋の……」と言おうと思い「ファースト……」と英語で口に出すと、もう言いたいことを察知して彼女が私の唇を指でふさいだ
「それを言いますとせっかくの関係が濁りませんか。もちろん初恋が濁るのではなくて、幼馴染に性の違いを加えることで人間としてのあなたに特別な異性を感じてしまうことになるでしょう」

「それはいけないことですか」

「いけないということではないですが、ちょっと立って下さる」

先に立った彼女は、そう言いながら私に手を差し出した。一人でも立ち上がれたが、なぜか彼女の手をとって立ち上がった。すると彼女は私の手を両手に包んで言った。

「最初、手を伸ばした時、それを女性の手として握ってくださったのではないですよね。あたしが自然に手を出した時、あなたもまた何も考えずに手を出しましたが、その瞬間はあたしの手に『女』を感じてはいなかったでしょう。そのように最も自然でいることが先にあって、その上で男か女かということになるのですね」

「そうか、僕もその自然に振舞うということを習わないと……」

「いいえ習うのではなくて、自分にくっついてきた社会からの常識や習慣、規範、あるいは道徳観や倫理観、時にはくだらない衛生観、おぞましい宗教観、もっといやらしい政治的な思惑など、そういう知識の一切を剥いでしまえば、自然に振舞うことができます。またそれ以外には文明国と言われる国で育ち高等教育を受けた人が自然に振舞う方法はないでしょう。でも、あなたは大丈夫です。これまでに相当剥ぎ取ってきたように思えます。だってさっきからずっと手をつないだままで歩いてくださっているでしょう」

私は思わず手をはなした。

「でしょう。あたしを女性と意識した瞬間に手をはなさないといけない、私たちはそんな関係ではないのだ、先ほど会ったばかりの他人だ、きまぐれな旅人と土地の女のアバンチュールに過ぎない、誰かに見られたらどうする、この女に夫はいるのか、あるいはヒモがいるのかなどなど、哀れなほど膨大な自己検閲、自己規制システムがはたらいて、社会人ではあっても本来の瑞々しい自然の人間ではなくなってしまいます」

私はおずおずと手を出したが、その手が彼女の手にふれた瞬間、静電気に触れたようにピリピリとして、私は磁石の斥力のように弾かれて思わず声を出した。

「おう、凄い」

「フフフ、来たのでしょう、ピリピリと……。それは冬の乾燥した時に来る静電気のピリピリではないのですよ。命のエネルギーなのです。でも不思議だと思いません。先ほど自然に手をつないでくださった時も今もあたしの手には変わりありません。あなたの方が違っているのです。自然に手をつないでくださった時には、あたしの命のエネルギーはあなたの電気の流れの中で自然に流れて反発として感じるピリピリ感はなかったのです。でも、今は手を握らねばならないと思って下さった分だけ自然ではなくて、あたしの命のエネルギーが反発したのでしょう」

「座りましょう」

今度は彼女がピアの端に座ろうとしたから、「待って」と止めて、ハンカチーフを出して岸壁に敷き、彼女に座るように言った。

「サンキュウ。あなたもここに……」

そう言って出す手に触れたが、確かに何もピリピリはしなかった。彼女が手を出すと思ってもいなかったから、女性だと意識するような時間がなかったからに違いない。そうか、ケーブルカーに乗った時もそうだった。乗る時は意識していなかったが、すぐにその端正な顔に女性を意識してしまった。だから、「ホールド オン」の声で車体が傾いて彼女の手に触れた時、その命のエネルギーとやらに反発してしまったのだろう。と一人で思考を巡らせ、一人で納得したのだが、もう一つ面白いことにも気がついた。私が一人で考えている間、彼女は口を開かなかった。そして、私がそれに不思議がっていることをまたまた察知して口を開いた。

「終わりましたか。終わりましたね。いや、あたしのことを考えていますね。またどうしてわかるのか、そう聞きたいのでしょうが、話そうとか、場を持たさなければとか、この話が気に入られるだろうかとかなんて無理に思わなければ、相手が考えていることなんかすぐわかりますよ。普通、人は自分が話すことばかりを考えて相手のことをまるで考えていないのですが、そのことに気づかず、ただ自分の意見を言い、言い続けただけなのに話し合ったつもりになっているのです」

「わかります、僕にもわかります。本当に愛し合っている二人でいる時、二人の間にあなたの言う命のエネルギーが共通しているのか、あるいはエネルギーを流す媒体が通底しているのか、話さなくても気まずい思いはありませんし、話さなければ話さなければとも思いませんし、ただ共に存在していることで満足し、充実していますから」

「その通りです。自然になれる方法って、先ほど、社会で生活することでこびりついたものを剥ぎ取ることだ、と言いましたが、本当の愛を感じた時、そうした社会的な規制の枠組みは全て自然に溶けてしまいます。夫婦以外の恋愛関係、時に肉体関係を伴う恋愛関係を不倫などと言いますが、本当の愛はもともとそうした社会的なものからの離脱で、人間の自然に回帰する本能的な欲求ですから、反社会的なことなのです。もちろんだからといって世間で言うように悪かどうかは別問題です。そもそも真の愛のエネルギーは社会的な灰汁（あく）や錆（さび）を溶かすほど強烈で文字通り熱いのです。しかし、その結果として辿り着く結婚というのは社会的なもので、決して自然なものではありません。ですから、自然の愛を燃え上がらせて、どちらかと言えば不自然な結婚生活を強いるのですから、二人が性格や心情、趣味や思想傾向などが一緒だといってもその程度の関係はどこかで破綻がきます。結婚生活が最期まで愛で全うされるには、同じ人種、あなたが言うネイティヴ同士、あるいはちょっとした好きな感情程度ではない愛、人間と天地一切のものをつなげているものとしての愛の目覚め、その愛に生きる人同士でないと無理でしょう」

「そうですね。そのあたりがきちんとわからないと、あるいはわからないならわからないままに『もの』を第一義とする人同士が結婚生活をしないと、何度結婚しても離婚しなければならない羽目に陥ります。二度も結婚して二度とも破綻した僕のように」

「ああ二度結婚されているのですか。それでいろんなことがよくわかっていらっしゃるのだ。生きていて生活から学べる人はやはりネイティヴでしょう」

「学んだと言っても二度も繰り返したのですから、イギリスの諺のように二度目は馬鹿ですよ」

「いいえ、大丈夫です。そう簡単にわかるならば誰も苦労しません。二度目にしろわかるだけ素晴らしいのですよ。二度も三度も恋愛し結婚し、破綻し離婚し、それでもそれを反省しそこから学ぼうとしない人々、それに離婚はしないけれど自分の思うようにならないと暴力を振るう夫や酒や麻薬に溺れたりする妻は正直言って恋愛とか結婚とかをする資格がないのでしょう。いわば人間として未成長で、人との関係を結ぶなんてレベルの高いことにはまだまだ適していないのです」

「じゃ、暴力を振るわれたらさっさと別れることなのですね」

「暴力を振るわれていても私がいなかったらこの人は駄目になるとか、他の時は優しいから我慢すればいい、と自己犠牲を楽しんでいるような女性も同罪ですね。暴力を振るうことでしか物事を解決できない、解消できない人間と、私利私欲のために他国を侵略したり部族を支配したりする人間とは全く同じで、これからの地球にはそうした寄生物は不用です。そのうちに自ら滅んでいくしかないですね。絶滅危惧人種じゃなく絶滅期待人種ですね」

「個人も地球規模もレベルは同じなのですね。二人の愛情関係も、自分の宇宙との関係も同じように考えられないと、支配人の傲慢さに蝕まれるということですね」

「そうです。支配人たちは自分たちの生活が最も優れていると思っているから、他者を支配し、他者の生活を自分たちの生活風に変えてしまおうとします、文明化だの正義だのと言って」

「……・」

「あたしの言っていることが厳しいと思うかもしれませんが、ちなみにあなたは暴力を振るいますか」

「いいえ、僕は生きてきて今日まで暴力を振るったことも振るわれたこともないです」

「でしょう。暴力と言うのは本来人間の本性の中にはない反応なのです。それが出産時の苦痛なのか幼児時代の虐待によってなのか、暴力を振るうという回路ができるのですね。麻薬中毒だった人が麻薬を止めても数年後に同じような中毒症状が出ることがありますね。あれは麻薬の受容体が増えてしまい、止めた後も消えずに存在していて、それが何かの刺激で過度の欲求不満に陥り、不用な受容体の『仕事をしたい』という叫びがフラッシュバックになりますが、暴力の回路も同じで、出産時や幼児体験で敷設された回路は、何かの反応をしなければならない時、人間としての反応回路を辿らずに一気に短絡してしまうのでしょう」

「それはよくわかります。僕はフラッシュバックの経験がありますから」

「エ、麻薬でですか」

彼女の顔が曇った。それは私が麻薬常習者だったことを悲しんでいるのではなくて、自分がそのことを感知し得なかった不覚さのように思えた。

「何でも話してしまいますが、僕は五五歳の時に、世にも不思議な病気にかかりおよそ八ヶ月入院していたのですが、その病気は原発性アミロイドーシスという難病で、それまで発病した人は、最長でも一年三ヶ月で死亡していると言う病気です。僕の場合、激しい下痢と腹痛で、緊急入院した時は命が危ぶまれ、どうせ死ぬのだから痛みは可哀想ということで、痛み止めの注射を朝昼夜と打ってくれました。ところがどういう生命力か、明日をも知れぬと言われた命が一週間伸び、一ヶ月、三ヶ月と伸びてきまして、腹痛も少し軽減したので、痛み止めを減らし始めました。でもそれまでにどうせ死ぬのだからとやってきたその場限りの治療のせいで二百本以上の注射を打たれていました。まず夜の九時の注射を止めたのですが、すると、九時になると心臓が止まりそうになり、胸は苦しくなり、天井に奇怪な生き物が這うように思え、激しい言葉を周囲に投げつけて、今にも死ぬように思えました。医者が駆けつけ心電図をとり、血圧を測り、心臓発作だというので、とりあえずニトログルセリンを服用させたりしてその夜は事なきをえました。でも次の夜の九時になると同じ発作が起こり、三日目の夜に医者は症状から気づいたのか僕に、『痛み止めの注射をしましょう』と言ったのですが、そう言っただけでまだ打っていないのにその発作が治まりました。ですから、中毒症状と断定されて心療内科に通って克服しました。薬物中毒なのにまた精神を矯正するために薬物の服用は我慢なりませんでしたから、診察室を出て病室に帰るまでに、渡された薬は全て捨て、自分の精神力だけで治しました。それが四年前のことです。その中毒のフラッシュバックが三年後の夏に起こりました。時間は少しずれていまして、午前一時から三時四時頃まで心臓のあたりが苦しくなって、自分でも驚くほどの大声で叫んだりしていたのです。それは最初人工透析の夜に起こりましたから、その時は貧血防止薬などの薬の副作用かと思っていました。病気なら三時四時以降も続き、次の日も症状が悪化するはずですが、次の日は嘘のように快適なのです。もちろん不眠症で一日二時間、三時間しか眠れない日が続いたのですが、それでもあまり辛くはないのです。五月末から六月七月八月と毎晩苦しんでいたのですが、なかなか理由がわかりませんでした。薬の副作用だとすると病院で月水金と打たれる貧血防止薬ではなくて、毎日飲んでいる薬かもしれない、そう思ってその薬を止めてみました。一週間止めても関係なく、尿で排泄しないリンの値が高くなるだけでした。八月半ばになってやっと気がつきました、そうかそれはひょっとするとフラッシュバックかもしれない、と。すると気がついただけで胸の苦しさは半減し、数日後には叫ぶこともなくなり、不眠症も治って熟睡できるようになりました。ですから、麻薬中毒もそのフラッシュバックも通常の意識だけではコントロールできないことがよくわかりました。ですから、新しい優れた教育機関が暴力の治療講座を設けているのがよくわかります。道徳の問題でも倫理の問題でもないのですね。治療の問題なのです」

「そうですが、でも今、ご自身がおっしゃっていたように、誰かが治療するものではなくて最終的には自分自身で治療しなければなりません。あなたは立派にそうしたのでしょう」

「ええ、最初の麻薬中毒の時も精神科医の薬を病室に戻る前に捨てて一錠も飲みませんでしたが、三年後の夏のフラッシュバックの時もひたすらに耐えて、自分に言い聞かせて治しました」

「そのメカニズムもきっとわかったのでしょうが、ちょっと話しすぎていませんこと、少し休憩しましょう」

彼女は岸壁から立とうとしたが、私は彼女を制した。

「ナンシー待って」

私がどうして彼女を制したのかわからなかったが、それ以上に、彼女の顔つきが変わったことに驚いた。

「素敵！　あなたはやっぱり同じ人種なんだ」

どうして、と聞こうとしたが、立とうとしていた彼女は、大胆にも私の膝に跨(また)がって、私の顔を両手ではさんでじっと見つめて、そしてそのまま唇を重ねてきた。最初に手に触れた時のピリピリした感触、軽い痛みに似た、どちらかと言えば静電気のように不快な痺れではなくて、私は重なった唇から、太陽を溶かせて流し込まれて全身に真紅がパッと広がる不思議な感覚の中にいた。性交が結果する最初の口づけという行為のもつ妖しい香り、肉体の官能に誘い込むような甘さとはまるで違った、肉体の部分に過ぎない唇を重ねることで太陽に触れたように熱く、それでいて相手に対して収斂していく欲望のきっかけではなくて、巨大な宇宙に広がっていく入り口を開けられたような今までにない官能に襲われた。そんな中、襲われたという言葉にふさわしくなく、優しさの匂いに抱きしめられ癒(いや)されていく自分を感じていた。

彼女に一切をゆだねていた。私より随分年齢は若いはずだったが、今、海から現れた母なる女神に抱かれているような安らぎの中で、唇を重ねただけで、すでに射精を終えた後のように一切が昇華し切った透明感に浸っていた。彼女は唇を離すと、珍しくはにかんでいた。すると年齢に相応しい可愛い表情になった。

「あなた以上にあたしが驚いているのです。エエ、さきほど会ったばかりのあなたにキスをしたことじゃなくて、昨夜ドリームキャッチャーに向かって……ドリームキャッチャーってわかりますね」

「エエ、甥がサンタ・フェのお土産に買ってきてくれました。良い夢を捕まえてくれる飾り物で蜘蛛の巣のようになっていて羽根がついていますよね」

「そう、そのドリームキャッチャーに『いい夢を』ってお祈りしたら、確かに夢を見ました。『海の上で男性に会って、その男と一緒に海をつないで地球を結べ』なんて声が聞こえて驚いて目が覚めたのですが、でも何のことかさっぱりわからず、『どうすればいいのかな』とドリームキャッチャーに向かって言ったら、頭の中に、『心を鎮めればあなたはあなたが行くべき行き先に運ばれる』という声がしました。だからなんとなくアパートを出てオークランドからバート（地下鉄）に乗って、そしてケーブルカーに乗りました。本当に少しも決めていませんでしたわ。ケーブルカーの中でご存知のようにあなたに場所を譲りました。でも、その男性が海の上で会うという夢の中の男性かどうか、その時はまるで考えもしませんでした。で、フィッシャマンズ・ワーフの行きつけの屋台でカニでも食べようかと思って注文したのだけれど、声はなぜか二人分のカニを注文し、『今日は、持ち帰るわ』って言っていました。おかしいわ、誰と食べるの、と思いながらブラブラ気の向くままに歩いていたらムニシバル・ピアまでまで来てしまいました。どうしてこんなおかしなところに？そう思って戻ろうとするのですが、足が勝手に進んでいきます。すると岬に人影が見えました。それじゃとにかく行ってみようと思って来てしまったわけです。そうしたらケーブルカーに乗せてあげた男性が座っているじゃないですか。驚きましたわ。やっぱり夢のお告げは本当かしら、そう思いつつ『それは単なる偶然よ』という思いと、『偶然は神の隠れた意志』という思いがあって、その間を揺れ続けていましたけれど、お会いしたとたん、あたしの口はどんどんお話しするでしょう。しかも、あなたの懐かしさは普通でない、そう思って、夢の中の男性というのがあなたなのか、と思い始めてはいました。でも確信はありませんでした。夢が今日の行動を予知してくれることも、その予知が人の一生、大げさに言えば世界の一切が変わるチャンスになるのかもしれない、ということも知ってはいましたが、日常生活の中で確信をもってそう行動していたわけではありません。でも、驚きました。あなたがあたしをナンシーと呼んでくれたからです」

「エ？　ナンシーでしたよね」

「確かにあたしはナンシーです。でもあたしはあなたに一度も名前を告げたことはないですよ。それなのにあなたはごく自然にナンシーと呼んでくれましたから、本当に驚いて、夢の予知が今成就した、そう思ったのです。その感激で思わずキスをしてしまいました」

「不思議です。僕はあなたがナンシーだと信じ切っていましたが、そういえばまだ名前を聞いたことがなかったのですよね。僕の中にもテレパシーがあるのでしょうか」

「人はよく超能力と言いますが、あたしは原能力だと思います。『げん』は『もともと』とか『最初』とかの『原』ですが、その原能力が誰にでもあって、気持ちが素直に自然になれば可能なことだと思います」

「では、海の上で出会って海をつないで地球を結べというその男が僕だと言う光栄を素直に受けて、とにかくまずはどこかでお茶でも……」

「今度はあたしが『待って』を言う番です。というのはあたしは今、困っています。あたしにはあなたの名前が浮かばないのです。あなたがやすやすと思い浮かべてくださったようには、あなたの名前が浮かんでこないのです。あたしが、自然を忘れ素直でないとは思えないのですが」

「でも、僕の名前で何か漠然としたイメージだけでもないのですか」

「あります。しかも二つも三つもありまして、その確信がそれぞれに揺れるのです」

「どんなイメージですか」

「非常に綺麗な澄んだ水が流れている川のイメージと、それに光が溢れるイメージ、それからなぜか緑色の龍が舞っているイメージがあります。その三つが一つになりませんから、あなたの名前に結晶しないみたいです」

「あなたを惑わせてすみません。あなたのイメージはあなたの想像以上に鮮明なものです。イメージが三つもあるというのは、僕には名前が三つあるからです」

「エエ、どうして三つもあるのですか、ファミリーネームじゃないですよ」

「ええ、そうです。まず清らかな流れと言うのは、僕のファミリーネームが聖域に流れる川という意味の漢字ですから。父が水は清らかであるべきだと言うことでファーストネームをつけました。これが本名です。しかし、二十歳になって痛風にかかり、その痛みに苦しんでいた頃、父の強い勧めで名前を診てもらうために父と一緒に神職者を訪ねました。その時に、その『清らか』と言う名は腹部の弱化を表すから、それを使いたいのなら『清らかな』字の次の文字を強い『光』という字に変えて使うように、と言われました。名付け親の父親がそうすべきだといいましたから、僕はその後、公的な書類以外はその『光』に変えた字を使用してきました。これで二つ目です。そして三つ目の『龍』は、私の守護神、僕にエネルギーを与えてくれる神が『緑の龍』と言われまして、僕はペン・ネームを『龍彦』としています」

「ペン・ネームと言いますと作家?」

「エエ、人が引退したり死んだりする年頃になってようやくデビューできた遅すぎる駆け出しの作家です」

「遅すぎないでしょう。あなたの書くメッセージが必要な時代がやっときたのですから」

「そう言っていただくと救われますが、とにかく作家名が龍彦で、合わせて三つの名前が僕を表しています。ですから、三つに共通する下の文字はヒコですから、これからヒコと呼んでください。HICOでヒコです。よろしく」

「わかりましたヒコ。でもあなたはあたしの社会的な属性を聞こうともしませんね」

「社会的な属性って何ですか」

「例えば職業、結婚しているかどうか、年齢、あるいは宗教的な立場や政治的な立場ですが、あなたにはそれが人を判断する基準にはなっていないのでしょうね」

「失礼かもしれませんが、僕とこのように何のこだわりもなく話してくださるということ自体、この世のプロフィールはおおよそ似ているのだと思います。例えばあなたの年齢は三十歳ではないですが、五十歳ではないです、きっと」

「あなたが五十歳を越えていらっしゃるときっと十歳程度低い年齢です」

「若いのじゃなくて低いのですか。いい言い方ですが、それじゃ高い方は人間としても高くないといけないのでしょうね」

「きっとあなたはそうでしょうが、普通の人は年齢の高さと魂、志の高さが反比例している悲しい時代ですが……」

「あなたも結婚は一度か二度失敗しています。僕とこのように気楽に話していただけるとしてもそれは神が努力に対してご褒美をくださったのでしょうが、人はそう簡単に理想のパートナーに出会えるはずはないでしょうし、ご先祖のようにきっと白人に裏切られたこともあるに違いありません」

「フフフ、あなた、とっても順調ですね。自然で素直になっているのでしょうね。あたしが説明するまでもなくおおよそそのとおりです」

「きっと白人社会に同化しようとして、普通の大学にも進学した、しかし……」

「待って待って。あなたのそのイメージとっても興味深いから場所を変えましょう。お茶でも飲みながら……」

今度は彼女が立って私の手を引っ張った。気がつけばずっと手を握っていたみたいだった。だからこそ何でもイメージできたようだが、それを彼女はすぐさま察知して、フフフ、とまたいたずらっぽく笑った。

私は立ち上がってそのまま手を引き寄せて彼女を抱き締めた。円熟した肉体を感じながら今度は私から唇を重ねた。彼女はまるで冷静だったが、唇は炎で、絡める舌は濃い蜜の液体となって全ての味蕾（みらい）を咲かせてくれた。

「キスだけでこれだから、あの時はきっと全身蕩（とろ）けてしまうでしょうね」

彼女ははにかんだ表情で、しかし、ドキッとするようなことをサラリと言ってのけた。

「夢のお告げどおり、海を越えて世界を結ぶようなことができれば、きっとどこかの海の上で神様のご褒美が頂けるのじゃないかな。楽しみ楽しみ……」

一人でそう言いながら、手をつないだままで走り出した。

ジェファーソン通りをひたすら東に向かった。人通りの多いにぎやかな通りだったが、私たちは何も話さず、行きずりの人々の様子を笑顔で眺めているだけだった。どちらかが話せばまた切れ目のないトークが始まってしまう、どちらもがそう思っていたからで、といっても話すことを嫌がっていたわけではない。人波をかき分けて歩きながら夢中で話し込むこともできないだろうし、呼びかけてくれる店員に笑顔で返事もせず二人だけの世界に夢中になりたくない、そんな思いが共通していたようだ。急ぎ足でほとんど一キロ以上歩いていたが、かといって疲れたわけでも不快な気分でもなく、またどこに行くかをたずねるでもなかった。結ばれた手が個人の人間二人を一つの有機体にしているように、小魚や小鳥たちが一斉に方向を変える時に行っているコミュニケーションを自然にとっているようで、決して彼女に引っ張られているわけでもなく、後になり先になりしながら、しっかりと結んだ手は離さずに歩いた。行き先はきっとフェリーの発着栈橋であるピア四一だろう、そう思ったが、そのピア四一からどのフェリーに乗るかは彼女に任せて、その連れて行ってくれる場所を楽しみたい……そう思っていた。

ピア四一からはアルカトラズ島、エンゼルアイランド、サウサリート、ティブロンを結ぶフェリーが出ていたが、サウサリートにも行けるとわかると私は彼女が乗るフェリーを決めた。

「あたしが乗ろうとするフェリーがわかっている見たいだけど、そこは行ったことがありますか」

「いいえ、僕たちのように何でもアメリカ崇拝だった若者には、例えばニューヨークのソーフォー、サンフランシスコのヘイト・アシュベリーなどとともに五十年代から六十年代にかけて戦争で傷ついた兵士やアンダーグラウンドのアーチストたちが集まった場所だと聞いて憧れていましたから」

「あなたはあたしが行こうとしているところを決めていますが……」

「違いますか」

「いいえ、その通りなのですが、もし、あなたが六十年代のイメージをそのまま持っていらっしゃったら大分変わりましたよ」

「だと思います。六十年代の終わりのニューヨークのソーフォーなんかは物騒で歩けないような倉庫街だったのですが、今じゃすっかり様変わりしてブッティクだのカフェだの、あるいはアウトレットショップだのとおしゃれな街になってしまいましたから、どこも同じでしょう」

「ヘエ、六十年代のニューヨークなんて私たちにも伝説の街になっていますが、あなたのそれは観光で……」

「いいえ、ロス・アンジェルスの大学の入学許可が病気で取り消されたので、留学を諦め帰国前に半年ばかりアメリカをグレイハンド・バスでグルッと一周しました。その時に、一ヶ月ほどニューヨークに滞在しました」

「その話も聞きたいわ。ちょっと待って、チケットを買いますから」

「僕が支払います」

「いいえ、今日はあたしが払います。次回、日本に行った時は払ってください」

「エ、日本に来るのですか」

「海をつなぐのですから、当然でしょう」

彼女は随分昔から決められているような言い方でそう言いながらチケットをくれた。

「サンキュウ」

日本に来るのか……、そう思いながらフェリーに乗り込んだが、このフェリーすら間違いなく今日、彼女と乗り込むことが決められていたような、そんな思いがし、そう思うことがわくわくした気持ちにさせた。

「困ったわ。どんどんお話したいテーマが増えますね。でも焦らないで、急がないでお話しましょう。このフェリーが初めてなら、景色も楽しんでもらわないと……」

「僕には景色はいいのです。観光ならいつでも来ることができます。でもせっかくあなたにお会いできたのですから……」

「でも景色も重要です。海に突き出て、それでも煮え切らずに陸を目指しているようなムニシバル・ピアだからあなたにキスできたのかもしれません。背景や状況は重要じゃないですか、作家さん」

「煮え切らずに、とはいい表現です。僕みたいに煮え切らない岬でしたから、今度は迷わずまっすぐにサウサリートを目指しますが、修行時代が長すぎた駆け出しの作家としては、背景や状況の描写があまり得意とは言えません」

「どうして……」

「弁解すれば、言葉は視覚という言わばアナログの世界をデジタルにします。ですから選択し殺ぎ落とし、景色の骨格とか、表面的な単色で描くよりしかたがないと思うのです。また写真や絵画以上に景色の描写においては作者の勝手な選択で描写するしかないですから、僕に景色の背景の描写はあまり期待しないで下さい」

「じゃ、人間を語らせれば巨匠の域ですか」

「巨匠かどうかわかりませんが、少なくとも人間である以上その内面まで推測はできます。しかし、例えば花の本当の意識は今のところ擬人化するだけで表現できませんから」

「ということは花も意識を持っているというのですね」

「エエ、人間にはわからないだけで僕は意識はあると思います。ですから自然のものごとを擬人化したり、自然のものごとに人間の感情を移入したりしますが、それは万物にあるだろう意識をわからない人間が使わせてもらっているだけで、きっと意識はあります。その自然のものごと、例えば、波や風、木の葉などに感情を移入して、雨が悲しいとか、風が怒っているとか言うように表現するのは、環太平洋の民族だけに共通だそうですね」

「ああ、それ大事なことです。スー族などネイティヴ・アメリカンの言葉を白人にわからせようとしても無理なんです。私たちは私たちを含め全てのものを一体と考え、自然のものごとでいろいろなものを表象させますが、白人にそれがわかりづらいようです。そもそも人間以外に意識があるなんておおかたの白人は思っていません。彼らは、人間は万物の霊長だと確信しています」

「いいえ、人間は、でなくて『白人は万物の霊長』と思っているのじゃないですか」

「そうそう、そうですよ。ですから、風の音や虫の声は雑音に過ぎないのです」

「僕の友人でイギリスに語学留学した人が、学校で、『秋はどんな季節ですか』と先生に尋ねられ、『物悲しい季節です』と答えたら、精神に異常があるようにこっぴどく叱られたそうです。秋は紅葉する季節、収穫する季節で、物悲しい季節などというのは精神に異常があるのでは、とまで言われたそうです」

「日本のセミの声は夏を表現しますが、ドイツなどに映画を輸出する時はセミの音だけのシーンはその音を音楽に変えていると聞きましたが」

「ええ、そうですが良くご存知ですね」

「あなたがネイティヴ・アメリカンについてご存知のように、あたしも白人に対してより黄色人種に興味があっていろいろ調べています」

「それは素敵です。じゃ、僕が何も説明しなくてもいいのでしょう」

「いいえ、とんでもないです。あなた風に言えば、あたしは支配人の書いた本からしか学べませんから、どうぞ一杯お話ください」

「わかりました。では続けますと、意識の枠組みや感性が微妙に違っています。ですから、日本特有の俳句や唄は、大陸や朝鮮半島からの文化の伝播でなくて、むしろ……」

「ムー大陸からの……」

「同じことを思っているのですね。そうなるとやはりスペシャル・ジャパンを味わっていただかないといけませんね。京都、奈良などはどちらかと言えば大陸、朝鮮半島からの文化で支配人の文化ですから」

「エ、日本といえば京都・奈良だと思っていましたが」

「確かに日本文化の源流の一つだとは思います。しかし、今、言われているように日本文化の全てではないでしょう。奈良・京都は中国大陸や朝鮮半島の文化を移入して、文化属国のように言われますが、それも当然で、支配者はもちろん京都・奈良に住む人の多くも中国大陸や朝鮮半島から移住してきた人々です。『なら』という地名も、元は韓国語の『国』を表すことからも、よく分かります。京都・奈良の伝統工芸の指導者はほとんど中国大陸や朝鮮半島から来た人々で、現に、最もはっきりしているのは、京都に都を作った桓武天皇の母高野新笠の父和乙継は朝鮮半島の国であった百済系渡来氏族の出身だったことがわかっていますし、日本の象徴のように言われる舞妓さん……」

「おお、あの可愛い女性たち」

「言ってみれば日本に残る唯一の公娼ですよ」

「まぁ、手厳しい、そうなのですか」

「この話をすれば長くなりますから今度にしますが、とにかくその舞妓さんのいる祇園は祇園社という神社の門前町ですが、この祇園社というのは、八坂神社とも言いますが、この神社はやはり渡来人の神社で、これも朝鮮半島の一国高麗から来た八坂一族が、日本の神様を祀っては申し訳ないと、これも朝鮮半島の一国新羅国にいらっしゃった素戔嗚命を移して祭った場所です」

「エ、そうなんですか。それじゃあなたの言うように京都とか奈良は、日本というよりは中国と朝鮮などの支配人の文化なのですね」

「全部が全部そうだとも言いませんし、それが良い悪いの問題ではないのですが、それが日本文化の全てのように言われますから、それは違う、そう言いたいのです。それにその支配人とその仲間たち、そして日本列島原住民との間に、数千年たっても、あるいは数万年たっても意志の疎通が完璧でないように思います。それはまさに存在のパラダイムの違いのような気がします。そのパラダイムの違いが後々の暮らしの仕方の差、暮らしを成り立たせる仕事の差になってくると思うのです。しかし、それも明確な証拠があるわけでも、資料が残されているわけでもありません。物的証拠は皆無と言えますが、でも物的証拠は問題になりません」

　私は会ったばかりの女性に珍しくとうとうと意見を述べた。その意見はこうだ。日本原住民の存在の有無を物的資料だけでウンヌンするのは、支配の側、言って見れば渡来した稲作農耕民族の論理であり、日本列島原住民の存在の有無は、むしろ思考方法や感情、心理、あるいはちょっとした日常の癖から人生の哲学まで含めた人の心的活動領域の違いによって考えるべきだろう。「もの」によってしか物事の判断ができない、あるいはしてはいけないと考えるのは、その生存に対する考えの根本に、稲作のための土地が不可欠であったことによっている。稲作農耕民族の「もの」へのこだわり、執着は当然としても、一切の基準が「もの」、そして貨幣経済後には「かね」になってしまうことも当然かもしれない。だから漁業と森林の採集経済で暮らし、定住が基本条件でなく、むしろ移動こそが暮らしを支える方法で、そうやって暮らしてきた日本原住民の血が流れているのか、それとも土地所有や占有を基本にし、そのために定住が第一条件であった民族の末裔（まつえい）なのかをみるには、歴史的事象や記録、哲学的な論考や科学的な検証、心理学的な考察などなくても、たちどころにわかる。そのことは、自分を含め、身の回りの人間たちが生まれ持った心的活動領域の習慣、習性、癖、方向を変えることは一生涯まずないことからもわかる。世代交代を繰り返しても輪廻転生を何度繰り返しても人間が根本的に変わることがいかに少ないかを考えればわかる。そうでなければ、地球上から暴力などはとっくに消えている。
「もの」を基準にする思考方法と生き方は少々のことでは決して変わらないだろうし、「もの」はまさに手段でしかないと思い、拘泥もしない人のことを決してわかりはすまい。「お金よりも大事なものがある」なんていえば、「やせがまん」だの、「ええかっこしー」だのと悪口を言い、挙句は「変わりもの」ということで、機会あれば社会生活の埒外におこうとする。

私は自分のことを触媒にして話をしていたつもりだったが、彼女の瞳がみるみる光を帯び、キラキラと煌いてきた。

「他者を変えようとしても変わらないように、自分自身が変わろうとしてもやっぱり自分のパラダイムに従うほうが居心地がいいことがしみじみわかりましたわ」

「駄目です。それ以上言えば僕の推測が無駄になります。後で補足してください」

「いいですよ。でも日本人の中に二つ、あるいはそれ以上の流れがあるというのは初めて聞きましたが、よくよく考えれば純粋種が存在していると考える方がおかしいですよね。海を障壁と考えるか、海が道だと考えるかの違いですね」

「そうです。自然や動物や人と戦いをするものにとっては海は常に征服しなければならない障壁だったのですが、南太平洋の民族は水さえ持たずに数ヶ月海上で暮らせるといいます。海が全ての暮らしの素材を供給してくれるからです。日本列島や台湾では山中で生活する人を山の民のように言いますが、それは山が海岸線に迫っていて、支配人に追い立てられて住みやすい海岸線から山中に逃げ込んだだけだと思います。ですから京都や奈良だけでなく、日本の山中、あるいは海岸線で陸の孤島と言われる場所に日本原住民の考え方に似たものがないかを調べたのですが……」

「それは当然物質的な証拠じゃないでしょうが、あなたの気持ちにぴったりの心情的なものに出会いましたか」

「いや、日本列島の中ではそうした心情的な共鳴感を持ったことはまだありません。大学院に進み密かにそのテーマを追いながら、結局は逆の結論のような論文になってしまいました」

「逆の結論といいますと」

「僕の説が間違っているという意味の逆ではなくて、日本原住民の存在を論証するのではなくて、日本民族の多くがやはり渡来人であったという結論です。もちろんそんな奇想天外な説は学会のタブーですから、僕は『農民意識論』というタイトルで、日本の農民の意識のパラダイムがいかに『もの』によっているかを論証しました。彼らの意識の基底には稲作定住民としての、農地と水をもたらす川への絶対的な価値があり、その意識の幅は三角形の底辺であり、意識はその頂点でいわゆる『お上』として逆三角形の権力者の意識の制約を受け、権力者の支配の意識の幅が土地への意識の底辺の幅をも規定して、それが形作る三角形内でしかないということです。しかもその意識には民族としての統一性が何よりも重視され、その三角形の枠内から、生活はもちろん意識さえはみ出してはいけないというような意識の制約を与えられているのです。しかし、同じ日本人と考えている僕や僕の仲間の意識の中にはこうした三角形の意識のパラダイムがありませんから、そこに違いがあるように思い始めたのです。しかもその論文を書きつつ、日本に帰属する前の沖縄列島に旅したのですが、驚いたことに、沖縄列島の住民の中に僕の意識の祖形をみたように思えたのです。奄美や沖縄という日本列島の南にある島々になぜか心情的な共鳴、しかも涙が零れそうな懐かしさ、母に抱かれているような感じを抱かされたのです」

「行ってみたいわ」

「エエ、いつかきっとお連れします。もし日本にいらっしゃるのなら、なにも沖縄まで行かなくても、日本本土でも先入観なしに見てくだされば、僕のこの奇想天外な発想がまんざら出鱈目ではないことがわかりますから」

「沖縄という言葉で、あなたがこちらでも報道される狭き日本主義ではないことはわかりました」

「そうです、もちろん、あの偏狭で頑迷固陋な政治的な日本主義ではないですよ。連中は自分のルーツに日本でない匂いを感じるがために日本をことさらに意識しないとやっていけないのでしょう。六十年代末のアメリカには『ＵＳＡを愛せないものは去れ』というポスターがあちこちに貼っていましたが、それは日本では通用しない標語です。日本人は昔からずっと日本列島に住んでいたと思わされていますから、自分が日本列島に住むのは当然の権利だと信じて疑いません。ですが、アメリカのように様々な国からやってきた人が多くて、ネイティヴ・アメリカンの人が少ない国だから、ネイティヴ・アメリカンの気持ちなど踏み躙っても、白人王国のためには『Ｕ

SAを愛せないものは去れ』と傲慢に言えるわけです。日本の国家主義者も、自分が日本にやってきた侵略者の血があるものですから、ことさらに日本を意識しないとアイデンティティが保てないのではないでしょうか」

「そうそう、だから自分の血の中に侵略し占領してきた先祖の血がある人々は、戦争こそがアイデンティティになるのでしょうね。戦争好き、もっと言えば喧嘩好き、暴力好きの人は自らのルーツを冷静に見詰めることでしか救われないでしょうね」

「僕の生まれた場所は京都に都ができた時以来京都の公家のリゾート地で、京都文化圏のはずれでしたから、京都については日本の他の土地の人より良く知っています。生まれた家は京都の伝統的な町家という建て方で、食事や暮らしぶりは京都風、言葉も京都弁でした。そして三十歳以降二五年間京都に住んで、京都の様々な人や物や行事などを取材してテレビやラジオの番組にしてきましたが、どうも最後の最後でしっくりこないのですね。それは京都にとって異邦人が感じるよそよそしさや馴染みのなさではなくて、あまりの形式主義とご大層な慣習、さらに様々な無駄、そしてそれにもかかわらず『わび』『さび』などというエネルギー枯渇の状態がもてはやされているような暮らしぶりの些細な点が多いのですが、これが日本的だと言われると、どうも支配のためにそうさされ、思い込まされてきたとしか思えないものが多々ありますし、京都を指して『これが日本だ』と言われると、どこか少し違うように思うのです。それがどう違うか、今度日本でご紹介できればいいのですが」

「楽しみですね。でも、そんな人がニューヨークに一ヶ月も滞在したのは、ニューヨークが好きだからですか」

「二〇世紀はそうでした」

「二〇世紀は、という言い方はいいですね」

「多分、後でお話するあなたの過去と同じだと思うのですが、とにかくニューヨークは二〇世紀世界の集大成でした。二〇世紀の物質文明が百花繚乱でしたが、その中でソーフォーやブルックリン、バワリーなど、二〇世紀が熟れ過ぎて腐ってきた部分の匂いを求めていたのかもしれません。ジョン・コルトレーンが亡くなった後、弟子のファラオ・サンダースやアーチィー・シエップなどを聞きたかったこともありますが……」

「ジャズがお好きですか。どこまでもおかしな日本人ですね。あたしも好きですが、今度、ネイティヴ・アメリカンの音楽も聞いてください。そうそう、そのファラオが早くに西海岸に移住してきましたが、今度行きましょう、ライブハウスに」

「エエ、お願いします」

「アルカトラズ島もゴールデンゲート・ブリッジも過ぎましたが、やはりあなたは全く興味を示しませんね」

「ええ、共に二〇世紀の産物です。僕は二十一世紀タウン、サンフランシスコでは見えないものを見たいですから」

「二十一世紀タウンですか。それじゃ、あなたがここを訪ねてきた真意を聞きたいわ」

「ええ、それはあなたが今ここにいらっしゃる理由でもあるでしょうから」

「言ったわね。もしあたしの過去が少しでも当たっていれば、何かプレゼントしましょう。とにかくサウサリートに着きました」

「海を見ながら話せばいいんじゃないですか。あそこに座って」

私たちは海に向かってベンチに座ったが、背景描写の苦手な作家といえど、その周辺の描写は簡単だと思った。海と緑とヨーロッパ調の建物が醸す雰囲気は実におしゃれで、ヨーロッパのマイスターの技量で彫琢を極めた言葉をモザイク状に積み上げれば良かった。最初はそう思ったが、その港の風景を見つめれば見つめるだけ、言葉とは違った三次元の醸す心地よさは言葉でとらえることができないように思えてきた。しかし、文化というものが人の心地よさの表現であるならば、ここには文化の粋があり、もし文化が自然と共に生き生かされることであればここの景色には文化は枯れている。物質文明というものの好ましい方向性がここにあり、一方で跡形もなくしてしまった物質文明のあだ花が咲いているようにも思えた。

「お気に召さないようですね」

「早速、僕の気持ちをはかっていただいてありがとう。でも、お気に召さないというよりは駆け出しの作家がお手上げの雰囲気なのです。心地よさはが最高ですが、その心地よさは言葉になりませんし、その心地よさが罪のように思えただけですが……」

「快適であればあるだけ後ろめたい感じがすること、これはアメリカ全土で消えません、ネイティヴ・アメリカンの血の上に築き上げた文明ですから。アメリカ侵略者は、建国以来二度、一度は日本軍によってハワイの真珠湾を攻撃され、二度目は貿易センタービルやペンタゴンを襲撃したテロによってのみ自分の住んでいる土地を攻撃されることの腹立たしさと悲しみを味わったのですが、それでも他国を攻撃したり他国に進駐することを止めようとはしません。あなたの言うように問題解決を自己主張でしかできない人種たちは何があっても変わらないのでしょう、死ぬまで。少し考えれば自分たちがやられたことより、もっと残酷でもっと凄惨で比較にならないほど多くの人々と長い時間、ネイティヴ・アメリカンに暴力行為をやってきたこと、それは正義の名のもとに集団でやるからテロより質が悪いと思いますが、それに全く気付こうともしません。自分たち白人のやることはいつも善で、非白人がやることは悪であるのはもちろん、きっと白人以外は人間でもなく悪魔でしかないのです。もちろん、テロと国家軍隊の戦争とはいえ、両者が暴力を問題解決の手段としてしかできないことにおいては共通していますが」

「テロと国家軍隊、キャパ風に言えば、『また旦那方が仲たがいしちまった』ということで、もっと他に方法があることを考えようともしません」

「アメリカの自然保護団体も、自然保護はアメリカ領土だけで、それも破壊に破壊してきてこれ以上自然を破壊すれば自分たちの存続さえ危ぶまれるようになったから、仕方なくやっていることで、沖縄の珊瑚とジュゴンなんかはどうでもいいのです」

「自然保護もそうです。日本が経済進出している国々での公害が凄まじいものがあるようですが、それはマスコミも取り上げませんし、誰も咎めようともしません。日本列島が汚れきって慌てて叫んでいるという感じです。海外出張などと、おしゃれで有能なサラリーマン生活をしているように本人はもとより家族も周辺も思っていますが、とんでもないことで、会社の名を借りた反地球的行動でしかないのですが、そんなことは誰も認めようともしません。それによる良心の呵責なんてまるで感じません。それにアメリカ全土が侵略地であるように日本全土もそうだと思います。アメリカ追従で生きてきた日本ですが、その前はドイツ、イタリヤ追従で戦争をし、そのずっとずっと前は中国大陸と朝鮮半島追従でものごとを進めていたのは、追従する側も追従される側も共に支配者だからです。そうでないと、もう少し住みやすい綺麗な国のままで二十一世紀を迎えたはずですし、北の大地に追いやられたアイヌ民族も日本全土に生きていたはずです」

「そのアイヌ民族が日本原住民ですか」

「はい、日本列島の東北部に生きていた日本原住民の一つの部族ですが、他にも日本列島の南西部に生息した民族もあるのではないかと思います。また漂白民も少なくなく、船住居で一生を過ごした『家船』と呼ばれた海の民、山から山へと流れ歩いた木地屋、踏鞴師、炭焼きなどの『山の民』、行商する『香具師』『世間師』、布教に全国を歩く『遊行者』、芸能で生計を立てていた『遊芸人』などいました。またクズ、クマソ、ハヤト、ツチグモと呼ばれていた蝦夷族もいました。その中でもアイヌだけは辛うじて命脈を保っていますが、南西部に生きていた部族は、今日、跡形も無く滅びてしまいました。ですから、日本全土も支配された土地ではないかと思っているのです」

「日本もそうだと聞きますと、地球上で心地よさをそのままで受け入れられる文明化した場所と言うのはないのでしょうか」

「残念ながら大きな流れの文明の中ではないでしょう。きちんと言えばアメリカ文明には。でも、それだからこそ、あなたがサンフランシスコに移動してきた意味があるのだと思います」

「それそれ。あなたが精一杯イメージを膨らませて、あたしの過去を話してみて」

「言ってみましょう。ざっと言いますと、あなたはきっと大都市、ニューヨークとかシカゴに住むスー族の家庭に生まれた。と言ってもそのことはずっと知らなかったし、差別されるから両親も必死で隠していた。ところが何かでそれを知らされて、きっと近所の腕白どもの罵声かなんかでその事実を知り、死にたいほどの絶望感を味わう。そしてようやく立ち直り、白人社会の中で生きていくことを決め、最も白人的な東部の名門大学に優秀な成績で入学卒業。そして大学院まで進み、アメリカ社会で生きていける、しかも階層的には上級階層で生き得るような、例えば弁護士とか会計士とかあるいは精神医学の療法士とか、何かそういうものの資格を得て、いよいよ社会に飛び出すようになった。しかし、自分の第一次目標を達成したというのに、どこか充実感が乏しいと感じ始めた。しかもそれが最初職業的なものかなと思った。好きで勉強してきたことをそれを社会で役立たせることの違いかとも思った。やがてそれでもないように思え、次に飛び込んだ純粋白人社会の居心地の悪さかとも思った。それもそうだったが、その居心地の悪さが何なのか気になり始めた。精神や存在の中心部に穴があいているようで、居心地の悪さは皮膚の外側でなくてむしろ内側だと気付く。そうなるともう居ても立ってもいられなくなって、ニューヨークを飛び出す。きっとブルックリンあたりで生まれたのでしょうが、ニューヨークを飛び出してもどこへ行けばいいのかまるで見当がつかず、呆然と突っ立っていた時に、フト頭を過ったのが自分の源流を遡る旅だった。スー族に触れ合いたい、そう思い、スー族の直系の両親に聞いても両親は一切口をつぐんで言ってくれない。しようがないから図書館でスー族の居留地の場所を探す。口をつぐんでしまう両親の思いとは裏腹に、スー族について考えれば考えるだけときめき、調べれば調べるだけわくわくしてくる。そして、とうとうニューヨークの一切を捨てて旅に出て、スー族の居留地に向かった」

ふと気がつくと、彼女は沈んだ表情で目に一杯涙を溜めていた。私の心配をまた先取りして言った。

「気を悪くしているのじゃないわ。今、ちょっと恐ろしいの。あなたがまるであたしと一緒に歩んできたかのようにあたしを描写するから。いいの、お願い、続けて」

「そしてグレイハウンド・バスに乗ってアメリカ横断の旅に出たが、その広大さに初めてアメリカ大陸に出会った気がした。街外れのバスターミナルに止まり、ハンバーガショップで休憩する。少し駐車場を離れるとそこは荒野で、映画でお馴染みの赤茶けた土がどこまでも続き、ランブリング・グラスという枯れ草が風に舞いながらどこまでも飛んでいく。その快適さとは程遠い、しかもおしゃれでも癒される自然でもないあまりの不毛の地に一旦呆然とし、しかし、瞬く間にそれが傷だらけで瀕死の大地に見え無性にいとおしくなってくる。確かに知識としては知っていた、アメリカ大陸の緑の少ない荒地が全てバッファローを白人が殲滅したせいだということを。しかし、それを目の当たりにすることで、ますます侵略者白人への憎悪が募ってきた。すると、図書館で貪り読んだネイティヴ・アメリカンの暮らしぶりがどう変わらされたのかを知りたくなって、急いでスー族の住む地域に出かけた」

　私は何の予定もなく口から出まかせに彼女のこれまでを語っていた。

「スー族の人々の住む場所に辿り着くと、なぜか自然と涙が溢れた。しかし、それは単なる感傷だ、と思い、それ以上にスー族の生活を見て、その貧しさ、非文明的、非文化的な暮らしぶりに愕然として、いかに苦しい歴史を生きてきたか、それをまざまざと感じさせられ、それだけ憎悪が極限にまで膨張して自爆テロさえ辞さないような敵意に結晶し始めていた。ところが一方で、そのスー族の老夫妻の所に寄宿していると、不思議にその怒りも憎悪も溶け始めていることに気がついた。そして一週間も過ぎると、貧しく非文明で非文化的だと思ったその暮らしぶりは、白人の西洋の価値観から判断したものでしかないことに気付かされた。貧しくとも満たされている気分はニューヨークでの理由の定かでない底抜けの飢餓感とはあまりにも違っていた。文明とは反自然、自然破壊でしかない西洋の尺度では、自然と共生することを第一義にする暮らしの意味や価値はわからない。文化にいたっては比較しようがないほど隔たりがあって、聞けば聞くほどその宇宙観、哲学、自然観、生活観は、物質化が文化的進化と同義語でしかない白人社会とは大きく違っていることに気付かされた」

ふと一息入れて、これで終わろうかな、と思うと、彼女の目が次の言葉を私から吸い出すように引き出した。まるで言葉の糸を口から吐きながら彼女によって紡がれているようだった。私は何の躊躇もなく口が開くままに語っていた。考えていないと言えば嘘だが、考えて話すといえばもっと違っていて、正確には日頃の生活の中で機能している思考の仕組み、言語編集の仕組みと違って、私という個人の意志だけでなく、私の内部で湧き出す言葉の糸が、彼女によって引き出され、彼女が紡ぐから糸が湧き出すような不思議な感覚だった。一度も暗記したことのない文章が完璧に暗記した言葉のように口から次々に出てくると言えばいいのだろうか、それとも摩訶不思議な暗号を受けてそれを解読しながら言葉に直して吐き出しているようにも思えた。だからどこまでもとどまることを知らなかった。

「きっと老夫妻は言ったと思います。『憎悪と憎悪をぶつけても何も生まれず、どちらか、それとも双方が滅ぶよりほかない。それはあなたが憎悪する白人のやりかたで、我々のやり方ではない』と。そして、『シャイアンの古い諺に〝女が地に倒れない限り、部族が滅びることはない〟と言うが、お前が遅ればせながら我々の源流に帰りたい、源流につながりたいという思いで帰ってきたのだから、我々の部族は滅びることはない』とさえ言ってくれた。それを聞いてあなたは思った。

ネイティヴが殲滅されたとはいえ、少しでも残っているのはそれは次の世代に私たちの生き方、哲学、宇宙観が必要な時が来るからだと。だからあなたは自分の身につけた西洋的手法でネイティヴの生きかた、哲学、宇宙観を見直し、また逆にネイティヴのパラダイムで西洋の手法を見直すようなことをして、自分の生を、ネイティヴとしてこの時代にこの世に生まれた意味と価値を具現しようと思った」

一気にまくし立てて止まった。そして彼女が、空を見上げ、その目から涙が溢れ始めるのを見た。それは半端な量ではなかった。頬を濡らすというが、一条の筋ではなくて、面として涙が溢れ零れた。啜り泣きから嗚咽に変わった。その姿は遠くから見ても異様なシーンで、人々がこちらに注目しているのがわかる。私は、彼女の嗚咽を抑えるために抱きしめた。力いっぱい抱きしめた。あごに手を当て、顔をのけぞらせて涙を止めようとした。それでも零れる涙を私は頬全体に口づけしながら嘗め回した。その唇を捜して、彼女は濡れた熱い唇を重ねてきた。太陽が雲間から顔を出して強い光を投げかけたように全身がカーッと熱くなった。

私の饒舌の後に長い沈黙があった。彼女の嗚咽の次に微かにしゃくりあげながら眠るように静かな吐息があった。

「ネエ、もう聞いてもいいですか、あたしのことをどこかで調べてきたのですか」

「フフフ、フフフ、ハァハァハァ……」

「どうしてそう笑うのですか。どうして」

「だって、今日初めて会ってずっと一緒だったのですから、どこでいつ調べるのですか」

「それじゃ霊感？」

「いいえ、種を明かせば簡単です。自分の精神史をあなたの状況で構成し直しただけで、ほとんど僕のことですから」

「でも、あなたは支配人（しはいじん）の側に居て、差別され虐待され抑圧される側ではなかったでしょう」

「大学に入る頃までは僕もいわゆる日本人という単一民族の末裔だと思っていましたし、ありがたいことに日本ではそれなりに裕福で愛情豊かな環境に育ちました。でも、僕の町には、第二次世界大戦中に強制連行された朝鮮半島の人々と、それから同じ日本人なのに政治的な思惑で作られた地域に住まわされ差別される人々がいましたから。幼馴染には多くの被差別者がいました。親友もいましたし、子供ながらに好きな女性もいました。だから差別がどんな苦しみを与えているかは幼い頃から日常で知らされました。父は差別を全くしない人で、率先して差別されている人々と交わりましたから、僕は彼らの極貧の生活ぶりに幼いながら胸を痛めました。僕もあなたと同じように感じたことがありました。高校三年の夏休みでした。受験勉強をしようと母の田舎にでかけ、早朝、近くの神社に参拝し、午前中は勉強をし、午後は川や大きな池や山で遊んでいたのですが、そのころからきっとあなたがニューヨーク時代に感じられた居心地の悪さ、気まずさを感じ始めていました。このまま勉強を続けて名門大学に合格し、世間的に価値があるとされる、また高級だと思われている仕事について一体どうなのだ、それが僕の生きている価値なのか、そう、きっとあなたがニューヨークの気まずさの中で感じられたことを感じたのでしょう。ですから、両親や友人などは受験勉強が辛くて逃げたなどと安易な非難をしましたが、理由を全く言わずに志望大学を変えました。文学や哲学をやりたかったのですが、それを学問として学ぶ気持ちにはなれませんでした。ですから将来が全く見えませんでしたが、自分の疑問を少しでも解決できそうで面白そうな社会学に変えました。しかし、当時社会学部は日本には二つしかありませんでしたから、まだまだ知られていませんでした。父親にいたっては『社会』と名がつくからははじめは共産主義の勉強だと思ったようです。それで叔父に説得させようとしたのですが、当時大学教授だった叔父は、僕の言い分を聞いてくれました。ですから僕も包み隠さず本当の理由をぶちまけました。叔父は僕の説明を聞くと、あっさりと『偉い、私が兄さんを説得する』と言い、父を説得して、僕の人生は急展開しました。ただ、大学に進むには高校を卒業しなければなりません。その高校卒業のためには、国立大学受験のコースに在籍する僕は、高等数学、当時は数三と言っていたのですが、それに合格しなければなりません。しかし、もはや意欲が全くわかず、しようがないから、担任でもありまたその高等数学の授業を担当していた先生にお願いしてみよう、そう思って夏休みにスイカを持って出かけました。寺の住職でもある先生は、一部始終を快く聞いてくれました。そして、『わかった。社会の望む生きかたというのは、大企業に勤めることや高級官僚や政治家や弁護士になるだけではない。君しかできない生き方のために君しかできない選択をするなら、私は応援しよう。だから将来の君の生き方を信用して点数を貸してあげよう』そう言ってくれました。ですからその後は、授業中は静かに読書をし、試験は名前だけを書いて、折々の自分の心境などを書くだけでした。でも彼は約束どおりいつも合格に必要な点数をくれました」

「いいですね、あなたの生き方を認めてくれた人がいたというのは」

「いいといえばいいですが、では彼らに報いることができたかといいますと、彼らが生存中はまるで駄目でしたね。恩返しなど何もできず、彼らの期待に応えるということにはなりませんでした」

「そうかな、その期待される内容が白人的、支配者的であったらそうかもしれませんが、でも私たちと出会いたいという思いにまで高めてきたのは、今まで逃げなかったからではないですか」

「ええ、確かに鈍重な人生で、軽快な世渡りとはまるで違いますが」

「その高校生の夏に何があったのかしら。自然に接しているだけでなく、何かがあなたの思いを変えたのですね。それは何でしょう」

「書物かもしれません。幼い頃から読書はしてましたが、受験勉強を始めるとそれから逃げるためもあってよけい読み始めました。進路を変えてからは受験勉強といってもそれまで一〇科目程度やっていたのが三科目でよくなりましたから、家業の手伝いなどさぼるために、受験勉強に名を借りて片っ端から本を読んでいましたね。その読書で変わったのかもしれません」

「本の中のバーチャルな体験だと思っていたことが、自分の生身の生き方にかかわってくるという変わり方ではないですか」

「その通りです。ですから、あの……」

と声に出すまでに彼女が取ってしまった。

「ヘルマン・ヘッセの『車輪の下』さえ、彼の悩みが自分の悩みでもあるような、そんな感じでしょう」

「その通りです。じゃ、他に若い頃に面白がっていた本を当てられますか」

「ポール・ニザン『アゼン・アラビア』、きっとヘンリー・ミラーの全著作、そうするとロレンス・ダレル、それからフェルディナンド・セリーヌ、ジョルジュ・バタイユ、ひょっとすると、ヘンリー・デイヴィッド・ソロー、当然、アルチュール・ランボーやウオルト・ホイットマン、オーソドックスにフョードル・ドストエフスキー、ジェームス・ジョイス、マーシャル・プルースト、ウイリアム・フォークナーなんかは当然でしょうし、変わったところではヘルマン・ブロッホとかホルヘ・ルイス・ボルヘスとかヨーリス・カール・ユイスマン、ニコス・カザンザキス」

「僕の書架、見たのじゃないですか」

「自分の人生を見つめようとすると、同じような本に巡り会うようになっているのだわ。きっと、チェ・ゲバラ、マルコムX、フランツ・ファノンとか荘子とか魯迅と言った傾向の本も読んだはずです。あたしも誰に勧められたわけでもなく、本屋さんで自由気ままに、まるで系統立てずに読み漁ったものばかりです」

「コリン・ウイルソンの『アウトサイダー』ではないですが、実存的病人の処方箋なのでしょう」

「そうですね、あたしも実存的病人でいいのでしょう。ねぇ、先ほどあなたは、あたしが西洋的手法でネイティヴ・アメリカンの生きかた、哲学、宇宙観を見直し、また逆にネイティヴ・アメリカンのパラダイムで西洋の手法を見直すようなことをして、自分の生を、ネイティヴ・アメリカンとしてこの時代に生まれてきた意味と価値を具現しようと思った、と言いましたね」

「間違っていますか」

「その通りなのですが、それまではひょっとしてあなたと同じ種類の思考枠を使っていたからまるであたしと一緒に歩んできたようにあたしの過去を話してくれました。でも、その後あたしがどうしたか、それについてはどんなイメージがわいてきますか」

「そうですね、こんどこそ僕と違う道でしょうから難しいかもしれませんが、そこはお教え通り心を純粋に自然にして……」

「そのお教え通りってのは止めて……」

「そうですね、全ての教えというのは自分の中にあるものを気付かされるだけですから」

「その通りですね。いかに優れた言葉でも自分の中に同じものがない限り、決して受け入れませんから、他者からの教えといえど本来はその人のものでしょう」

「ですから、あなたについて僕が語るとしてもそれは僕の中の言葉ですから自ずと限界があります」

「もしもし、駄目ですよ、先に弁解するなんて。はい、始めてください。あなたの思うことをあなたの言葉で」

「僕の言葉で自分のことを語るのでしたら困難ではないですが、あなたのことですから難しいことです。でもやってみましょう」

「楽しみです」

「スー族の居留地といいますか、スー族の人々の集落に居れば、それはそれで心地よく癒されるのだが、それだけではどうも自分の存在価値が薄いと感じてしまうようになった。このことを表現するのは大変難しいのですが、自然との共生、自然への回帰、真の大地と海と大空の文化こそが生きる基礎だと思うようになってきた。と言っても、日本列島の原住民であれば、焼き畑農業に戻ったり、海岸での狩猟生活に戻ったりすることではなくて、スー族風に言えば、狼煙（のろし）で愛を伝えるのではなくて、インターネットのメールで伝えるというように手段は超近代的でも、その目的がネイティヴの目的に叶うようなことはないか、そう揺れ動く気持ちだと思います。自然との共生といえばすぐさま過去の伝統的な生活に戻ることだと思いがちですが、このコンピュータ時代にはコンピュータ時代の暮らし方、生き方があって、そこにスー族に伝わる本当の人間として生きる哲学を生かせないものかと考えた。そうすると、ローリング・サンダーが言うように、『確かに地球の肉体の上にあるエネルギーの集まる場所』であり『スピリチュアルな中心の町』になりつつあるサンフランシスコに行くべきだと思った。そして、調べてみるとそこにCという不思議な大学院大学があり、迷わず自分のプロフィールを送ったところ、そこのティーチングスタッフか研究員として迎えられた、というわけ……」

「待って、待って。ローリング・サンダーの言葉はそれはそれでそうですし、それをあなたが知っていても書物にありますから不思議とは言えません。でも、どうして今あたしが所属しているC大学をご存知なのですか」

「ハハハハ……」

私は大声で笑ってしまった。彼女はムッとしたように見えた。

「笑ってないで教えてよ」

「理由は簡単、僕が知っているスピリチュアルな学校はそこだけだから言ってみただけです」

「でも日本でそんなに知られていますか」

「いいえ、全く知られていません」

「ではどうしてその名前を」

「実は僕の二人の甥が関わっています」

「エ、うちの学校にですか、それも小さな学校なのに二人もですか」

「ハイ、一人は姉の子供で日本の大学を出て、C大学で修士号と博士号をとりました」

「その人って、ヒロのことじゃないですか」

「ご存知ですか」

「知っていますとも、知っていますとも。彼は気功という中国の伝統的なものを西洋の現象学的な手法で分析し理論化した人で、あたしも彼のようにスーやナバホやホピの哲学や生き方を西洋の手法で分析し理論化したいと思っています。そうですか、これも奇遇といいますか、そう運命付けられていたのでしょう。もう一人は……」

「僕と彼とは血はつながっていませんが、僕の母校の大学を卒業後、僕の勧めでC大学大学院に入学しました」

「その方も知っています。何かマイルドな日本人という感じで素敵な青年です」

「彼はある事情で僕が生まれた直後から、子守りはもとよりおむつを変えたりミルクをやったりすることがあったのですが、小学校五年生になってなぜか我が家に引っ越してきたのです。ちゃんとした家もご両親もいるのですが。それからC大学に来るまでずっと僕と生活を共にしていました。ですから、『ものを考えない、表現できない』という人が多数の日本の若者の中で、彼はものを考え表現できる数少ない人間です。彼には受験用の塾には行かせず、通常の受験勉強をもほとんどさせずに、ただ、ものを考える習慣を必死で教え、読書をさせ、クラブ活動はもちろん通常の学校生活の諸行事には最前線で活動させ、ほとんどパソコンのゲームをさせず、二十一世紀の世界が必要とする若者に育ててきたつもりです。『読書は脳を活性化させ能力アップにつながる』という脳科学の川島隆太教授をはじめ科学的な証明が本格化する前に、読書は脳を開発する、そう自分自身の経験から分かっていましたから、ことあるごとに読書を勧めてきました。ゲームについても、脳神経科学の森昭雄教授の『テレビゲームをする子供は脳の活動状況を表すβ波が、前頭前野からほとんど出ていないゲーム脳だ』ということも知らなかったのですが、ただあのシステムが脳の創造性、感性を蝕むとしか思えなかったので、やらせませんでした。彼の本当のルーツは東京遷都があった維新後も京都に残っていた皇室の非嫡出子で、都の郊外の地に隠された人の曾孫にあたり、文字通り支配の側の人間で、しかも大陸からの渡来人の血がどこかに流れているはずです。ですから、僕は彼のその血を僕の血と混血にすべく必死で語りかけ説明をし、時に怒り、共に感動をして生きてきたつもりです。彼はそういった意味では存在の中に僕のいう支配人（しはいじん）と原住民を止揚した類稀（たぐいまれ）な存在だといえます。そして彼のような存在を一人でも多く作らないことには、日本列島はもとより地球で人間という種が存続する可能性はますます狭まります」

「どこかでそうして新しい人間を創っていかないと人間の間の新しい溝はますます大きくなりますね」

「その甥が言っていましたが、日本の名門大学で優秀な成績をおさめてC大学に入学してきても数ヶ月でやる気を無くしてしまう人がいるということですが、こうした深刻な問題に本人はもとより親も学校ももちろん一般社会もまだ気がついていません。記憶力だけの勉強は何の役にも立たないどころか人間の存在そのものを駄目にしていくということに気がついていないのです。ですからC大学が、絶えず自らに問いかけ、考え、そして表現し伝達するような本当の勉強をさせると、英語や学力の弱さでそれについていけないというより、脳が反応できないのでしょう。ですからアメリカはとっくに自分たち白人の文明と科学をとことんまで進め、種々のマイナスに気付き針路変更をし異文化異文明から学ぼうとし、またそれが自分たちのパラダイムより優れていればどんどん変えようとしています。ですからスー族の哲学などを聞こうという人がいるわけですが、残念ながら日本列島をはじめアジアは、近世、近代と極貧でした。今もなお、アフリカ同様飢餓で死ぬ幼児が跡を絶ちません。日本などもここしばし経済大国などといい気になっていましたが、一八三六年の飢饉の時には多くの人々が餓死しました。わかっているだけも『島根県と山口県の県境の僻村(へきそん)では実に村人の六十・二パーセントが餓死に瀕していた（沖浦和光）』と言います。貧乏なのです。ですから、本来支配する側の人間の論理でしかない『もの』を基軸にする考え方、生き方、暮らし方に必死ですがるのです。『衣食たりて礼節を知る』と言いますが、まるで衣食が足らないのですから、まず衣食を求めることに必死で、衣食が足る人間が少しずつ増えているとはいえ、それがまだ一代、二代、三代程度の世代ですから、人間としての本当の生きる意味、価値などを求めるなんて贅沢としか思わないのです。『もの』を一切の機軸に置くから、言葉や数字の記憶という数と量で測れることを増やせば人間存在が高まるような誤解の中に生きている状態がまだまだ続いてきます」

「そうですか、C大学は私たちネイティヴ・アメリカンにとって、そのスピリチュアルな哲学や方法論を何の外連(けれん)もなく扱える珍しい大学だと思っていたのですが、東洋の人々にとっても同じだったのですね」

「いや、東洋にとっては同じかどうかは分かりません。大部分の東洋人は、西洋人、支配人を目指して、手段と目的を間違ったまま人生を『もの』、言い換えれば『金』を集めることに費やし、金の多寡で存在の価値さえ値踏みする進化以前の人間で構成されていますし、少なくともその人々が政治や経済、法律や文化の中心にいますから……」

「その意味では、安易に西洋と東洋の融合などと言う言葉で片付く問題ではないのですね」

「ええ、そうだと思います。東洋、特に中国やインドの思想や人生のパラダイムの中に支配人の機軸があればそれは徹底して排除しないと、地球はとてもとても平和な惑星にはなりません。僕一人がこんなこと叫んでいても何の役にも立ちませんが……」

「それはあなたらしくない発言です。そんなことはないです」

「そうおっしゃられれば、確かに僕一人が変われば人類全体の進化が少し進むと思っています。ですから、組織や運動による社会変革以前に自分自身の革命が何より大事だと思いますし、その革命を次の一人のきっかけにできれば、それはそれで一つの進化だと思っています」

「ですよね。全てが一つで全てがつながっていれば、その極小の部分が変わっても全体に影響が現れるのは理論上正しいでしょうね」

「ですから、僕は彼が僕と一緒に住みたいという他者からみたら信じがたい願い、そうでしょう、小学校五年生と言う幼い時期なら、両親、特に母親と一緒に住みたいはずです。しかも彼はことさら両親とうまくいっていなかったわけではなかったのですが、彼が誕生した当初、彼の父親が病気で母親が働いて支えなければなりませんでしたから、僕が病気で面倒を見られない彼の父親に代わって三歳まで父親のように、いや父親以上に愛を注ぐだけ注いで大事に大事にして、難しい話も大人の話もよけることなくめっちゃやたらと話し掛けて育てたことが無意識の中で意識のパラダイムになっていたのでしょう。とはいえ、それが通常の親子関係を薄いものにしたとは思えません。ですから、その彼の不思議な願いは、僕に何かしろという意味だと思って、彼には悪かったのですが、いろいろ実験させてもらいました。彼を世間の流れとは違う学生生活を送るようにしむけ、通常の受験勉強をさせずに日本での学生生活を送らせました。ですから彼が今C大学にいること自体が奇跡です。彼は大学に入る時はもちろん、入ってからもこうした勉強をするとは思ってもいませんでしたでしょう。でも僕と僕の仲間たちの、世間とは違う考え方が徐々に影響を与えてきたのだと思います。ですから彼は、単純な東洋と西洋の融合ではなくて、双方にある非支配人(しはいじん)の意識のパラダイムを慎重に紡ぎだそうというのかもしれません。もちろん今ようやく西洋が東洋の価値を認めだしたのでしょうが、それは当然としても、日本に来て私たちが越えなければならないと思う日本支配人(しはいじん)のものごとを学んでいる欧米人は、そのあたりが分かっていません。特に組織宗教を学んで得々としているアメリカ人を見ているとうんざりします。支配人(しはいじん)アメリカ人は東洋人の所に学びにくるのではなくて、ネイティヴ・アメリカンの所にまず行くべきです。しかし、同じ支配人(しはいじん)の東洋には来ることができますが、非支配人(しはいじん)のネイティヴからは学べない、というのが正直なところでしょう」

「それじゃ日本人がC大学に来てどうすればいいのですか」

「僕と一緒に生活していた若い方の甥は自分で自分の独特の道を探すでしょうし、すでにサンタ・フェやハワイなどのエコ・ヴィレジやボランティアの体験を経て、アメリカの中のネイティヴに関心があります。そして、彼自身が京都生まれで支配人(しはいじん)の直系ですが、支配人(しはいじん)の発想と違う発想を身につけてきているはずです。ですから、彼はC大学で種々の方法論を学び、日本では方法論どころか、科学や学問とさえ思わない純粋日本の意識の枠組みについて、まずは西洋の枠組みで理論化し分析し、その上で日本を従来と違った目で見、分析し、そこから新たな地球人類のための意識の枠組みを見出し、あるいは自分自身の生きる価値を見出してくれるでしょう」

「壮大な計画ですね」

「いや、偶然はないとはいえ、彼が僕のそばで生きたいと言った以上、彼に何かをするべきだといいますか、それが彼の運命だと思いましたが、そんなことは本人は意識していなかったと思います。ですが、きっといつか気がついてくれて次の世代を育てると思います」

「ようやく革命が始まるのでしょう」

「だといいのですが、それにしても次から次へとよく話しますね。しかもあらゆることを」

「退屈ですか」

「いいえ、そうではなくて、書くことは確かに饒舌ですが、僕がこんなに話すのはひょっとすると人生で初めてのような気がします」

「その話の後に何がどうなるか、全く予想できなくて……」

「そうです、少々お腹がすいてきたということ以外は」

「じゃ、何か食べに行きましょう」

気がつけば、フェリーターミナルを出たところに座り込んでいて、サウサリートの入り口から中に一歩も入っていないことに気付いた。会話は太平洋を何度も横断するほど広がっていたが、私たちはまだ数十メートルしか歩いていなかった。手をつないでブリッジウエイ・ブルーバードを南へ歩き、海を望む海岸通のシーフード・レストランに入った。『スコマズ』というイタリアン・レストランだったが、まずは太平洋につながる海が自然からデフォルメされて食卓に供するように青く輝いて迎えてくれた。確かに自然の海であったが、建築家の技によって額縁の中の動く絵画となって壁に飾られてあった。もちろんその美的レベルは創造主の技そのもので、それだけを眺めていても終日過ごせそうな感じだった。

「気に入りましたか」

「ええ、残念ながら……」

「わかります、その言い方。海が自然で存在している以上に素敵に見えてしまう人の技でしょう。それが文化なら拒否することはないのですが、それでも素敵だと思う気持ちのどこかに微かにチクリと刺される痛みが伴う、そんな感じではないですか」

「そうです、それはこの建築家のせいでも、ましてや海を作りなした創造主のせいでもなくて、この窓枠を作った支配人（しはいじん）たちが今までにやってきたことの残酷さからではないでしょうか。西欧の文明を、文字通り文明として受け取れないのは、あまりにも多くの血の犠牲の上にしか築かれてこなかったことがあります。それが人類の進化の過程で止むを得なかったとその人々が弁解しても、今なお同じことを反省もせず続けられる神経は病んでいるとしか思えず、それが常に西洋文明、西洋文化には付きまとってくるのでしょう」

「その西洋文化の粋でもある西洋の食事、これはこれで人間の血の上に生物の血を重ねていますから、二重に罪ですね」

「エ、あなたはベジタリアン、ベーガンですか」

「いいえ、あたしは自然主義者です」

「自然主義者って何ですか」

「私たちの先祖も動物を殺（あや）めて食べてきました。バッファロー、シカ、ヘラジカ、ムースなどの肉も食べてきました。でも必要以上に殺してもいませんし、殺したいから殺すようなこともしていません。それに自分で取れる食料を食べろ、そうスーの長老は言いました」

「自分で取れる食べ物って何ですか」

「幼い頃を除いて、人間が自分の力で倒せる動物は食べてもいいが、病気だったり老齢だったりしたらその体力がありませんから、植物を食べ、せいぜい小魚を釣って食べるくらいでしょう。

決して大きな動物を倒すことはできませんが、青年期には倒そうと思えば倒せます。その時はそうした動物の肉を食べてもいい、ということです。さらに自然に生育する植物を食べる、人様がもてなして下さるものは頂戴する、全て自然であるようなそんな食事の方針です」

「じゃ、さしずめこの海で捕れるロブスターは食べてもいいのでしょうか」

「あなたがロブスターを食べてもいい年齢の限界かもしれません」

「言いましたね、僕の若い肉体を知らないのですか」

「駄目です、虚勢は。精神はお若いでしょうが、肉体は再起動中」

「エ、分かりますか」

「当然でしょう。初めて遠くで見た時は青年のように見え、ケーブルに乗ってくると意外に年齢を重ねているように見え、話し始めると活き活きした青年に戻る不思議な人ですが、でも、ずっとずっと元気なままだったらもっと脂ぎっているでしょうが、今は枯れそうな中に新芽が出るような……」

「老木から突然芽が出ているような」

「そう、そんな感じなのかも知れませんが、それがあなたのイメージを弱弱しくしているのではなくて、むしろ少年ぽい匂いを醸しているのです。ですから、きっと死と隣り合わせの重病になって、そこで全てを捨ててそこから精神で這い上がってきたという感じですね」

「凄い、凄い。その通りです。だからロブスターもＯＫですか」

「いいでしょう。たっぷりのサラダとなら」

それでは注文をしよう、そう思う前にウエイターがそばに寄ってきた。それはまさにナイス・タイミングで、これがサービスなのか、と感心させられた。二人が話し合っている間はそっとしていてくれて、注文しようと思うとサッと駆けつける、まさに文化である。人が望むことができる人間と、人が望まないことをする人間、しかも人が望まないと気がついていながらそれでも嫌がることをする人間、あるいは人のことなど考えようともしない人間とは同じ惑星動物ではない。

「ちょっとした行動でも見逃さないのですね」

彼女も私の気持ちの動きに気づいてそう言った。

「いいえ、あまりにスムーズだったので。もしですよ、もし彼女が暴力を振るったり、戦争を好んだりしたとすれば、彼女は二重人格者のように精神の病気だと思いませんか」

「人が好むことがわかる人間が一方で人が最も嫌がることをするからですか」

「ええ、そうです。性格が暴力的だとか、好戦的だとか言いますが、それは性格的なものではなくて病気なのだと思います。性格的なことだと、人々は大目に見がちですが、実は病気なのです。しかも伝染病のように他者にも災いをもたらすのですから、そうした病人は隔離するか徹底した治療をするべきです」

「そうすると地球は初めて楽園になるのかもしれませんね」

「人口が増えすぎたとか食糧不足だとか言いますが、軍備に使う費用と労力と知能を他に向ければ、地球から飢えなどたちまち無くなります」

「その通りでしょうが、それは長く支配されてきた人々にはわかっても、自己主張が生きる意味のように思っている支配人種(しはいじん)たちにはなかなか分からないことでしょう」

「残念ながらそうですね。ですから少なくとも暴力を振るうパートナーからはすぐさま逃げることです。同じ惑星に生きることがおかしいのですから、ましてや一緒に住むなんてもってのほかです」

「なるほど、あたし一人も地球上の六十億の人々も、ひょっとすると他の惑星の人間も、戦争も家庭内暴力も同じレベルで発想しないといけないのですね」

「そうですが、それも程度の問題です。突き詰め過ぎるとインドの遊行者のように全裸で、その上虫を踏み潰さないように前を箒(ほうき)で掃(は)きながら歩き、そしてマスクをして生活しないといけないことになります」

「マスクはどうしてですか」

「空中の微生物を吸い込んで殺してしまわないためだそうです」

「彼らは何を食べて生きているのですか」

「水と木の実のようなものでしょうが、彼に、あなたの体の中では絶えず微生物が殺されているから生きているのですよ、とか、ニュートリノというような全存在を貫いて生きているものがあるのだから、あなたの生き方はまだ完全でないですよ、などといえばそれで成仏してしまうのでしょうが、あなたのいう自然主義が穏当でいいのでしょう」

「ニュートリノに意志があるのですか」

「ニュートリノなのか、それともさらに微小なものなのか、それは分かりませんが、一切の根源にはニュートリノクラスのものがあって、それに意志があり、それこそが神と言われるものだと思います」

「粒だとか波だとかは私たちの立場によるとはいえ、それは個人を超えた意識の枠組みでしょうか」

「カール・グスタフ・ユングの普遍意識のようなもの、仏教では個々の人間が経験を蓄積して個性を形成し、すべての心的活動の拠所（よりどころ）となるもので、人間存在の根底をなす意識の流れを阿頼耶識（あらやしき）と言いますが、阿頼耶識が普遍意識になり、それにエネルギーを内包しているような、そんな意識の基盤と言うか意識のコントロールと言うか、そうしたものを僕は『情報でありエネルギーであるようなインフォマジー』と名づけてみたのですが、これが極小で一でありながら同時に極限で全てであるような、極小であり極大であるような、あるいは地球上では一と一で二になりますが、一と一でまた一になるようなそんな時間と空間を越えたものが存在していると思いますし、それがひょっとすると意志によって、しかも純粋人間的な意志によってのみ操作できるのではないかと思っています」

「じゃ、私たち二人の間ではそのインフォマジーが相互交流しているのですね。だから相互の思いがたちどころに分かるのですね」

「そしてそれを邪魔しているのが思考というシステムだと思います」

「待って、それどこかで聞いたことがあります」

「それはそうでしょう。僕が言い始めたわけではないですから、『神に任せなさい』とか、『案ずるより産むが易し』とか、『下手の考え休むに似たり』とか、そういった言葉は全て思考を停止した方がいいという智恵だと思います」

「スー族の言葉の中にもそんなものがあるのでしょう」

「きっと、ありますよ、『旨い物は宵に食え』と言う言葉もあるでしょう、きっと」

「はいはい、ロブスターをいただきましょう」

「ロブスターという海の恵みを食べるのに、いちいち考えていては美味しくないですし、ロブスターに失礼です。では感謝していただきます」

と言いながらも、食物などしょせん何を食べても一緒だ、束の間そういう思いが過ぎった。肉食獣は肉を食べるというが、最も血気盛んなライオンは草食獣の消化器から植物を食べるという。肉を食べるライオンは老いたライオンで、それは若いライオンの食い残しにすぎない。肉食を信奉すること自体が非科学的かもしれない。あるいは非地球的といえばいいかもしれない。それに何を食べても生物の中の原子転換器で必要なものに変えることができる。草を食む象の壮大な牙を見れば草が牙に変わることは誰にも分かるはずだが、牙を作るには牙を食べないといけないように人間の非科学的な栄養学は言い続けている。幼い頃から象が草食であることを教えられながら、象の絵を見て誰も草が骨になることを不思議とは思わないで大人になり、賢い大人になってそんな愚かなことは考えもつかなくなる。少し身の回りを見渡すだけで、自分たちの思い込みがいかに間違いで勝手であることがわかると言うのに。

「食べないのですか」

「いや、しょせん食べ物は何を食べても一緒ですから、少なくとも美味しく、楽しく、感謝して食べませんと」

「という結論でしょうが、それまでに何を迷っていたのですか」

「きっと一切の食べ物が分子や原子のレベルでなくて、さらに微細なレベルになれば同じものであり、結局はそれが命のエネルギーであって、そのエネルギーは、水はもちろん空気中にもあり、だから空気だけで生きていく聖女と呼ばれる女性がいたり、相当期間断食をしても生きていけるのでしょう」

そういいながら私はロブスターにかぶりついた。ボイルされたロブスターが口の中で踊る。歯と舌とロブスターの肉が味を奏でる。飲み込みながら大きく二度三度うなずいていた。

「美味しいでしょう」

「エエ、海の美味しさが凝縮されて、一口ごとにエネルギーをいただいているみたいですね」

「そんなに言われるとロブスターも本望ですよ」

「でも、この殻は食べませんよね。きっとロブスターにとっては最も念入りに作り上げた芸術品なのに」

「フフフ、面白いことを言うのですね。そんなこと誰も考え付きませんよ」

「あれれ、バッファローなら血の一滴から内臓まで食べるネイティヴ・アメリカンにしてその発言ですか」

「エ、じゃ、日本人はこの殻を食べるのですか」

「いや、これも食べるべきだと思います。もう少し小ぶりな海老は中身を食べたあと、殻だけをさらに焼いたり油であげたりして食べます。香ばしくて実に美味しいものです」

「それは是非今度日本で食べさせてくださいね。そうそうバッファローですが、バッファローを捕まえるとその場で解体し、その場で生肉を食べることがあるのですが、それを白人が野蛮だと言います」

「白人が白人以外を殺すことをなんとも思っていなかった歴史的背景にしては手前勝手ですが、しかし、根本は文化の違いです。食生活の違いどころでなくて、自然についての考え方、生と死についての考え方の違い、大げさに言えば死生観、人生観、宇宙観の違いですね」

「実はあたしももう少し理解できていないのです。白人が生肉を食べる人間を野蛮人だというのは、白人が生肉を食べることに慣れていないせいで、日本人の生魚を食べる習慣が寿司となって白人の食生活に入ってきたように、白人も生肉を食べることに慣れれば野蛮だと思わない、その程度に理解していましたが、もっともっと奥深いのですね」

「エエ、日本人は魚を生食しますが、それも同じ意味だと思います。それに、馬や牛、鹿の肉は生で食べます」

「エ、そうなのですか。魚は寿司で知っていましたが、馬や牛、鹿も食べますか」

「僕は苦手ですが、食べたことはあります。美味しいです」

「美味しいのに食べないのですか」

「生肉だけでなくて肉類はほとんど食べません。自分から進んでは食べません。あなたのいう自然主義で、もてなされた時は食べますが……」

「どうしてですか」

「故郷の隣村に屠殺場(とさつじょう)があったのですが、幼い頃、家の前を曳かれていく牛たちが時々悲しい目をして見つめるのです。彼らは分かっていたのだと思いますが、その目を思い出してしまうのです。ですから、いつのまにか肉は苦手になってしまいました」

「そういえば残酷ですね、食べるために飼って、しかも食べやすいように肉が柔らかくなるように育てて、そして殺して食べるのですから、人間がいかに傲慢かわかりますね」

「とにかく、自分たちが生きさせていただくために犠牲になってもらっている、せめてそれぐらいの思いを持って感謝しないと、あの悲しい目に呪い殺されそうです」

「ロブスターの目はどうですか」

「私を食べた分だけちゃんと地球のために何かをしろと言っているのではないですか」

「そういう意味では殻だって利用しないとロブスターの思いの半分は放棄してしまうようですね」

「ネイティヴ・アメリカンならそんなことはしないでしょう」

「そうですね、バッファローなら骨の髄まで食べ、血一滴すら無駄にしません。頭蓋骨さえ干して儀式の道具にし、皮も様々に使います」

「今、儀式といいましたね。生食の始まりはおそらくそうした宗教的といいますか、宗教的という言葉が先入観を作ってしまうのでしたら、聖なる精神の高揚儀式で西洋人とは全く違った思いで生肉を食べていたのですが、いつしか長い歴史の中で、聖なる精神儀式、非日常の高揚の儀式はなくなって、生食のみ残ってきたのでしょう」

「非日常の聖なる精神高揚の儀式って、ネイティヴ・アメリカンもやってきましたが、それについてもっともっと勉強しないといけませんね」

「エエ、それはそうです。ひょっとすると、それを本当に知れば死の恐怖などなくなるかもしれませんよ」

「エ、どうして」

「ネイティヴ・アメリカンも一緒だと思うのですが、僕も不案内ですから、知っている日本の原住民アイヌの儀式で言いますと、アイヌには『イオマンテ』という儀式があり、小熊を大切に育てていかにも可愛い盛りの時に、よりによって最も親しんでいたであろう飼い主の子供によって殺させます。白人風に考えれば、まず小熊を育てて殺すこと、次に最も愛している人が殺すこと、そして、一滴の血も残さず食べてしまうことと、それは幾重にも残酷で野蛮です。いえ、それ以前にそんなことをする人間が信じられないでしょう。合理主義であれば、殺すなら育てないでさっさと殺せばいいことですし、育てて可愛がった子供に殺させるのは可哀想だから子供には見えない所で大人が殺す、ということになるのでしょう。肉は野生の熊などわざわざ食べなくても、食料用に育てた牛や豚を食べればいい、そう思うだけです」

「あ、少し思い出しました。我が青春の書架からジョルジュ・バタイユなど引っ張り出さないといけません。彼の『ラスコーの壁画』にありました。頭だけ鳥の形をした人間にバイソンが槍で刺され、裂かれた腹からは臓物が激しく飛び出していて、ところがバイソンは倒れず、むしろ堂々といきり立ち、反対に襲ったほうの人間が倒れ、おまけにそのペニスが勃起しているさまが描かれているものです。あれを見た時は何とも思わなかったのですが、そこには重要な意味があり、それはあたしの存在に一つの光さえ投げかけてくれるかもしれないのでしょう」

「それは素晴らしい、そう思うのならば……」

「エエ、バタイユは、ラスコー洞窟の壁画をそれまでの解釈と違う解釈をしていましたね。あれは読んだ時にはぴったりときませんでしたが、あたしのルーツの旅を経てくると少し生々しいものとして迫ってきます」

「だと思います。バタイユは、槍で攻撃した狩人がバイソンに反撃されて倒れていると言われていたものを、『獲物と言う〈事物化〉された動物を殺し、聖なる世界に立ち返らせようとする〈供儀〉の場面に他ならない』とし、『その荒々しい力を持った動物が、まさに死にゆかんとする瞬間に、内奥の生命が露出し、それを目の当たりにしてしまった〈供儀〉執行者である狩人がエロティシズム的な恍惚感に圧倒されて失神しているのだ』（町田著後述書）という解釈だったと思います。僕も沖縄に数年住んでいた時に、日本の支配者の文化と沖縄の文化の違いをそれまでの常識と違った解釈をし始めていましたが、沖縄と同じように日本原住民に連なると思っていたアイヌなどの儀式の本意が分かりかねていました。町田宗鳳という人の本を読んで、一気に今までの鬱積が解けたような思いでした」

「その人はアイヌ人ですか」

「いいえ、京都生まれですから、きっと日本支配人（しはいじん）です。そして、禅の修行をし、しかもハーバート大学で修士、ペンシルバニア大学で博士号を取ったといいますから、文字通り支配側の文化に育てられたはずです。しかし、きっと彼の中の日本原住民の血が騒いだのかもしれませんが、僕はこの人のアイヌの分析に注目しています」

「そんな方がどうしてアイヌに関心を持ったのですか」

「彼の著書『縄文からアイヌへ～感覚的叡知の系譜』という優れた本のはじめに書いています。『国家権力が誕生する以前の古代日本人が、どのような精神構造を持っていたかを知りたくなった』と」

「日本列島住人を見直します。あなたにしろその町田さんにしろ、凄い日本人が、いや日本列島に生息する人がいるのですね」

「僕は彼のように論理的ではないですが、その彼が感覚的叡知と言っている分救われます。でも彼より僕のほうがさらに非常識です。彼は『日本は表面的には単一民族の均質社会と言われている。だけど私に言わせれば、それは大和朝廷以来の幻想です。本来、日本人はアメリカ以上の人種のるつぼで文化を構成してきた』といいます。しかし、『先住民族アイヌと征服者の立場にあった和人……』という言い方をしますが、僕はその和人の中にこそ被征服者の命脈を見つけ出したいのです。というより、アイヌ、和人、沖縄人と三種に分類するだけでは不十分で、和人と言われる支配人(しはいじん)に吸収され同化させられた原住民が多数いるということです。刺身という魚の生肉を食べることに連なる日本原住民のルーツを和人の精神構造の中に、意識の枠組みの中に見つけ出したいのです」

「でもあなたの言う征服者の正式な食事とも言うべき京都の日本食の中にもお刺身は入っているのじゃないのですか」

「エエ、それは近年のことだと思います。京都は、盆地で海から遠かったから新鮮な魚が手に入らず、刺身など魚の生食はしなかったと言われていますが、それは征服者であった京都の住民が望まなかっただけです。山の中にあるといっても百キロもなかったのですし、川魚だって刺身にして食べようと思えばできたはずです。また台湾高砂族の淑珍という女性とおつきあいしていた時に、彼女は、私たちも昔から魚の生食をします、と言っていましたが、魚の生食は環太平洋原住民の一つの特色ではないですか」

「その資料や証拠はあるのですか」

「いいえ、その資料や証拠があるかどうかという発想すら支配人的だというのですから、僕の方が非常識だというのです。というのは、そうしたことの最も確かな証拠は、記録に残されていることだと言われていますが、アイヌをはじめ文字を持たない民族の真実は、ニュートン以来の西洋の科学的な手法ではのっけから信じられないことになります。ですから、非科学的とされ、重要視されないイメージ、感性、閃きなどを大切にしてものごとを考え直したいと思います」

「その意味でも肉の生食は西洋科学的な、腐敗の問題とか栄養素の問題とかではなくて、どちらかと言えば精神の問題だったわけですね」

「そうです、生活の中にとり入れてしまった神の恵みを、再び神のもとに帰すには殺すより他なく、殺すことで浄化され、精神の高揚を体感して、またその肉を食べることで今風に言えば再び神の国に帰すわけです。ですから、西洋人が骨付きのスペア・リブを最後までしゃぶるのは美味しくて栄養になると思っているからでしょうが、古代では実際に人肉を食べ、骨までかじる民族が少なくなかったと言われています。沖縄には葬儀のことを『骨かじり』『骨かみ』と言うところがあって、それは『ホーミー』が性器を意味するから、その『ホー』と関係があるのかなと思っていたのですが、伊波普猷の『南島古代の葬制』（伊波普猷全集第五巻）に『昔は死人があると、親類縁者が集って、その肉を食った。後世になって、この風習を改めて、人肉の代りに豚肉を食うようになったが、今日でも近い親類のことを真肉《マッシシ》親類《オエカ》といい、遠い親類のことを脂肪親類《プトプトーオエカ》というのは、こういうところからきた』という一説を読んで相当驚かされました。食人というのが非人間的な、最たるものという価値観の中では、野蛮の極のように思えたからです。しかし、『愛する人を食べてしまいたい』とか『骨まで愛して』という唄がヒットするとか、そういった人間の心情が極限まで煮詰められた時、それは永遠を幻想していた人間の生が崩壊した死者を前にすると最高潮に達し、この人の生を自分の中でさらに生き延びさせてやろうという思いもあったことでしょうし、神の創造物だったものが、いつの間にか人間に堕してしまったから、自分たちを養ってくれる自然の恵み、すなわち神の恵みと同様に食べることで再び神に帰してやろうという思いだったのかも知れません。そうするとただ美味しいということと、胃袋の満足のためにだけスペア・リブにむしゃぶりつく西洋人のほうが野蛮だとしか思えなくなりました。おかげで、いわゆる肉食を敬遠するようにもなりました」

「あなたのようにちょっとした日常の食習慣からでも、支配と被支配の人間意識の枠組みの差を見つけ出そうとしているというのは素晴らしいですね」

「いや、それしかないからです。日本でもいろいろ論議されていますが、ここ百年前までの学者と言っても、やはり支配階級の人々ばかりですし、まして残されているのは文字だけです。日本の宗教者と言っても、あの空海という巨人ですら支配者の側だったと思います。彼は今日でも弘法大師として敬われ、各地の名所旧跡にも弘法大師ゆかりの地というお墨付きを掲げられています。四国と言う島だったと記憶していますが、『見逃しの岩』という名の名所があり、それはこんなに素晴らしい岩なのに弘法様がお見逃しになったと言うわけです。それほどまでに影響力のある宗教人が権力の側に阿(おもね)ていたのは、そしてそれが反宗教的だと思わなかったのは、彼自身が支配の側の人間だからだと思いますし、中国に留学してもやはり支配の側に学んだからだと思います。それに、修行の場という名目で壮大な寺院を建築することも反宗教的だと思います。その点、イエス・キリストなんかは徹底して反支配の側でした。釈迦も支配から心身ともに解脱したはずです。そこが世界的な影響力を持つか持たないかの大きな違いだと思います」

「では日本には、そうした非支配の側に徹した宗教者はいなかったのですか」

「いたと思いますが、それこそ、その歴史は抹殺されているでしょう。日本列島は島国で小さい空間ですから、支配の側が均一化するには好都合の場所だったのでしょう。ただ、僕の先祖の修験道の系譜がそうかもしれません。もともとは海岸生活者だったが、支配に押し出されて山地民族化した蝦夷(えみし)の血を引くものという人もいますが、彼らもいつしか絶大な支配人の群の影に隠れてしまいましたが……」

「分かりました、少し」

「何がですか」

「あなたとあなたの言う日本原住民のことが」

「どうわかったのですか」

「あなたの先祖があなたの言うように修験道の人で、確か山岳仏教とか山岳密教とか言うように純粋に山岳民族ならば、精神を癒したい、体を休めたいと思う時は、無意識にでも原始回帰すると思いますから、きっと昔、遠い遠い先祖が生活したであろう山岳地帯に行きます。しかし、あなたのように海を目指してしまうのは、日本の原住民だった人、また日本の山岳民族などと言われている人々はみんな海岸沿いに生活していたのだと思います。ですからアイヌの熊を殺すように、最も豊かに人間を養ってくれる神の恵みであった海の食を生で食べることが儀式だったのです」

「そうかもしれません。そうそう、ネイティブ・アメリカンは地面に穴を掘ってそこに皮を張り、焚き火で焼いた石を放り込んで調理しませんか」

「エエ、よくご存知ですね。やりますよ」

「そのやり方は、日本の山岳民族だといわれている『山家』という部族がやっていたことですが、僕は日本原住民は長くそうしてきたと思うのです。海に囲まれている日本列島ですから、塩水を入れれば何も味をつけなくてもいいと思いますし、それならば移動しても調理できます。日本料理と一括される中にも日本原住民の調理法の伝播があるかもしれません。今、京都の料理が日本料理の代表のように言われていますが、京都の料理は日本原住民の料理ではないと思います。海岸から遠く離れたところに都を作った支配人が、彼らの調理法で素材を様々に調理したものだと思います。日本原住民の料理は本来、素材重視と言いますか、あまり調理しないものだったのでしょう。フランスの支配者がイタリヤ料理から贅沢にアレンジしてフランス料理を考えたように、海から離れた土地で手に入る食材を大陸風に味付けしたものではないですか」

「食生活に残る歴史の意味を探るのは面白いですね」

「お隣の朝鮮半島では、食生活に最も必要なものは唐辛子ですが、これは日本から持ち込んだものですし、韓国料理の代表とまで言われるキムチという漬物は日本人が教えたと言われます。それが在日韓国人か日本人かわかりませんが、いずれにしても支配人(しはいじん)同士だからうまく伝播したのだと思います。日本原住民の一つの部族アイヌにまだまだヒントが隠されているのでしょうが……」

「あなたに出会ったおかげで、あたしのスー族が沖縄、アイヌまでつながりました」

「エエ、あなたのおかげで沖縄、アイヌからネイティヴ・アメリカンがつながりました」

「今朝から一気にここまで来てしまいました。このお食事はあたしが支払います」

「それはアメリカ人らしくない。割り勘で支払います」

「いいえ、旅人をもてなすネイティヴ・アメリカン流です。その代わり……」

「エエ、日本にいらっしゃったら僕が支払います」

「お願いします。ネェ、すぐにでも行きたくなってしまったわ」

「学校の方は大丈夫ですか」

「ここ三週間はお休みできるのです」

「それじゃ明日飛行機が取れれば行きましょう」

「でも、あなたは昨日こちらにいらっしゃったのではないのですか。それに二人の甥ごさんにもお会いになりたいでしょう」

「ええ、甥たちには会いたいですが、でも先に日本列島に出かけた方がいいと思います。甥たちと同じテーマを追っているのですから、彼らに聞けば、きっとそうすべきだと言います。それに先に日本列島に出かければ、あなたは、僕にネイティヴ・アメリカンの何を見せればいいかが分かると思います。同じネイティヴでどこに興味を持っているかがわかればいいのですから」

「それは逆も言えませんか。あたしが先に見せればあなたはあたしに見せるべきネイティヴの部分がわかるのではないのですか」

「同じようですが少し違うのは、あなたは今ネイティヴですが、僕はまだまだネイティヴ帰化中といいますか、回帰中ですから、もし先にネイティヴ・アメリカンの凄いところを見てしまえば、案内する元気をなくしてしまいます」

「それにあなたの方があたしよりお互いのネイティヴについて詳しいようですが、あたしは日本のネイティヴについて全く知りません。ですから、その方がいいかもしれません」

「それじゃ、帰りましょうか」

彼女はそう言いながら席を立ち、私に手をつなぐようにいい、手をつなぐと自分の方に引き寄せて、その手を自分で腰に回し、唇を重ねてきた。私は一瞬周囲を気遣った。しかし、すぐさまその気遣いが消えて甘い海の香りが口から全身に広がった。

「ロブスターのキスです。あたしの過去を当ててくれたから約束どおり今度何かをプレゼントします。その約束のキスです」

彼女は唇をはなし、腰に回した手はそのままでそう言った。私はうなづいただけだ。それ以外どうしていいか分からない陶然とした気持ちだった。

「美味しい食事でした。ありがとう」

彼女は腰に回した手を戻して私を引っ張った。私はその勢いに少々のけぞるようになったが、彼女の行く手に、けむくじゃらの太い手を挙げ、指でグーとしながら微笑む白人男性がいて、私は思わず日本式にぴょこんと頭を下げると、連れ立った女性があでやかなウインクを投げてくれた。今の抱擁が不快感を与えていなかったことがわかって、私は満面の笑みでレストランを出た。もう少し若ければスキップでもしただろうが、今はただ気持ちを手に伝えるだけで、ゆっくりとフェリーターミナルに向かった。

二つの時間が全く異質に、しかし同時に時を刻んでいるように思えた。サンフランシスコには昨日着いたばかりで、彼女には今朝初めて会った。それから数時間しかたっていないというのに、私と彼女の間には地球開闢（かいびゃく）以来の時間を共有していたようにほとんど永久と思われる時間が刻まれた。奇妙なことに帰りのフェリーの中ではほとんど話をしなかった。それは話すことがなくなったわけでも、話すことに疲れたわけでもなく、もちろん気まずい思いをしたわけでもなく、状況は全く逆だった。異質の二つの時間が、日常時間とスピリチュアルな時間が同じ時を刻むような感覚で、黙っていることを時間で意識することもなかった。かといって初めて恋を知った二人がじっと見詰め合ったり、抱擁したり、キスを交わしたりということでもなく、握り締めた手が動くたびに目を合わせ、少し微笑み交わすだけで、刻々が永遠で、私が彼女で、二人が世界であるようなそんな満たされた気持ちに浸されていた。昨日の旅立ちの前は地上二メートルにならない所を這い蹲(つくば)って、汚れ淀んだ空気の中で酸素欠乏症に陥っていたというのに、今は天から酸素マスクが自動的に降りて呼吸器を包んでくれたように、充分な甘い酸素が呼吸器を癒し潤してくれるような快感だった。何も考えていないのではなくて、考える必要がない状態、思考が邪魔をしないから行われている天と彼女とのインフォマジーの交流を意識のどこかで確認して、それをさらに意識で進めようとしているような「なだらかなときめき」があった。

彼女はフェリーターミナルにある旅行社に入って、日本行きの飛行機を予約した。彼女はカウンターで支払おうとする私を制して、自分のカードで支払った。

「あたしが連れて行っていただくのですから、あたしに支払わせてください」

「しかし、僕は帰りのチケットを持っているのですが」

「それは予約しているものですか」

「いいえ、オープンです」

「それじゃ今度あたしと一緒にこちらに戻ってきて、次に日本に帰る時に使ってください」

彼女はそう言うと、自分の電話番号を書いたカードと一緒にチケットを渡し、サンフランシスコ空港に十一時集合ということで別れた。先ほどまでの親密な時間は何だったのかと思うほどそれはさっぱりとした別れだった。無駄がないといえば無駄がなかったが、先ほどまでの余韻さえ打ち消すように彼女は颯爽と消えた。確かにそれで充分だった。すでに便名はもちろん座席さえ決まっているのだから、最悪、飛行機の中でも落ち会える。これから大学に出かけて休暇の了承をもらい、アパートに戻って明日の出発の準備をすると言う。「あなたはせっかくサンフランシスコに来たのですから、お好きな所に出かけてください」と彼女は言った。まさにその通りで何の間違いもなかったが、それがあまりに無駄がなさ過ぎて、合理的過ぎるように思え、彼女の心情の変化とさえ思えたが、かといってそれが心変わりでないことは知っていた。というのも、今は亡き親友の家庭に十日ほど滞在した時の最初の驚きも、夫婦間のあまりの無駄のない合理的過ぎる暮らしぶりを見たからだった。それは自分の領域と二人の領域をきちんと分けているからだろうが、日本のカップルがするようにベタベタすることはなかった。

その友人の町に到着したのは空港のレストランで夕食を済ませたあとだったから、驚いたのは次の日の夕食の時だった。私のために休暇を取っていてくれた彼と一緒に中華料理のテイク・アウトを持ち帰って二人で食べた。友人の妻は少し遅れて帰ってきて、途中で買ってきたのかチキンの揚げたものなどを食べていた。その日は彼女が忙しいからだと私なりに解釈していたが、次の日も同じようにそれぞれが持ち帰りの食料を買ってきてそれぞれが勝手に食べていた。お互いに自分の買ってきたものを勧めるわけでもなく、また余分に買ってきているわけでもなく、日本人が会社で一人弁当を食べるような感じだった。そんなことが三日も続くと、さすがに私は夫婦仲を疑った。彼が初婚で彼女は再婚。しかも四人の子供をもつアイルランド系白人だったからうまくいく方が難しい、そう勝手に判断していた。ところが三日目の夜に、私は「お休み」を言ってから寝室に入り、しばらくして居間に忘れ物をしていることに気づいた。居間に入るとテレビの前のソファーに夫婦が座ってテレビを見ていたが、彼の手は彼女の肩にあり、時々顔を寄せて囁き合っていると思うと、私がいるのも知らずに頻繁にキスを交わしている。私は忘れ物はそのままにそっとその場を離れた。

　その日以来夫婦間のことは聞かなかったが、週末の朝、再び驚かされた。二人とも休日だということで、朝から台所に入って、二人でパンを焼き、二人でスープを作り、二人でサラダを作って、私がいてもお構いなくキスを交わしながら本当に楽しそうに朝食の準備をしている。私は彼らの愛犬を抱きしめて待っているより仕方がなかった。到着した日から愛犬が妙に私になつき、一緒にベッドに寝てくれたが、それは二人が何かを始めると愛犬でさえ入り込めない二人の関係があるからかもしれない。そして、朝食は彼女がかいがいしく彼の皿にサラダを取り分け、果物の皮をむいて与え、昨日までの夕食とは打って変わった様子だった。その光景は昼食も夕食も続いた。夕食に至っては四人の娘と息子がそれぞれの家族やパートナーを連れてきたから大変である。一気にホームパーティの様相を呈して、ホスト二人は全員をかいがいしくもてなし、合間に頻繁に抱擁しキスをしていた。

その夜、子供たちが帰った後に、私がコーヒーを入れ、夫妻の所に運び、そして私は恐る恐る聞いてみた。「昨日の夕食までと今日の違いは何か」と。「昨日までは喧嘩していて気を使わせてしまったかもしれないが、見ての通り仲直りしたんだ」というのが彼の答えだと思っていたが、彼は結婚当初から、月曜日から金曜日までの夕食は独身時代と全く変わらずほとんど一人で食べてきたという。それは彼女も仕事をしているためで、夕食終了まではそれぞれの時間であり、その後は二人の時間だと言うのである。その代わり、週末は二人で食事を作り二人で食べるという。私は思わず言った。

「そうか、夕食の一家団欒は農耕社会の習慣に過ぎないのか」と。

親友はすかさず言った。

「私がアメリカに来て二五年、私の最初の驚きは、人間的だとか人間らしいとか人間の当然の習慣だと思っていたことの多くが、単に農耕社会の便宜上の習慣に過ぎないということを知らされたことだ。夕食を共にするのは、いや共にできたのは日没後に仕事ができないこと、それに食料が限られ、食事が重大な生活の条件だった頃には、平等の原則もはたらいただろうし、また皆が一緒に食べないと食いはぐれる恐れもあったからだろう。しかし、今アメリカの大都市ではいつでもどこでも何でも食べられる。しかも二四時間がフルに活動時間になり、農耕作業のように日照時間に限られることはない。そうなると一方が仕事をして一方が家事をしている時は一緒に食事ができるが、夫婦が共に働いていると、一方がもう一方の犠牲になったり、一方だけがより多くの仕事をするのは不公平で、日本の時代遅れの男たちのように女だから、妻だからなんていう主張は通らない」

「他にもそうした面白いことがあれば……」

「一杯ある。例えば数世代同居なんかも農耕社会の遺制で、アメリカの現代社会には双方に無理がくると分かっているから誰も同居しようと言わないし、勧めもしない。しかし、日本人は三世代同居を美徳のように言う。しかも兎小屋などと嘲笑われる小さな家でさえそうすることが親孝行だと思い、親もそうされることが当然のように思っている。しかし、こちらでは九十歳を過ぎても一人で生活している。独居老人などという寂しい言い方はしない。二人一緒に死ねないのだから、当然どちらかが一人になる。その覚悟なくして結婚してはいけないし老いることなどできはしない。それに三世代同居をしていても農耕の場合は仕事がある。畑を夫が耕し妻が豆を収穫する。元気な祖母はその皮をむき、煮ておかずを作る。しかし、都会の家で世代を越えて共通にできる仕事なんかは町工場や夫婦でやる商店などでなければありえない。そうすると少数、時に一人の稼ぎ手と、それに寄生し、しかも時間をもてあます多数ができて、実にややこしい人間関係が展開する。アメリカ社会に比べて日本やアジアの社会は、人間関係の中で男女の愛し合う関係を最優先しない。男女の関係というかそれに類似した同世代のレズやホモの関係もそうだが、最も基本的な人間関係を最優先しないから余計ややこしくなって、愛するために生活を共にするのではなくて、生活するためにお互いがお互いを規制し抑圧することになってしまう」

彼の視野の中には男同士、女同士の関係も入っていたが、人間関係の中で男女関係を最優先しなかったら彼のように四人の子供を連れた女性と結婚なんかしない。おそらく白人社会の中での実に人間的な意識の枠組みが発達していて、生活そのもののやり方もまた生活の質も最も進化しているに違いない。問題は、その意識の枠組みを白人用と非白人用、あるいは人間と他の生物などで使い分けていることであり、地球上の全ての存在を同じような意識の枠組みで考えるべきであって、自分たちの快適さのためなら犠牲者があっても仕方がないという白人至上主義こそが問題なのである。だから私もまたそういう点では成熟し進化した白人社会の生き方からも学ばねばならない。少なくとも多くのアメリカ人の祖先は農耕民ではなくて、開拓民ではあったから、土地を基盤にした思考枠はさほど強固ではない。ただ、ネイティヴ・アメリカンやバッファローを犠牲にしてきたことは問題ではある。

確かに彼女ナンシーはネイティヴ・アメリカンだったが、日本風に言うベタベタした甘えはなかった。あの蕩けるような甘い唇の持ち主だが、去る時は風のように颯爽と消えた。実際私は呆気にとられていた。脱力感が全身を襲い、いまさらどこかに出かける気もなく、タクシーでホテルに戻った。

ホテルのフロントで部屋を変えてほしいと頼んだ。「何か失礼でもあったのでしょうか」というホテルマンに対して、私は、「ちょっとアメリカ体験をしてみたいから、もっといい部屋にしてほしい」と言った。ホテルマンは、アメリカ体験をしてみたいという部分を理解したとは思えないが、「それじゃスイート・ルームをご用意できますが、どなたかとご一緒ですか」と聞いてきた。「そう、外形はもちろん存在まで素敵なネイティヴ・アメリカンの女性と蜜のように甘い夜を」と答えたかったが、「いいえ、一人です」としか答えようがなかった。怪訝な顔のホテルマンは、それでもベルボーイを呼んで私を案内させた。

　白人社会の快適さを歩いていた。白人の青年に導かれて歩いていた。少なくとも半世紀前には考えられない図である。黄色人種なら入り口で箒で掃き出されていただろうし、黒人ならその態度がデカイなどと罵られてリンチにされたことだろう。今、彼はどんな思いで前を歩いているのだろうか。客だから許しているのか、仕事だから我慢しているのか、それとも一触即発の状態で今にも切れそうだが、スイートを望む場違いのジャップでも金は持っていそうだからチップを期待しているのか、彼は押し黙ったままで案内し、鍵を開けるとうやうやしく礼をしてここが部屋だと言った。部屋の説明をしてチップを稼ごうとするボーイを制して、案内はいらないといって、少しムッとさせた。わずかな荷物だが、わずかゆえに必需品だけの荷物だったから、今朝の部屋からこちらに運んで欲しいと言いながら多い目のチップを弾んだ。ベルボーイの顔が一変して輝き、サーづけで「サンキュー　ベリー　マッチ」と言い、まるで「金は人のランキングを決めるのですよ、お客様」と言っているような顔で消えた。

ボーイが荷物を運んできて消えると、私はシャワーに入った。ぼんやりとドアのそばの椅子に座ってボーイを待っていただけで、まだ部屋全体を見ていなかった。それでも先にシャワーに入って、私は私の外皮に纏わりついている様々な思考の残渣を流し落として、すっかり白人の上級の快適さに馴染むつもりだった。シャワーを浴びながら、口を開けて「アーアーアー」と叫んでいたが、口から食道を通して肛門までシャワーを流して体の内側にコレステロールのようにへばりついている日本文化の残渣も流してしまいたかった。すっかり流せばどんな気持ちになるのか、私はいい香りのオーデコロンを全身に振りまいてシャワールームを出た。

まだ日の高い午後の街並みは空に向かってキラキラと煌いていた。その煌きごとに窓があり、その窓ごとに人間の営みがあり、ダークスーツの男や女たちが労働と言う愚昧に奔走しているに違いない。労働と言う愚昧とは確かアルチュール・ランボーだったたか、確かに人間は労働などせずに、生きる目的をしかと見つめて生きていければいいのだが、そんなことは夢想だにしないワークホリック、労働偏執狂がオフィス街を蠢く。手段のはずが目的となって、働くことが生き甲斐にさえなってしまっている。私は腰に巻いていたバスタオルも剥いだ。生まれたままの姿で広いテラスに出た。どこかのオフィス街から上役の目を盗んで望遠鏡など出して眺めている人などいれば、裸でテラスに出ている価値はある。一旦通り過ごしたレンズの向こうに異様なものを見た気がしてもう一度レンズを戻してみる。焦点を合わすと紛れもなく男が一人、ホテルのテラスで裸で佇んでいる。この昼間に何と言う異常な、そう思って同僚を呼びにいくかもしれない。昼下がりに裸で立っている男が異常で、世界を破壊することの代償に給料を得ている自分の方が異常だとは決して思わないだろうから、裸で立っていても寒いだけで、何の意味も価値もない、そう思った。白人社会で、意味も価値もない時間をのんびりと過ごすことなど怠慢としか言いようがない。働くこと、ひたすら働くことが生きている証であり目的なのだから。

そんな白人社会の倫理規定を、中学校の校則のようにあっさりと破棄した私は、室内のエアーコンディションの温度を上げて全裸で室内を歩き回った。白人の快適さに素っ裸で馴染むことも悪くはなかった。その快適さがいかに高価につくかは先ほどのフロントで知らされたが、この白人の快適さが確かに心を癒し始めていた。視界を和ませる濃い緑の調度品と薄いベージュの壁。壁にかかる絵画は著名な画家のものではなかったが、それでも充分に楽しませてくれる。私はベッドに大の字に横たわって部屋の住人となるために数度大きく呼吸をした。ベッドサイドのポプリが控えめに香る。

この快適さには何の問題もないが、この快適さのためにどれほどの犠牲が払われてきたかと思うと、一瞬にしてこの部屋の居心地を悪くする。その居心地の悪さを突き詰めるについては、これほどの快適な部屋はなかった。たとえポプリや花々が飾られていても、この部屋の快適さは、自然との距離を最大にすることで創られている。窓を開けて外気を入れるのではなくて、エアーコンディションが温度と湿度を調節するのであり、床も壁も天井も自然の影響を最も受けないような鉄筋コンクリート作りである。大理石の洗面台と浴室に至っては、一見、石の自然を気取ってはいるが、きちんと幾何学的に裁断されて、自然を感じさせない作りとなっている。

今、この部屋はホテルの一室だが、私がもしもアメリカに住み、それなりの金を手にして家を建てる時は、きっとこうした反自然の家を建てるのだろう。とはいえ、なるだけ頑丈な家を建てたとしても、それはアメリカ社会の人間評価にはなるまい。白人とはいえ開拓者の末裔であるアメリカ人は、必要に応じて家を所有し、簡単に家をかわり、何の躊躇もなく、子供が巣立てば無用の大きな家でなくて小さな家に移り住む。だが、日本でこんな家を建てようものなら、税金の他に人間の価値とは別個に家の価値からつけられる人間評価が一人歩きする。それは稲作農耕民族にとって定住が生存の条件であり、家を所有することが必要不可欠だからである。もちろん必要不可欠の家ではなくて、意識の均質化が強制され善とされる農耕社会で、存在の差をつけるのは財産の保有高であり、家はその中でも最高の差別化の方法である。そしてあたかも人間の価値が大きな家に住むことで高まったように錯覚する。

日本列島を流浪する人間「サンカ」の生活様式を端的に表す言葉に、「『一所不住、一畝不耕(いっせふこう)』と言うものがある。言い換えれば『非定住、非所有』と言う思想だ」(沖浦和光『幻の漂白民・サンカ』中の作田清文書)と言うが、彼らの家は、竹を柱にして張るテントだった。ネイティヴ・アメリカンも、カシ、カエデ、ヒッコリー、柳の若木を使ってテントを張るが、それは「耐久性よりも建築の簡便性を優先した仮小屋であった」(マーガレット・フィート『アメリカ・インディアンの世界』)という。「もの」を価値の基準に置くか置かないか、それは長年の生活習慣から来ていることに過ぎず、その人の人生観からでも性格からでもない。「もの」を存在の基盤に置かないことには生活ができない農耕定住民族と、物を持てば持つだけ生活の活動性が低下し、ひいては生活できなくなる狩猟移動民族との違いは今の時代にも脈々と暗部で続いているのだろう。だから、人種が全く違い、第二外国語同士という言語のコミュニケーションという障害があり、これまでの人生の全てを全く別個に歩んできたにも関わらず、二人はこだわりのない親しみを感じるのかもしれない。二人に共通していることは、自分の半生でそれなりに懸命に培ってきた価値体系をあっさりと放棄したことにあるのだろうか。人生で何が大事なのかを知り、そしてそれを何よりも最優先して生きていこうとしているからなのだろうか。

私は旅人として今、最も贅沢な部屋で全裸で存在しているが、今、もしも彼女が訪ねてくれば、「こんな豪奢な部屋に泊まるあなたは、テントのような簡易住宅で移動をもっぱらの暮らしの基礎においた民族の末裔とは言えない」そう言うのだろうか。なんならさらに全裸でパソコンを打って世界の隅々とメールなどしていればどう言うだろうか。「そんなデジタルな媒体で人間の心など伝わりません。あなたが日本列島の原住民なら、狸の毛の筆で恭しく文字を書くべきで、私ならさしずめワシの羽根のついたペンで書くでしょう」なんて言うはずがない。キーボードを叩く方が情緒的だという研究もあるから、

むしろ、自分も素っ裸になって、一切の社会によって纏わされている虚飾を剥いで、それでも存在を寿ぐために、ルーム・サービスに電話をしてシャンペンでも頼むに違いない。「何にする」、

そう受話器を押えて聞くだろうから、その時は、「ええ～と、ドンペリ、いや今夜は豪華にクリュブのグランド・キュヴェ」と叫ぶだろう。「ミンダナオのヤシ酒も美味いが、今夜は白人の美酒に酔いたい」など付け加えて。

しかし、彼女がいないからといって寂しいとは思わなかった。明日会えるからだろうか、と思った。彼女と離れることで寂しくなるほど時間を過ごしていないからかもしれないとも思った。男と女の性の欲情を翻訳した愛ほどに熟していないからなのだろうかとも思った。でも、どの理由でもなさそうで、スパークリング・ワインのようにもっと透明でふつふつと沸き上がる存在そのものがうれしいような壮大な気持ちになっていた。言い換えれば、彼女との間に距離感が失せているように思えるのだ。やせ我慢でそう感じているのではない。性交が至近距離、あるいは肉体の一方が一方の内部に埋め込まれることで充実を感じるとすれば、それは二つの固体が存在するからであって、二つに分かれているものが互いを求め合うプラトン的な男女愛だが、今、私は、二つの固体として彼女と自分を考えるよりは、彼女と自分が紛れもなく一つの世界に属していて、時間と空間に制約されない磁場のようなエネルギー場を共有し、その両者間をニュートリノのような微細な物質が相互の情報とエネルギーをブラウン運動のように渦巻きながら飛び交っているような気がしてならなかった。

ベッドに大の字に寝ながら大きく深呼吸した。当然のことながら人工的にコントロールされている気体だけで、一滴のアルコールも、一本の煙草も、まして覚醒剤だの麻薬だの催眠剤や精神安定剤など全く体内に注入していなかったが、私は眩暈（めまい）に似た存在のゆらめきを感じると、大の字のまま、体がスーと浮き上がる感じに襲われた。ドリーム・キャチャーに、金魚すくいでやるようにそっとすくわれて、私はホテルの窓からポイと夜空に捨てられた。

アー、と叫び、路上に叩きつけられて無残にくたばる自分の姿がひらめいたが、体は引力を忘れて、ふわりふわりと漂い始めた。彼女の上空へ辿り付いた、そう思った時には完璧に深い眠りの中だった。

次の朝、夜明け前に目が開き、驚くフロントの言葉を後ろに残して、また海に出かけた。今度はタクシーに『フィッシャマンズ・ワーフのピア三九』と告げた。街はしばし喧騒を鎮めてホームレスのゴミ箱漁（あさ）りが目立った。彼らの不幸は、同じ採集経済でも自然の恵みを採集するのではなくて、人間の食のあまり物を漁って歩くことだ。五十歳少々で夭折（ようせつ）した親友太田博通はアメリカにおけるホームレス研究者の第一人者だった。彼は、「彼らの五十％は精神に異常をきたしている」と言っていた。定住し家族を営み、暮らしに全く還元しない、いや、遠くからじわじわと暮らしを腐食させ腐敗させ壊しているような経済的行為で、暮らしとは別に金銭で受け取る仕事なるものをするということが精神の正常の基準であれば、ホームレスはその存在だけで異常である。しかし、人間社会は、常に定住しない漂泊の人間たちが存在したが、今、そうした人々への寛容の気持ちさえなくし、自分と同じでない人や文化は全て排除、抹殺しようとしている。

その抹殺のためのシンボルが核兵器であり、この核兵器という最終兵器に対して、個々人を狙うテロが頻発している。核兵器という最終兵器はそのまま最終テロの道具であって、その存在はどこをどう押しても正当化できるはずがないが、兵器産業は、兵器産業を司る太っ腹と弛んだ脂肪の妻と、能天気な息子や娘の脳を空洞化するだけだというのにどうしても止められないようだ。テレビや新聞の評論家が言うような、「罪もない人」などテロを受けた側に誰もいない。必死で抵抗している少数の白人は確かにいるだろうが、多くの人が最終兵器をちらつかせる愚かな指導者を祭り上げ、自分の利権を守るためにテロ撲滅を叫ぶ政治家を選出しているのだから。そしてその政治家が牛耳る社会の構成員だとすれば、罪がないというようなことはありえない。もしも罪がないというのならば、こぞって一方的なテロ反対など叫ばずに、双方共にテロ撲滅を叫ぶべきである。そんなアメリカを今朝、一旦去るにあたって、私はネイティヴ・アメリカンの気持ちに寄り添いたかった。

世界の名だたる大都市、文明化の象徴としてのサンフランシスコだが、ピア三九には嬉しい例外がある。自然破壊の二百数年の歴史をかいくぐってきたぴちぴちした命がある。フェリーが行き交い、ヨットが走る海を越えて、多数のアシカが生息しているからだ。私は別にこれといって特別でないその景色を見て、心底嬉しくなった。全身から文明の澱が一瞬でも濾過されたように思えた。そのアシカの姿にバッファローを重ねてみると、北アメリカ大陸を征服した人々がいかに残虐だったかがわかる。のんびりと草を食み、のんびりと昼寝をする、のんびりと水場に向かう……・。バッファローにとってこのあまりにも簡単なことを全くできなくしてしまった。その存在を殺してしまったからだ。同じ殺すことにおいて、一方は神と崇め奉って死を与え、一方は自分たちの生活のためだけに、胃袋と暮らしの満足のためだけに殺す。どちらが野蛮かは簡単に言えない。いや野蛮と言う言葉さえ支配人の言葉なのだろう。野蛮を反文明、反文化的なイメージとするならば、どちらが反地球的、反生物的、反自然的、反人間的なのだろうというべきかも知れない。

私は長い間、アシカたちの、別になんてことのない生態をじっと見つめていただけだったが、ふと時計を見て、慌ててホテルに戻り、食事もそこそこに空港に駆けつけた。

確かに見覚えはあるのだが、キラキラと輝く真珠のように小粒で可愛い女性が待っていた。ロングスカートに短い皮のジャンパー、そして豊かな黒髪、どこかにネイティヴ・アメリカンを彷彿とさせながら、それでいてお洒落だった。

「どうしたの、遅いから心配していたのに。来る早々何も言わないで、ジット見つめているのですもの……」

「ウ～ン、今のスタイルこそ文化なのだ、そう思ったからです。あなたのような人の美しさは西洋的な服装だけでは発揮しきれないのでしょう。どこかにネイティヴ・アメリカンの香りをさせないと充分なお洒落じゃないのでしょう」

「嬉しいわ。そう意識してお洋服を考えて来たのですから。遅れてきたことを許してあげます」

可愛かった。突然、アメリカ人でもネイティヴ・アメリカンでもなく、一人の女性として、しかも恋人の前ではにかむ可愛い「女」が立っていた。

「そんなに見つめていないで、ハイ、急いで搭乗手続きを」

彼女に促されて搭乗手続きを済ませ、ゲートまでの間、昨夜から今朝までの顛末を話していた。全裸のホテル、朝のアシカ、どちらも彼女の爆笑を誘った。そんなに爆笑するほどの話ではなかったが、彼女のなかで緊張の糸が外されていたからだろう。昨日の彼女より素晴らしく綺麗だった。歩きながらも見詰め、シートに座っても見詰め、そのたびに彼女は「イヤヨ」と言いながら、それでも嬉しそうに首を傾げて微笑んだ。

飛行機が誘導路から滑走路に入ると、彼女は私の握っている手に両方の手を重ねてきた。

「どうしたの」

「飛行機は苦手なの」

「でも、ネイティヴ・アメリカンは大空を自由に羽ばたくワシなどの鳥に憧れ、畏敬の念を抱き、様々なフェザーワークをするのではないですか。その鳥になれるのですよ」

「ええ、頭ではわかってますが、ではあなたは怖くないのですか」

「僕も得意とは言えません。怖いのはひょっとすると命をなくすかも知れないと思うからですね。自動車事故より確率が低いのですが」

「確率は低いといっても、一度事故を起こせば助かる可能性は限りなくゼロに近いでしょう。だから怖いのですよ。でもあたしはもう落ち着きました。だって、あなたの手に両手を重ねると、たとえこのまま飛行機が墜落しても構わないと思えるから」

「どうしてですか」

「だって、命より愛が大事でしょう」

破

「命より愛が大事なのですか」

彼女が出口に佇んだ人形に聞こえるようにそう言う。


男が育ててくれた母を捨て切れず、かといって愛する妻と別れることもできず、意を決して家を出るところだった。世の中が不景気で、きっと金などを援助してもらったために、身分は高いが貧乏な家から、身分は低いが金持ちの家に養子にやられたのだろう。十六年の間、辛い日ばかりで何度自殺しようと思ったことか。長じてようやく妻をもらい、悲しい日々と別れることができると思ったのも束の間、育ての母である姑がことあるごとに妻をいじめ、ついには彼のいない間に追い出してしまう。それは彼女を追い出したあと義理の息子に高額の持参金づきの嫁を迎えたかったからだが、そんなことが世間に知れて養母の立場が悪くなるのを恐れた男は、旅から戻ると一旦妻を連れ戻し自分が妻を離縁すると嘘を言う。今まで育ててくれた恩を思うと捨てることもできず、かといって愛する妻を離縁することもできず、やむにやまれず、母には妻を離縁するという証文を書いたと言い、男は死を決意して妻を連れて家を出る。

その出口で、妻は言う。

「待ってください。あなたの口から離縁するとか出て行けとか言われれば死んでも気がかりです。この門口でたった一言、『別れない』と言ってください」

男は妻をかばうように抱き寄せて言う。

「何を言っているのですか。今夜は『庚申待』という特別の夜です。この夜に眠ると体の中の三匹の虫が罪を上帝に告げて命を縮めると言われている日だから、みんな起きています。夫婦でこの家を出て行っても誰も怪しみません。一緒に出て行くのです。決して離別するためにあなた一人を追い出すのではないですよ」と母を騙すために書いた離縁状を懐から取り出して破り捨てる。

「うれしゅうございます」

——と手に手をとって、この世を去る、輪廻を去る、迷いを去る。

今日は最後の屠殺場に曳かれる羊のように死に次第に近づいていくのだから、足にまかせて……

幕が下りる。

「育てられた恩があっても、二人が愛し合っていれば、その愛を認めるべきです」

「そうです。しかし、これは今から三百年近く前に大阪であった本当の話ですから、当時は家とか親とかいうものからそう簡単に裏切れない社会的な倫理観がありました。先程の寝れば命を縮めるという夜を宵庚申と言いましたが、あの習俗も中国の道教の影響です。千年前に中国から伝わり、江戸時代に盛んに行われたもので、いわば支配人の習俗です。それに親を敬えという孔子の儒教も中国から朝鮮半島を経て日本に伝わり、格好の支配の道具となったものでしょう」

「そうなのですか。人の生き死にまで中国や朝鮮半島の思想や哲学が関わっていたのですね」

「愛し合っている夫婦が一緒に自殺するなんて今の私たちにはとうてい理解できませんが、そうした意識も折々の社会的な風潮で作られるのでしょう」

「でも、そうした逃れられない社会的な拘束より愛を大事にするところは分かりすぎるぐらい分かります。お千代さんが可哀想です」


幕が開いた。


—大詰め、道行の短夜。

正面に生玉の大仏勧進所の門。

暁近く、時鳥の声。鐘の音。

「名残の夏の薄衣、鶯の巣に育てられ、子で子にならぬ時鳥、われも二八の年月を養ひ親に育てられ、子で子にならず振捨てゝ、死に、行く身は人ならぬ、死出の田長か時鳥。卯月五日の宵庚申、死なば一所と契りたる、その一言は庚申、参りの人に打紛れ、忍び出づるも哀れなり。われが恋路は糸なき三味よ。なんの音もせで待明かす（『心中宵庚申』床本、山縣元、鶴澤八介メモリアル・ホームページ）—

「あのね、えーと、ホトトギスは自分の卵を鶯の巣の中に産み、鶯に我が子を育てさせますが、私も二十八歳まで養母に育てられました。それなのに子供としてするべきこともせず、死んでいくなんて人の道にも反します。しかし、もし死ぬならあなたと一緒に。夜のお祭りに出かける人に紛れて死に場所を探すのも哀れです。私たちの恋路は糸のない三味線、それは日本のギターのような楽器ですが、何の美しいメロディーも奏でずに死んで行きます」

私は懸命に訳した。少々誤訳でもその場の雰囲気を壊さないように伝えたつもりだ。

—毛氈を土に打ち敷き

「ナウお千代、この毛氈を毛氈とな思われそ。二人が一所に法の花、紅の蓮と観ずれば、一蓮托生頼みあり。親兄弟への書置きも、この状箱に入れ置けば、明日は早々に届くべし。サアサア観念、最期の念仏怠りやるな。今が最期」とずはと抜く—

「赤い絨毯を敷きましたね。これは絨毯ではなくて、仏様の世界に運んでもらえる私たちの人生最後の花かもしれませんし、そう思っていれば、死んだ後、一緒に極楽に往生して、同じ蓮華の花に身を託せる望みも生まれようと言うもの。親兄弟への遺書もこの箱に入れておけば、明日の朝には届くでしょう。さぁ、覚悟して、最後のお祈りを、そう言って刀をズバッと抜いた」

彼女は私の日本語より以上に、舞台からの言葉をその場の雰囲気で聞き取っているようだった。だから訳す前に彼女が一瞬身震いした。身震いして私の手を捜し、強く握ってきた。私はその手をもう一方で静かに叩きながら彼女の驚きを鎮めていた。

—千代は合掌、手を合わせ「南無阿弥陀仏、弥陀仏」の声より早く引寄せて、脇差(わきざし)喉(のど)に押当つる。

「ナウ待つてたべ、待たしやんせ」と身を摺(す)り退けば—

彼女もまた私に体を預けてきた。触れる肩が激しく震えている。命のない物に魂が宿り、その人形の魂が今、彼女の魂と共鳴している。彼女の顔から血の気の失せるのが分かる。

—「待てとは未練な、刃物を見て俄(にわか)に命惜(お)しなったか、卑怯者め」と睨(にら)め付くれば—

私は耳元で囁（ささ）いた。「待てとはまだこの世に執着があるのか、刃物を見て命が惜しくなったのか、卑怯者め」と。彼女は耳をそばだてながら哀れなほど共鳴している。お千代に向けられた怒りが彼女に向けられたように彼女の全身から力が抜けた。

―「いやいや未練も卑怯も出ぬ。今の回向（えこう）はわが身の回向。可愛やお腹に五ケ月の男か女か知らねども、この子の回向してやりたい。嬉しやまめで産んだらば、どうして育てう、かうせうと、案じ置きは皆徒（あだ）事。日の目も見せず殺すかと思へば可愛うござんす」と、かつぱと伏して泣入れば―

私は耳たぶを噛みそうなほど近づいて、「いいえ、執着があるわけでも卑怯になったのでもありません。今、手を合わせ念仏を唱えたのは私のため。お腹の中にいる可愛い五ヶ月目の子どものために念仏を唱え、来世の幸せを祈ってやりたい。もしも嬉しいことに元気に赤ちゃんを産むことができれば、どうして育てよう、こうして育てようといろいろ考えてきましたが、全部無駄になりました。この世に生まれないままに殺してしまうかと思えば可哀想で」と急いで訳した。彼女は大粒の涙を流し、すすり泣き始め、やがてしゃくりあげて泣きだしてしまった。声を張り上げる義太夫の語りと三味線の音が無ければ私は彼女の口を塞がねばならなかった。

—男も声を啜り上げ

「俺もなんの忘れうぞ。もし言出したら、そなたの泣きやらう悲しさに黙ってゐた」とばかりにて、一度にわつと声を上げ、前後正体泣き叫ぶ—

「私もどうして忘れることができましょう。もしそれを言えばあなたが泣き悲しむだろうと思って黙っていたが」と私も泣きながら伝えていた。

—「サア夜明けに間がない。明日は未来に添ふものを、別れは暫しのこの世の名残」

舞台照明に少し光が増した。「さあ、夜明けに時間がありません。明日は次の世で一緒になります。別れてもそれはこの世のしばしの間だけです」と私も彼女の肩を抱いていた。

—十念迫つて一念の、声もろともにぐつと刺す—

「ウッ！」明らかに咽に脇差が刺さったように彼女が声を出してしまった。

――咽の呼吸も乱るゝ、刃、思切っても四苦八苦、手足を足掻き、身をもがき、卯月六日の朝霧の、草には置かで毛氈の、上に亡き名を留めたり――

「ノー、止めて。苦しそう、ノー、可哀想」

彼女はほとんど座席を越えて私の胸に体を押し付けながら小さく叫んでいた。彼女もまた悶え苦しんでいた。お千代がぐったりすると、彼女の体からも力が抜け、私に全体重を預けるように倒れこんできた。

――年は三九の郡内縞、血汐の染みて紅の、衣服の姿搔い繕ひ、妻の抱へ（＝抱え帯、前に結んだ帯）を二つに押切り、諸肌脱いでわれとわが、鳩尾と臍の二所、うんと締めては引括り引括り、脇差（短い刀）逆手に取持って、一首の辞世（死に際に残す詩、歌）にかくばかり。

「古を捨てばや義理も思ふまじ朽ちても消えぬ名こそ惜しけれ」

遥々と浜松風に揉まれ来て、涙に沈むざゝんざの声、三国一ぢや、われは仏になりすます。しやんと左手の腹に突立て、右手へくわらりと引廻し、返す刃に笛搔き切り、この世の縁切る、息引切る、哀れなりける――

もはや言葉は必要なかった。私は最後の場面を訳そうとは思っていなかったし、事実彼女は一人で理解していた。いや一人で理解していたのではなくて、人形だったはずの半兵衛と主遣い、左遣い、足遣いの三人と義太夫節と三味線、後見から舞台のスタッフ全てと観客が一つの場を作った時、もはや言葉の必要性は無くなる。彼女は充分に理解し、充分に圧倒されて、しばし呆然と言葉もなく、ただまんじりともせず舞台を正視し、止めどなく涙が溢れていた。

「命より愛が大事なのよ」

そう自分に言い聞かせるように私の顔を見ながらいった。観客はほとんどの人が客席から消えていた。長い沈黙があったはずだが、私もまた時間を超えた特殊な場に居合わせていたようだ。

物に過ぎない人形が魂を得て生き、そうして生きた人形が死んでしまい、しかし、まだ体に温かみが残っていて、それを感じているような時間があった。もしも感動というものの一つが登場人物との一体感によって得られるとすれば、彼女は今、魂を失った人形のように死んでいた。明らかに咽を一突きされ、感性の出血多量で死んでいた。こころなしか握り締めていた手さえ冷たくなっていった。

私は永い間、彼女のむくろを眺めたままで我慢していた。しかし、舞台の袖から場内の掃除が始まってしまって、彼女を連れ出さねばならなくなった。手に力を入れても反応はなく、肩にのせた頭を起こしても虚ろだった。私は、肩を抱き寄せて有無を言わさず唇を重ねた。私なりの人工呼吸だった。彼女の冷たく氷結していた唇に温かみが戻ってくると彼女は仮死状態から蘇った。抱きかかえるようにして席を立ち、場外に出た。ロビーにはまだ観客が残っていたから急ぐ必要はなくなった。彼女はようやく口を開いた。

「こんなに凄い文化が日本にあったのですね」

私は返事をしなかった。彼女が続けた。

「でも、これが純粋な日本原住民の文化ではないことはわかります。複合文化として今日に伝わっているのでしょうが、日本民族が単一民族でなくて、複合民族であるという確たる証拠はあるのですか」

「いろいろな説はあります。中でも一九世紀初頭の鳥居龍蔵という人が、日本民族は単一民族ではなく、アジアの各地からやってきた六系統から成る複合民族であることを論文で発表しましたが、アジアから来たかどうかは別にして複合民族であることは間違いないと思います。ですから、日本文化も複合文化であり、日本文化の粋のように言われるものの多くが、日本列島に伝播して後、それまでの文化と融合複合したもの、改革、改良されたものがほとんどです。例えば三味線は中国の三弦をルーツとして沖縄に伝わって蛇皮線となり、十六世紀頃に日本列島に伝わって、おおよそ百年かけて改良が行われたといいます。しかし、人形のルーツは中国というより、古代から世界各地に存在し、それぞれ独自に進化してきました。日本列島でも手で操る人形と糸で操る人形の二つがあり、その一つの手で操る人形が浄瑠璃などと提携して今日の文楽となっていったのでしょうが、この人形を扱う漂泊民が『傀儡師（かいらいし）』とか『傀儡師（くぐつまわし）』と言われ、すでに千年以上前に大江匡房（おおえのまさふさ）という人が『傀儡子記（くぐつまわしのき）』という本を書きました。おそらくその傀儡（かいらい）とか傀儡（くぐつ）とか呼ばれた人形と共に日本古来からあったものかもしれません。でも、そんな歴史じゃなくて……」

「ええ、ここに最初に連れてきていただいたのは、その封建的な社会で潰される愛の哀しみを知るためでも、愛が命より大事だといってても愛のために心中をしてもいいということを知るためでもなく、きっとあの人形、しかもコンピュータ制御のハイテク人形でなく、まるで物でしかない人形が、遣い手によって人間らしく動くのではなくて、人間そのものとなるということ。いいえ、時に人間以上に人間らしく動き、動かない時もちゃんと心臓も肺も動いているように見えるということの不思議を知り、あの人形こそが人間だと知らすための文化があったということを示してくださるためだったのでしょう」

「確かにそう思ってここにお連れしました。ですから、傀儡師の歴史もそういったところから考えれば有意義だと思うのですが」

「といいますと」

「古来から傀儡師が存在したといいますが、それはきっと仏像などが伝播する以前、いわゆる偶像崇拝などが始まる以前から存在したのだと思います。人間が一人で生きているように思っている思い上がりを人形によって諌（いさ）め、神に操られる傀儡（くぐつ）と言う人形としての人間がいて、その人間を物に託することで聖なるものにしようとしたのかもしれません」

「私たちネイティブ・アメリカンやアイヌの人々が、大切な生き物、可愛がっていた生き物を殺すことと意味合いは同じだというのですか」

「物でしかないものに魂を吹き込むというよりは、物が内部に秘めていた魂を人が精魂込めて動かせることで共鳴させ、あるいは融合させて、本当の生き物として蘇らせるのだと思います」

「人が魂だけを吹き込むのでしたら、それは人に似る人形でしょうが、人形という物が持つ魂と呼応して動くとなると、それは人間だけでも物だけでもない、神としての聖なるものになるのでしょうね。だから、あの表情はたまりません。女性の色っぽさといい、男の決意を漂わせる男っぽい色気、それに愛に満たされた表情など本当に美しいものでした。単なる人形では絶対にないですね」

「あの黒子ではなくて顔を出している人形遣いがいますね。主遣い（おもづかい）と言うのですが、最初、あの顔を出す意味が理解できませんでした。失礼だけど、人形をあのように遣えるようになるには相当の年月が必要で、彼らの顔を見ることで感動するとか、癒されるとかいうことはなくて、むしろ年老いた、どちらかといえば醜い顔です。ですから、自己顕示欲かなと思って不快ですらありました。でも、彼らの無表情に驚かされて、少し考えが変わりました。彼らの無表情は人形に魂を奪われるというか、人形に魂を注ぎ込むためで、いや奪われるとか注ぐとかいう一方的なものではなくて、双方に共鳴し合うというか、双方に内奥の神を引き合わすというか、彼の表情という表面的な変化が死んだ彼方で、木の霊との凄まじいばかりのインフォマジー、これは情報とエネルギーの一体となったものという僕の造語ですが、そのインフォマジーの交流があると思うのです。人形であって人形でなくなる境地、人であって人でなくなる境地、それが共存する境地で、そのために人間界の表情が消えてしまうのだ、そう思い始めたのです」

「人形ではなくて木の霊と言うのはよく分かります。木の霊は人形の形をしていなくても霊なのですが、それを人形の形のすることでより霊の存在を見やすくしたに過ぎないのでしょう」

「確かにそうだと思います。しかも極めて美しく、透き通るように美しいのは、人形たちが魂を得たという月並みな表現では全てを言い表しえない神秘のメカニズムがあると思います」

「魂を得るということだけではないのですか」

「そうです。きっと、人形と使い手とそれを操る神との三者の中で、動きに結果するようなエネルギーの流れに滞（とどこお）りがないからです」

「滞りがないというのは……」

「使い手はある時期から、その時期というのは二重の意味がありますが、一つには何年も修行を積んだある時期であって、もう一つは舞台で演技を始めて後に三者が一体となる時期の双方です。使い手の中に、『何々しよう』とか『何々すべき』とか『何々の方がいい』というような技巧へのこだわりがなくなる時があるのだと思います。人形遣いでありながら人形となって神に遣われているという不思議な境地、動きが文字通り自然になる時期、その時こそが人形浄瑠璃の存在の意味と価値だと思ってきたのです」

「人間と一緒ですね。滞りなく宇宙のエネルギーの流れに乗る、それによって我々の先祖も類稀なパワーを得たのでしょう。人間が本当は人形のように操られている、しかもそれは自由がないということではなく、あるいは逆に勝手気ままに動かされているのではなく、一体となり、それによって意識などで滞ることなくパワーが流入し、常に新しく蘇りながら、愛として流れ出させること、それこそが人形のように美しく存在できる秘訣だと教えているのでしょう」

「ですから、後で人が手放した人形を見ればまた別の感慨があります。なんというか、それは今度は物以下なのです。生気が失せたというか、魂が失せ、不気味なほど死んでいます。それなら木は木のままでよく、なまじ頭と呼ばれる顔に作られなければ良かったとさえ思えます。まさにあの人形は飾るためでも眺めるためでもなく、生きかえるためです」

「生きかえるため、というのは凄いですね。あの人形がいろいろ教えてくれますね」

「私も幾つものことを教えられました。足と頭が別々の人に操られているということは、そのまま人間もそうかもしれないと思ったこともその一つです」

「いろんな神様が協力して動かせているということですか」

「ええ、それもそうですが、全身の全てが脳の指令によって動いているように思っていますが、あの形態形成場の理論のように足は足の場で足が勝手に動いているのじゃないか、と思ったのです」

「あなたは不思議ですね。何でも人間に関わらせてしまうというか、人間の存在のありよう、いいえあなた自身の生き方に取り込もうとします」

「強引で独りよがりが多いですが」

「そうかもしれません。でもそれはマイナスではなくて、むしろそうあるべきではないですか。自分というものにかかわりのないように『ものごと』を見詰める人がいるでしょうが、彼らは、『ものごとの一切の現象が観察者の影響下にある』という物理学の基本的命題さえ認めたくないのでしょう」

「この惑星に存在している限り客観的な立場というのはありえません。ですから自らが戦場に行かない人の軍備論はナンセンスであるばかりでなく、人間の頽廃です。そういった人間が惑星生物として呼吸している限り、戦争はなくなりません」

「あなたのように、一切を自分の生き方に関わらせることこそが、全ての問題を解決する方法かもしれません」

「そう言っていただくと嬉しいのですが、強引と独りよがりのせいで僕の書き物はなかなか人様に受け入れられなかったと思います」

「それは一切の問題が自分の問題であると人々が考えられるほど進化していないからでしょう」

「僕が進化しているとは思えませんが」

「どこまでも自分の価値を認めたがらない人ですね。それがあなたが世に受け入れられなかった理由だと思いますよ。もっと声高く叫ぶべきですよ。自分の考えを自信をもって人に伝えるべきですよ」

「そういった意欲は僕に欠けていたかもしれません。でもそのおかげで普通の人が人生の黄昏(たそがれ)を感じ始める年代にあなたのような人と出会い……」

「またまた世間から離れていってしまうのでしょう……」

「ですから、もっともっと離れませんか。おそらくこの惑星上で最も遠い所を感じに出かけましょう」

「震える」という言葉は、小刻みに揺れることを言う。周辺が全く動かない中心で一人揺れているとすれば、その言葉が当てはまるかもしれない。しかし、震動という言葉で、立っている大地も包まれている空気も頭上に覆(おお)い被(かぶ)さる木々も、同じ震動の中で小刻みに揺れているとすれば、もはや現象を正確に表現できる言葉ではない。極めて即物的に表現すれば、彼女の立つ大地と空気と木々が同じ電界内、同じ磁界内にあって、今、彼女がフィラメントのように光を帯び始めている。

上を見上げ、雷に打たれたように天空からの精妙なる何かを浴びている彼女が、感極(かんきわ)まったように、「あー」と叫び、そして両手を広げて私を誘い、呼んでいた。言葉はなかったが、強力な磁力が私を引っ張っている。私の脳裏をサンフランシスコの体験が過(よ)ぎった。もし一人絶縁状態のままで、それでも大きく広げた手の中に飛び込んだとすれば、私は一瞬にして落雷にあったように感電して、気体となって昇華してしまうに違いない。

私は大きく深呼吸した。そして、「愛を」「愛を」と意識の中で繰り返しながら、私自身を鎮まりの中央に置こうとした。もちろん、それはきっかけに過ぎず、たちまち一切を忘れ、呆然と光を見詰めていた。

脚を動かせて彼女に近づいたという自覚はなく、するすると滑るように、いや地表から数センチ上を飛びながら彼女の磁場に吸い込まれていくように体が移動した。近づけば近づくだけ、視界の色合いが変わり、黄金の核に向かって、周辺の色が黄色を帯び始めたと思った瞬間、自分自身さえ黄金へのグラデーションを刻々と進みながら、核である彼女の黄金に迫っていった。

もしも日常の生活でこのようなことがあれば、むしろ体は本能的にすくみ、恐怖に引きつった筋肉の全てで抵抗したに違いない。何しろ今までの人生で未体験な行動だったからだ。

だが、本能と言われている行動の衝動的動因の基盤に、本能さえ統括している力、エネルギーであり情報であるような力があるとすれば、今、その情報でありエネルギーである存在の基盤インフォマジーは黄金の核に接触することを命じていた。私もまた微かに残っている日常意識の中で、あの黄金に触れ、あるいは焼かれ、あるいは熔かされ、あるいは昇華してしまうかもしれないとしても、拒む理由は一切なかった。黄金のあの時、あの一瞬かもしれないというのに、逃げ出すことなどもってのほかだ。

私は、はっきりと言える。自分の日常意識の中でも、普段、生活している時に働かせている意識の領域でも、私のほうから喜んで飛び込んでいったと。その証拠は、肉体が引力に反して宙を舞うように軽くなったことだ。「体が重い」「気が重い」、それはきっと比喩ではないに違いない。実際に存在の基盤から離れれば離れるだけ体が重くなり気も重くなるのだろう。人間とて生きている間は肉体を纏(まと)う物質であるが、物質である以上、その最も小さな単位、それが粒子なのか波動なのかはともかく、極微の世界は空間に漂うものである。地球でさえその空間を無くせばテニスボール程度の大きさになるというが、人間などは、物質的な存在をなくして塵芥のように漂うだけのものになってしまうのであろう。しかも人間には存在をコントロールできる意識が与えられているから、その物質としての大きさをなくした時、きっと飛べるに違いない。とはいえ、日常の意識が日常の存在条件を決して超えられないように、日常意識ではなく、むしろ日常意識の彼方の、存在の基盤からの情報によって物質としての日常存在を超えられるのだろう。

そんなことがめまぐるしく意識の中を巡り、その凄まじさで昏倒するのかとさえ思った。しかし、時間は絶対的でなく、その凄まじい精神の回転だと思う一方、全身が時間の死んだ彼方でゆっくりと解きほぐされていくような時間の弛緩が起こっていた。瞬間なのか永遠なのか、停止しているのか激しく回転しているのか、鮮烈な覚醒なのか、半透明の陶酔なのか、それさえ判然としないまま、私は彼女の大きく広げている腕に抱かれた。

本来、激しい辛さで舌が麻痺したり、致死量ではない電流にうっかり触れてしまったり、遊園地の遊具で全身をもてあそばれたりするような、いわば肉体が異常な刺激にあう時は、どちらかといえば不快である。その不快さは究極的には生命の危機につながるからかもしれないからだろうが、全身を痙攣させ、小刻みに震えさせ、内臓でさえ痺れあがるほどの刺激だったが、きっと生命の危険と逆のベクトルなのだろう、私はただ抱かれるだけでほとんど射精最盛期の恍惚感の中にあった。

うかつにも彼女の口が私の性器を飲み込んでいるなどと思ってしまったが、彼女の顔は満面の笑顔で輝いて目の前にあった。ならば私が記憶を失っているだけで、この山中で二人はまさに交合している最中なのかもしれない。亀頭が彼女の子宮の壁まで達し、彼女の膣がきつく締め上げながら、それでいてマシュマロの内部に突き刺さっているような安堵感がある……、そんな感じだったが、下半身に手をやると、私の性器は下着の中で屹立(きつりつ)してはいても決して彼女の膣にも肛門にも口にも挿入されてはいなかった。

彼女が唇を重ねてくると、全身が夢精しているように快感が液体となって頭上から降り注いで足元にまで達した。足元に達した、そう思った瞬間、彼女が唇をはなして、こう言った。

「今こそ私たちは飛ぶべきですよ」

私がその言葉の意味を解釈しきれないでいると、彼女は、私のズボンを下げ、私の性器を握り締めて、自分の足の間に誘った。すでに輝きを見た時点で性の欲望など全く感じなくなっていたが、それでも性器は屹立したままで、彼女の誘いのままに蜜で溢れる秘所に近づくと、そのままするりと全身を包まれてしまった。それは彼女の膣であるはずだったが膣ではなかった。私の存在が宇宙の核に到達したように、性器から射精によってエネルギーを放出するのではなく、彼女の膣に広がる宇宙の基盤に接触して無限の高貴なるインフォマジーを頂戴しているような感じだった。充填していると言えばいいのか、充電していると言う言葉がふさわしいのか、あるいは輸血なのか、性器からどんどん注入され、私は恥ずかしさなど忘れてあられもない声を放っていた。自分でも驚くほどに大きな声で、しかも梢を突き抜けて天に聞こえるような艶やかな声であった。止めようという意識もなかった。ただおかしなことにインフォマジーと思えるものがどんどん注入されればされるだけ、それは空気の比重より軽く、全身が引力を失っていくのがわかった。その引力を離れる量に二人の間で差ができるように思えると、彼女は唇を重ねてきて、それによってその量を調節するようにさえ思えた。そんなことを何度も繰り返している間に、二人は合体したままではるか大杉の梢の上を飛翔していた。

やっと彼女の「飛ぶべき」だといった言葉が理解できた。山々の上空を果てしなく上へ上へと登っていった。それは鴨川や桂川から琵琶湖に寝に帰るユリカモメが一気には比叡山を越えないやり方に似ていた。彼らはただひたすら上空を目指す。群をなし、様々な編隊で上昇に上昇を続け、見えなくなるほど上空に上ってから北を目指す。それは飛ぶエネルギーを少なくするためなのか、それとも日に一度、天におわしますとかいう神に感謝の舞をお見せするのか、とにかく人間の最短距離という時間と空間に制約された存在からは考えられない行動をする。

それもそのはずで、人間の筋肉や生理的な動きは、この地球上では人間特有のものであり、人間だけの物理の法則に支配されているとしか思えない。それはまさに人間のこざかしい意識がそうさせるのかもしれないが、少なくとも人間以外の生き物は、その行動において人間の作り上げてきた物理学の体系では包摂しきれない、いや当初より破棄しているのかもしれない。簡単に言えば、鳥が飛ぶとか、魚が泳ぐとかいう行動は、人間の物理学の法則では説明しきれない。例えば、小魚が日常普通に行っている、急流に逆らって川上目ざして泳ぐ姿勢を取り続けることは人間ならば絶対にできない。上から観察しても、流れに抵抗して停止するためにひれを必死で動かせているとは思えない。まさに『水を得て』という言葉通りに、流れる水があればその斥力によって川上に引っ張られているようにさえ見える。人間と言えば、めだかでさえ簡単にやっているこのことすらできはしない。人間の体を飛翔させるために、鳥の体重と羽根の比率と同じように人間に羽をつけても、その羽根は重すぎて人間には決して動かすことができないものだろう。

しかし、人間のように非力な嬉しい鳥もいる。飛べない鶏や駝鳥のことではない。彼らは地上にのみ生きる彼らの法則があるから地上を闊歩しているだけなのだろう。しかし、鳥の中には大空を飛ぶことができるのだが、飛び立つことと着地することが普通に出来ない鳥もいる。それはオオミズナギドリという全国に飛来する渡り鳥で、日本海の若狭湾にある冠島という小さな島に飛来することでも知られている。渡り鳥だというのに、カモメやウミネコのようには飛べない。夜明け前に翼を羽ばたかせながら、足の爪やくちばしを使って木に登り、高みから飛び立つことでようやく滑空する。着地もとうてい鳥とは思えないほど無様で、木の茂みに葉をクッションにしてぶつかることでしか地上に降り立つことができず、そのために多くの鳥が木の枝にひかかったり窪地から脱出できずに死亡したりする。

私も今、ヨタヨタとオオミズナギドリが木に登るように高みに登っている。着地などどうなるか予想もつかない。大杉の梢にひかかって餓死するか、それとも有頂天になって高みに登りすぎ、太陽の熱で羽根を焼かれて海に落ちていったイカロスのようになるのか、全く見当もつかなかった。予想とそれによる恐怖は、時間を持ち、しかも意識で過ぎ去った時間やまだやってこない時間を幻想体験する癖のついてしまった人間だけの習性なのだろう。

時間が消えている今は、恐怖というものは何も無かった。もちろん時間だけが消えているのではない。この惑星上では時間と空間は一体であり、時空間として人間を制約しているのだが、一方が消えるともう一方も消え、高みとはいえ、それは日常意識の中での判断に過ぎず、どの位置にどうしているかはもはや意識すらできなかった。ただ、日常の一切の意識と離れている距離だけ高みに上りえているようだとは思えるが、それが日常の世界で言うメートルで表す高さかどうかはもはや不可知だった。

オオミズナギドリが渡り鳥でありながら飛ぶという最も基本的な能力において他の鳥のように容易でないことは、私が本来人間という日常で意識している存在のあり様をはるかに超えた存在であるにもかかわらず、その最も基本的で、誰にも付与されているはずの神のような力を発揮できないことと同じだろうか。カタパルト（航空母艦の艦載機発射機）がないと飛べないオオミズナギドリのように、私もまたカタパルト無しには飛べないのかもしれない。片肺飛行であっても、イカロスのように太陽の熱で翼の蝋が溶けて海に墜落しようが、一度でも飛べれば鳥として生まれた価値があるように、神のごとく飛翔できれば、人間として生まれてきた価値があるのだろう。
私のカタパルトたりえている彼女の美しい顔に目の焦点を合わせた。幾つもの光が重なって白に上り詰めるように、彼女の顔は光の極点で眩く輝いていた。その美しさに私から唇を重ね、濃密に舌を絡めてくる彼女につながりながらさらなる性欲を感じると、全身が亀頭から彼女の中に吸い取られていくように存在感を無くし、文字通り昇華して自分は意識もろとも消えてしまった。

長い時間だったのか、それとも瞬間だったのか、私は操り手のいない人形となって目覚めた。目覚めた世界が日常の時間と空間の中であることは、彼女の重みを感じることで知らされた。彼女は、私の座っている上に足を開いて体を乗せていた。私とつながっていることは、性器から感覚が快感の中に拡散していることでわかった。性器が結合していることで二つの肉体のじれったい感覚があっただけで、意識は境界を無くして滲みあっているようにさえ思えた。何かを言いたいが、言わなくてもいい、その思いは共通しているようだった。彼女は二つの肉体がそうすることで一つの存在になるかのように、私の肩に頭をのせていた。全てをあずけてしまっているのは、その重みで分かる。私は彼女の意識を動かさないように、彼女の肩越しに目だけを動かせてあたりを見回した。どうやら巨大な杉の木の根っこに背をもたれかけさせて座っているようで、あたり一面、杉の根が露出し、ここが紛れもなく鞍馬の魔王堂のそばであることを思い出させてくれた。

大阪の国立文楽劇場から電車を幾つも乗り換えて、京都出町柳から乗った電車は、サンフランシスコのケーブルカーを思い出させて、彼女は子どものようにはしゃぎだし、窓外の景色に「あれは何？」を連発した。

最初、私は「あれは茅葺(かやぶき)といって日本の伝統的な建築の屋根」とか、「詳しくは知らないが、屋根に一番近い所に水と書くことで火事に対するおまじないだと思う」「あれは鬼瓦といって一種の家のお守りだ」などと答えていたが、途中から、「あれは日本」「あれも日本」「それも日本」と答え始めて、彼女は子どものように口をとんがらせて怒った。

「それは『ひょっとこ』の顔ですよ」

「ひょっとこって」

「『火男』がなまったと言われているけれど、火をおこすときに火吹竹という物を吹く時の顔ですよ」と言うと、また、「その火吹竹って何？」と新たな疑問を次から次へと発した。私は、すっかり幼い表情に戻ってしまって、口紅を越えて緋色を浮かべてきて瑞々(みずみず)しくなった唇を無理やり奪った。

「ううん……」

最初、不満げであった唇は、瞬く間に蕩（とろ）けて私の首に両手を回し、そのまま激しい抱擁に変わり、今度は私が「ううん……」と身をよけねばならなくなっていた。

唇を離して見詰め合っていたが、すぐにここが電車の中であることを思い出した。

「すみません、こんな所で」

私は好奇の眼差しの集中砲火の中で私たちの不埒（ふらち）な振る舞いを乗客に謝った。

「いいや、かまわんよ。それよりちゃんと日本のことを教えたげてよ」

元気そうな老婆がそう言ってくれて、私は恥ずかしさに火照（ほて）っていた体が一気に透明になっていくような安堵を感じた。彼女も、雰囲気を察して、老婆に頭を下げていた。

「どこのお国からですか」

「アメリカですが……」

私の答えから彼女は問を想像したのか、

「でも、白人ではないです。インディアンです」と英語でそう言った。私は、老婆にそのまま伝えた。

「外人さんという気がせんのやね」

今度はそのままを彼女に伝えた。彼女は、これ以上できないというほど満面の笑みで老婆の手を握り締めていた。結ばれた手が言葉を乗り越えていた。

「うちに遊びに来いへんか」

老婆は彼女にそう言ったが、彼女は困惑顔で私に言葉を求めた。老婆の家に来ませんか、と言っているのですよ、と訳し、今度は彼女の言葉を待った。

「本当に行っていいですか。日本の本当の姿を知りたいのですが」

「貧乏な生活で、ハイカラさんに喜んでもらえるようなものはなんもないけど、それでもよかったら」

私は、二人の顔を交互に見ながら言葉を挟んだ。そして、私は老婆に言った。

「本当にお邪魔してもいいのでしょうか。それなら助かります。僕は日本の本当の姿を彼女に伝えたいのです。ですから、ありのままの生活を見せていただければ……」

「かまわんよ、私んとこでよかったら……」

木の芽の佃煮の匂いが電車を降りた私たちを迎えた。

「この匂い、美味しそう」

「これはジャパニーズ・ペッパーの実と葉をお醤油で煮たものです」

「食べたいわ」

「うん、後でね」

彼女は、改札口を出ると立ち止まって、大きく手を開き、そして深呼吸をして目を閉じた。私はそっと見つめていた。それはしばらく続いた。

老婆が二人の躊躇だと思って戻ってきた。

「早うおいでやす」

「すみません、今、すぐに」

そう言う私の声に彼女はやっと目を開いて言った。

「関西国際空港からハイウエイで大阪の近代的なホテルに泊まり、次の日、日本の古典芸能、えーとそうブ・ン・ラ・クを見て、今日は、いわゆる京都を素通りしてこんな山深い所まで来ています。このスケジュールは相当激しい衝撃を次々に与えてくれています。日本に持っていた先入観を全て消せ、あなたのそんな意志を感じるスケジュールです」

「目茶ですか」

「いいえ、そうではなくて、よほど精神を純粋に保っておかないと、これほどの新しい刺激の連続だと拒否反応に襲われそうですから」

「いやですか」

「ちっとも。むしろ全身全霊であなたの投げてくださるものを受け止めようと思っています。凄まじいときめきです」

彼女はそう言うと私の返事を待たずに老婆を追いかけ、後ろから声をかけて、そのまま腕を組んで歩き始めた。老婆は一瞬、驚いた様子だったが、すぐさま彼女にぶら下がるように軽快に家に向かって歩いた。

私は、昨日のホテルでの会話を思い出していた。部屋を二つ取った時の会話だ。

「一緒でもいいのですよ」と彼女は言った。

「いいえ、私たちは日常を一緒にしたくて日本に来たわけではありません。日常の中に垣間見られる本当の人間存在をこじ開けたいはずです。ですから、日常のディテールは個人の領域としておきます。あるいは個人で可能な部分はできる限りご一緒は避けます。その上でどうしても一緒にいたい、はっきり言って抱きたい、セックスをしたい、そう思うと私たちはきっと場所も時間も選ばずにそうするはずで、きっとその時が至上の時になるはずです。今夜は一人でゆっくりとお休みください。明日から凄まじいスケジュールですから」

もちろん、時間と空間の中を激しく移動する凄まじいスケジュールではなくて、日常をはるかに越える時間と空間の旅を目論(もくろ)んでいたからである。だから、彼女のちょっとしたしぐさに愛や優しさを感じたり、二人の日常の微妙な心理的な機微に気持ちを向かわせたりはしたくなかった。私たちは、日常のディテールに拘泥しないというのは初対面の時からの暗黙の了解になっていた。私も日常の細密画に食指は動かない。存在の変容の可能性に飢えている。肉体を交わらせることで精神の高揚を得たり、愛を確認しなければならないような関係ではないつもりだった。

そうしたことについてはホテルのフロントでの短い会話で確認ができているはずだった。ただ、サンフランシスコの最初の出会いの日、日本に出かけることを決めて、彼女がさっさと帰ってしまった時のある種の味気なさを今度は彼女が感じたのかもしれない。日常の些細な言動で愛や優しさを感じて、それが本当の愛の証のように錯覚することで男女は関係を腐食させていくが、そんなものは人間としての最低条件で、本当の愛とか優しさは日常のディテールをぶっ飛ばして、いかなる困難に遭遇しても二人でいれば平安の只中に存在することができるような静謐（せいひつ）な感動を与えられるものだろう。

さらに生活習慣や習俗、伝統行事に色濃く影を落としている民族特有のものは、私は無視はしないが重要視もしない。たとえその日常での表現方法がまるで正反対に見えても、この惑星上の存在である以上、その根本は同じであると確信するからである。その同じものが気候風土、行動様式によって違った表現方法を選択したに過ぎない。

例えば、かつて琉球列島では、死者の骨をかじったと言い、一方東北地方では死者はそのままの形体を残そうとして木乃伊（みいら）とすることもあったが、共に死者への敬愛の念において変わらない。一方が非人間的で一方が善であるというような評価は、自分たちが勝手に作った尺度であって、人類共通に有効なものではない。

命を崇（あが）め拝むべき宗教が、その違いによって殺戮を繰り返す愚を人類史は連綿と続けてきたが、そして愛を率先すべき宗教の名のもとに憎悪を剥き出しにする反目は残念ながら近未来に終わりそうもない。だが、反目の最も厳しいキリスト教とイスラム教は全く同一の宗教であったし、現在もなお「イスラムは決して新しき信仰を伝えるものでなく経典を有する一神教、即ちユダヤ教、キリスト教の信仰を確認するものに他ならない」と明言している。だから、宗教の教義やお題目、

「アーメン」とか「南無阿弥陀仏」とか「アーミン」とか唱える言葉にしてもその源は一つである。「アーメン」などはヘブライ語で「まことに」とか「確かに」とか「かくあれ」の意味だとされ、梵語「南無」は「帰命・敬礼」などと訳されているが、いずれも聖音「オーム」が伝播した土地の気候風土によって、また時の権力者や宗教者が支配のために、また教化の方便によって変えただけに違いない。

だから私は物心ついて、いやこうした書き物を書き始めて以来、そういった一切、日常に現出している表現方法の一切を捨象した彼方に人間としての、いや地球惑星存在の本質が垣間見える、そう信じてきた。言い方を変えれば、一切の存在に共通する本質、それこそが人間の本質であり、それが自覚され日常に具現化する時、人間の惑星存在としての進化は新たな段階に突入できる、そう思ってきた。日本を見せる、そう彼女に言った時に、私はここ鞍馬に彼女を連れてくることによって、『古事記』『日本書紀』など記述され体制が認める日本史一切を反故(ほご)にしてスタートし直したかった。それにはここが最適である、そう思うと顔が自然と緩(ゆる)んだ。それを家の前で待っていた彼女が目ざとく見つけた。

「何ですか、そのニンマリと笑った顔は。あたしのどこかがおかしいのですか」

「いいえ、違います。予定があまりにも予定通りなので……」

「神様のはからいにぴったりなのですね」

「ええ、いよいよ面白くなりますよ」

「でも、感動したとかときめいたとか言って今までみたいに抱きあえば、おばあさんはきっと目を丸くして倒れるかもしれないから、しばらくは止めましょうね」

そう言って彼女は手を出し、ぎゅーと握り締めた。それは一瞬だったが安易なセックスよりも交感できたように思えた。彼女もそのように感じて、思わず激しい熱でショートしたようにはなした手をすぐさま家の前の川に手を突っ込んだ。

「ジュワー」

まるで熱した鉄棒を一気に水につけたような声を発した。実際に彼女の手は私たちの耳には達していなくてもそんな音を発していたに違いない。そしてそれが彼女の精神を一層純粋にしたようだった。

「禊（みそぎ）といって、日本では水は心身を清める時に使うものだが、ここの水は家のそばに引き込むことで様々なことに使ってきたんだ」

「私たちの先祖もきっとこうした小さな川と生活を共にしてきたに違いないわ。そうでなければ、あたしがこんなにも懐かしく感激することがないもの。そうそう私たちの先祖はこのように冷たい水は全ての病気に効く良薬だと考えていたから、こんな水に出会えばいつも健康でいられるように水にお祈りをしたと言います」

「もしも北アメリカ大陸に人が住み始めた当初から、赤茶けて乾燥した大地しかなかったとしたら、きっと日本のこうした風景はあまり感激しないでしょうが、あなたのその喜びようを見ると、きっとあなたの祖先も私たちの祖先も変わらない生活をしていたに違いないでしょう。今、精神世界などで最も進んでいるアメリカ西海岸ですが、アメリカが一番進んでいるということの裏返しは、人間によって一番荒廃が進んだということなのでしょう。だから、やってはいけない人間の営みからさらに一歩進もうとしているだけで、他の国の人々は人間や生物や大地にまでやってきた残虐な行為の連なるアメリカ歴史を跳び越えるべきですね」

「でも、今でもそうしたことに気づかないで、戦争こそが経済発展だと本気で信じている愚か者が政府の中枢にいるのですから」

「夜明け前が一番暗くなるのですから、仕方がないことかもしれません」

彼女の顔が曇る。しかし、私は玄関で彼女を喜ばせるものをまた見つけた。

「ねぇ、この金属の輪は何かわかる」

「何でしょう。高さから言えば馬をつなぐような位置だけど」

「その通り。日本の馬は少し背は低いのですが、ここに馬や牛をつないでおいたのです。しかもこの家がたったころだから、まだ百年程度でしょう」

「おもしろいですね。あたしが全く知らない世界、ちょっと拒否したいような異世界が展開するのかと思えば、初めてだけど何か懐かしいものばかりが続いています。あなたが言うように、人類はその基本において全く同じで、違いを強調するのは支配のためなのでしょうね」

「そうですね。支配は二つの別のものを作らないと支配できませんから、差別は最も有効な方法です。そればかりか何かあれば違いを見つけ、それを全面に出して支配の口実にしてきたわけですが、もうその手は食わない、という人間たちが一気に噴出しているのじゃないですか」

「嬉しいですね」

「でしょう、だから、おばあちゃんだって、あなたが別の国からきた別の人間で、あまり一緒になりたくはない、という思いと反対ですよね。言葉というコミュニケーションの基本が共通でないのに、お互いの心が一緒だと思ってくださったのでしょう」

「あたしのおばあちゃんみたいですもの」

「はーい、お邪魔します」

大声で呼ぶおばあちゃんに答えて、私は彼女を中に誘った。土間があって、吹き抜けの天井には黒々とした梁(はり)が時間を支えていた。彼女は土間が続いていたから奥へ奥へと入っていってしまった。右手の客間に上がらずに、靴を脱がなくてもいい奥のほうに入って行ったが、私は彼女を止めなかった。

「あれまぁ、こんな所にまで来てくれて」

奥からおばあちゃんの声がして、彼女が何か答えていた。おばあちゃんが私を呼んでいる。

「あたしここが好き」

私の顔を見るなり彼女はそう言った。おくどさんというかまどが昔のまま残っている台所で、しかも、今はめったに見かけない薪を使って何か煮物を作っていた。かまどのそばに火吹竹があった。私は彼女に先ほどの話を思い出させ、火吹竹の使い方を教えた。彼女はいつの間にか靴を脱いでかまどの前に座り込んで火をいじっていた。顔を真っ赤にして、それでも嬉しそうに自分の生まれた土地に帰ったような無邪気な表情になっていた。

「私たちの家と大きさは違うけれど、基本的には一緒なの。私たちの家も同じように木で組み上げて煙が天井から出て行くわ。炉はいつも燃やされていて、そうそう、こうして座って、椅子なんかは使いません。それだけではないの。ここにいると何か故郷に帰ったように安らぎ癒されるのよ。少しずつ表現形態が違っても中身が一緒というようなそんな家財道具と日常生活の道具なの。最初、このかまどの火と煙の匂いがあたしに安らぎを与えているのかと思ったのだけれど、それはもちろんそうだとしても、目に映る家具や調度品、それに道具など、そこの入り口の甕(かめ)と笊(ざる)、それから立てかけてある農具とかがどこか似ているのよ」

私は彼女の嬉しそうな顔を見て、私がもくろんでいた出会いの旅が今始まったと思った。「人間なら一緒よ」と粗雑にきめつけるような同一感ではなかった。彼女の安らぎと癒しも、旅の疲れを取るようなそんな程度ではないように思えた。きっと、実存的な安らぎとでもいえるような本質的なものに違いなかった。彼女はこのたたずまいの中で、時間と空間を越えて、日本の鞍馬の二十一世紀ではなく、遠い遠い古代で、彼女の先祖や前世と私たち日本原住民の先祖、それに私の前世などが時間と空間を失って共存している、いや重なっている状態に心身ともにほぐされていた。

おばあちゃんは、彼女が嬉しそうに火をいじっていても、ただニコニコと笑って見ていたが、やがてかまどにかけてあった釜のふたをずらして、しゃもじで何かを取り出した。自分で一つつまんで、一、二度、大きくうなずくと彼女にしゃもじを突き出して、上の豆を取れという。私が言葉を挟まなくても彼女はいとおしそうに一つをつまんで口に入れた。

「私たちも古代から豆は食べているわ。アナサジ豆なんかは古代遺跡から発見されたとっても古いものよ。インゲン豆なども食べるわ。日本の伝統的な家にお邪魔して最初に豆を食べるなんて、大感激」

彼女もまた外見の違いの奥にある同一性を探そうと必死だった。お茶はハーブティと一緒だといい、茶の渋みと苦味を好んだ。

「ネイティヴ・アメリカンと畳の生活が違う、そう思っているでしょうが、畳は日本古来のものじゃないですよ」

「エ、そうなんですか。畳こそは日本の生活文化の基本のように思っていたのですが」

「いいえ、いいえ、今、日本的だといわれる暮らしぶりの多くは徳川時代、今から四百年ほど前から後に始まったものが多く、日本的というよりは支配のためのもので、畳は確かに古くからありました。しかし、それは今のような畳の部屋ではなくて部分的に今の座布団やベッドのように使ったもので、文化の基本というよりは権力の象徴と考えたほうがいいような使われ方でした。平安時代の貴族では、身分の高い人ほど広い畳に座り、その厚さも身分に合わせ、畳の縁の色や模様を身分によって変えるなど厳しい規定があったそうです。日本文化が『畳文化』だといわれるように一般庶民のものとなったのは江戸時代中期以降のことで、農村においてはさらに遅く、明治時代になってからだと言われています。日本では中央に囲炉裏という火の床がありましたが、回りは畳ではなくて土間のままであったり、板敷きでした。平家の落人という権力争いに敗れて深山に隠れ住んだ人々の村では最近までそうした暮らしぶりでした」

「それじゃ生活の最も基本的なことから日本というのは大きな変化をしながら現在に至っているのですね。西欧の暮らしというのは、深くなったり広がったりしても、日本のようには、基本的に変わってきたというのは少ないと思いますよ」

「そうかもしれませんね。この惑星上で時代とともにこれほど暮らしを変化させている民族というのはまれかもしれませんね。現在の暮らしぶりも第二次世界大戦に負けて一五年後、二十年後くらいから変化してきたもので、それまではある程度伝統的な暮らしぶりをなぞってはいたのですが」

「そういった意味では文化にまつわる情報量、特に潜在的な情報量はとてつもなく多いのかもしれませんね」

「でしょうね。宗教一つを取り上げても本当に他の民族には考えられないほど多岐にわたっています。例えば、仏教と一口に言っても宗派の多いのは当然のことながら、一つの宗派の中でも民衆が行う日々の宗教的な習慣や行事も、日本歴史のなかで信じがたいほど変化しています。例えば、まず死者についての扱いでも、日本人が伝統行事のように行っている墓参りは、日本原住民の宗教的な儀礼ではなかったと思いますよ。自分たちを支配する絶対神を想定してこなかった原住民にとって、死者がもともとの大地に帰っていけば、それをことさらに宗教的対象として礼拝することはなかったと考えるほうが自然じゃないですか。きっと中国や朝鮮半島で儒教などと混交した仏教が伝来して、死者を必要以上に崇め執着する精神や行事が始まったに違いありません。もしも、仏教の根本に死者を崇め、遺体を必要以上に尊び、墓地などに埋葬する教えがあれば、インドやネパールにも多数の墓地があるはずですが、近年、西欧人のそれにならって墓を作っている以外、古来からの墓地というのにはお目にかかれませんでした。宗教的な違いだといっても、ベナレスのガンジス川の岸辺で死者を荼毘に付し、残った骨や灰を川に流す場面を一日中眺めていましたが、インドで死者を埋葬し、それを墓地とし、そこに精神の何らかの敬愛の情を持つことは考えにくいと思いました」

「仏像が仏教文化の粋のように言われますが、美術的にはそうかもしれません。でも仏教の根本思想に偶像崇拝はないですよね。あたしも調べましたが、釈迦が没して五百年以上たった後に初めて仏像が刻まれたそうですから、あなた風に言えば、仏教が日本原住民の宗教でもなければ、仏像もまた日本原住民文化の系譜ではないということですね」

「あそこに見えるのが仏壇と言って、仏様と先祖をお祭りする祭壇です。この立派な仏壇、これは仏教の宗派の一つのものですが、この大層な祭壇もまた江戸時代の中期以降に作られて広まったものです。長い戦いの時代が終わって武具職人の仕事が無くなったために始まったもので、いわば失業対策の一環とも言われています。しかも徳川幕府のキリシタン弾圧で、仏壇を持つことがキリシタンでない証拠のように言われて、一気に広まったものです。しかし、今では信仰心の厚さの象徴のようになっていますから、まんまと支配のイデオロギーに乗せられているのです」

「はいはい、難しい話ばかりしとらんと、これを食べなはれ、何もないけれど……」

「エ、これは何ですか」

彼女はおばあちゃんの握ってくれた大きなお握りに目を丸くした。

「食べてごらんよ。ゆっくりとよく噛んで」

「ううん、頂きます」

彼女は手で食べていいかとおばあちゃんに聞いた。おばあちゃんはすぐさまわかったようで大きくうなずいた。彼女は大きな口を開けてお握りをほおばった。私とおばあちゃんは彼女の反応を一つ残らず見逃さないように見詰めていた。彼女は、口に入ったお握りをゆっくりと噛んだ。目をつむってゆっくりと噛み続けた。

「おいしい。素晴らしい香り……」

私は彼女の言葉を何気なく訳して、そして自分も驚きながらおばあちゃんと顔を見合わせた。香りのするようなものが入っているとは思えなかったからだ。

「香りって……」

「お米の香りよ。あなたがたはいつも食べているからわからないみたいだけれど、香ばしい、それでいて甘い香りがお米にはあるのよ」

私も一つを取り上げて、鼻がくっつくほど匂ってみた。確かに甘いお米のいい香りがある。

「小麦粉でもないし、とうもろこしの粉でもないし、お米独特の甘さというか、優しい味、これが日本文化の性格を作ってきたのでしょう」

「性格?」

「そう、良いか悪いかわかりませんが、日本文化の性格です。特徴とはまた違った性格です。お米だけでも味があり、噛めば噛むほど味が出てくるというのは、日本の文化の性格でしょう。一目見ただけではその秘められた凄さがわからないというように。でもこれも新しい食べ方というのであれば、日本の文化の性格がこうしたものを作ったのです」

「お米のこんな風に美味しい炊き方が定着するのはやはり江戸時代以降で、しかも、なかなか庶民の口には入らなかったみたいです。でも、お米が伝播したといわれている弥生時代にはすでにこの食べ方はあったようで、日本の中央に能登半島という日本海に突き出た半島がありますが、そこの鹿西町の竪穴式住居の中で約二〇〇〇年前だといわれる古いおにぎりが発掘されました」

「これは携帯食なのでしょうね」

「一つの説では平安時代に、貴族が宴会をした時に屋敷で働く人々にふるまったと言われ、また戦争の時の兵糧食にも使われたと言われていますが、むしろ起源は神様にお供えしたものだと思います。『おにぎり』を『おむすび』とも言いますが、『むすび』は、古代の創造神である『高御産巣日神（たかみむすびのかみ）』や『神産巣日神（かみむすびのかみ）』から来ているように思われます」

「そうか、日本は仏教国だと思っていましたが、もともとは神道の国でしたからね。それに、私たちと同じように分類すればアニミズムのような宗教観を持っていますよね。でも、これ美味しい。何もおかずが無くても美味しいわ。これゴマですよね。そして、これは……おぉ、すっぱい」

「食べられなかったら出してくださいよ」

「大丈夫だけど、これは何」

「梅干。梅の実を干してチソで漬けた物で、これも千五百年ほど前に、中国から薬用として入ってきたものを日本で改良したものです」

「桜とか梅とか、日本の花のように言われているものも外国から渡来したのでしょうか」

「確かに梅は古くに中国から入ってきました。桜は日本原産で、中国大陸、ヒマラヤにも数種類ありますが、日本に最も種類が多いようです」

「じゃ、桜は是非見なくっちゃ」

「今、自然の彩りが最も少ない時ですから、もう少し日本に滞在すれば、どうして日本人が桜を好むのかがわかりますよ」

「それじゃ、大学に届けた休暇のギリギリまでいるわ」

「それならよけいに桜が見られるといいですね。でも、桜の開花時期は少々気紛れですし、それに満開の時は短いですから、よほどうまく場所と時期を見極めないといけませんが、やってみましょう」

「お願いします。ねえ、聞いてもいい」

「いいですよ、何でも」

「このおばあちゃんは、あなたのお知り合いか親戚か」

「いいえ、あなたと一緒で初対面です」

「エ！　本当？　それじゃ、こんなにして頂いて悪いですわ」

二人の会話を静かに聞いていたおばあちゃんが、自分に関わることだと勘で分かったのか、珍しく口を挟んできた。

「私に何か言うてますな」

「ええ、おばあちゃんがあまりに親切だから僕の知り合いかって聞いているのです」

「言うてやって。ここは山奥やけど、大昔から外から来る人に親切なんや。人間は全部旅人やから」

おばあちゃんは言い切った。彼女の聞きたがっている顔を無視して私の方がそのおばあちゃんの断定に質問を浴びせた。

「旅人といいますと」

「人が遠い遠い星からやってきたことはあなたも知っているやろ。どっちが先に来たのか知らんけど、新しい星にやってきた人に親切にしたのではないのかのう」

私は黙りこんでしまった。その沈黙を彼女は自分の訪問のせいかと思ったのか、顔を雲らせた。私は言葉を選んで彼女に説明をした。

「いいですか、単に比喩ではないですよ。この場所は山奥だけど、いろいろな所からやってくる人があったから、旅人には親切なのだということです」

しかし、彼女には思いもよらない話だったので、理解には遠かった。

「ここが街道筋で交通の要衝だったからですか」

「そうですが、それはたかだかここ数千年のことでしょう」

「数千年……」

「英語が間違っているのではないですよ。京都に都が作られて千二百年、それよりずっと前ですが、それでもたかが数千年です……」

「エ？　何を言っているのですか」

「おばあちゃんがニコニコしているでしょう。あれはちゃんと説明しろということなんです。そろそろおいとまして今の説明ができる場所に行きましょう。あの人形劇のあとで言ったでしょう、この惑星上で最も遠い所を感じに出かけましょうって」

私たちはおばあちゃんの家を辞した。必ずまたやってくることを彼女は約束させられていた。彼女はおばあちゃんを抱きしめ、頬に口づけをした。それは初めての体験なのか、おばあちゃんは大粒の涙を流して感激した。

「少し歩きますか」

「いいですよ。でも、先ほどの話がまるでわからないのですが」

「ですから、そのわかる場所に向かっているのです。普通は反対に歩いて訪ねるのですが、あなたのような変人にはこの方が」

「あなたに変人と言われるほど変人ではないですよ」

浅い春が体内にまで風を通していたのか、私たちの話はそれ以降、実にたわいなく流れ、自然に触れ、川のせせらぎを聞き、木々の名を言い合い、風の中に生き物の命を嗅ぎ、そして旅館の客引きを避けてどんどん奥に入っていった。

彼女は言葉をなくして佇んでいた。貴船奥の院である。この貴船神社の奥の院のご神体は「舟形石」というもので、船の形に積み上げた石である。それは第一代天皇神武天皇の母玉依姫(たまよりひめ)が浪花から鴨川経由でこの地に来た時に乗ってきた船を人目に触れないように小石で囲んだものと言う。そして航海安全祈願の対象となっている。しかし、年代を経て自然が変化したとはいえ、貴船川を遡ることなど川の有様からいってそれが後世のこじつけだと一目でわかる。しかし異星からの降臨時に使用していた宇宙船を小石で覆ったという説が面白い。

「おばあちゃんの言っていた旅人というのはこのことだったのですね。外からって言っていたけれど、それは外の地域ではなくて、外の惑星、外の宇宙空間なのですね。そしてそれを裏付けるのがこの宇宙船に似た石ですね。よしんばこれがそのものでも、その当時から伝わるものでもなくて、この地に伝承として伝わってきたことを誰かが後世に伝え損なってはいけないから形にして残したのですよ。白人がやってくるまでアメリカ大陸には侵略者はいませんでしたから、ネイティヴ・アメリカンには口承が数多く残されてきましたが、それが私たち人種の幸せといえば幸せでしょう。でも、これであなたがあたしを惑星上で最も遠いところに連れて行ってあげましょう、って言ったことが理解できました」

彼女は私に語りかけるというより、自分で一つ一つ納得しながら理解しているように言葉を続けた。ふと静寂を風が横切った。単なる空気の移動ではなかった。

「何か体が透明になるように思いませんこと？　今の風だってちょっとおかしいですよ。日常的に言えばマイナスイオン一杯というか、酸素ボンベから吹きだしたような純粋な気体といいますか、固体、液体、気体の上にもう一つ存在する、より純粋な存在のようじゃなかったですか」

彼女は雄弁になっていた。目の前にある船形石の宇宙船に触発されたのか、それとも異次元・異空間に飛翔してしまいそうな自分を言葉という日常の錨で必死で押し留めているようにも思えた。私にはそれが無駄に思え、滑稽にさえ思えた。飛べばいいのに……、そう思った。

だが、それは見事に彼女に伝わっていた。何も言っていない私にかまわず続けて言った。

「ええ、飛びますわよ。でも、あなたを置いたまま飛んで行ってしまいそうでいやなの。この場所に連れて来ていただいたのだから、あなたも一緒に飛ばないと。でも、あなたはここに案内するという行為でもって、あたしとは違って日常の時間と空間の処理をしています」

だから彼女もまた日常の時間と空間に必死で留まろうと言葉を紡いでいるのだろう。

「わかりました。では、一緒に飛べるようにしましょう。まだ歩けますか？　少し急な山道ですが」

「喜んで、一緒に飛べる場所がまだあるのですね」

「そう、この川を渡って山を登ります。そうそう、今なら日常的な言葉で説明してもいいでしょうから、聞いてください。飛べる場所というのは、今、私たちのことを言ったのでしょうが、先ほどの宇宙船が離着陸しただろう場所も日本の各地にありました」

「エ、本当ですか。ナスカやピラミッドなどはそれをイメージできるかかわりがあるとは思っていましたが、日本にもそういったものがあるのですか」

「驚くかもしれませんが、日本こそが発祥地だというとんでもない説があります。その真偽はこれから以後あなた自身が感じてくれればいいでしょうが、今、ここ貴船神社からあそこに見える鞍馬山という山もピラミッドだという説があります」

「じゃ、この石が単独で存在しているわけではないのですね」

「エエ、これからご案内します。それに、この石のように宇宙船に似た石は、『天空浮船（あまのうきぶね）』と言って、日本の超古代の書き物の中にはしばしば登場しています。そして、天空浮船を今でもイメージできる物と天空浮船が離着陸しただろう場所があると主張している人々は言います。こんなことを調べていると、人はやれ暇人だの、結構な身分だの、贅沢だのと言いますが、本当はこうしたことの先にある人間の意味や価値を知ることこそが生きている意味であり価値なのでしょう。でも、生きるために食べないといけないから働く、それがいつのまにか、働くために生きてることになり、こうした最重要課題、最も緊急の課題を後回しにしてきたものだから、死ぬ間際にやっと気づき、大慌てして生に醜く執着したり、でなければめでたくも全く気づかないうちにあの世とやらに拉致されて、また再びこの世でゼロから出発する。ゼロからでは気づく道理もないので、さらに困難を与える。するとさらに生活の維持だけのために生き始め、しかも生活をまかなえる状態をはるかに上回る物的なものや地位や名誉を追い求め、膨張する欲望に対処しきれない人生を悔やみながらまたまた死んでしまう。私たちはそんな繰り返しの愚かな人生にバイバイしたいから一生懸命だというのに」

「そう、どんな時でも、何よりも生の意味と価値を知りたいと思いますね。そして、あたしより少しでも先に進んでいる方がいれば、何を投げ出しても教えを請いたい、そう思いますね」

「教えてもらってもわからない人にはわかりませんよ。むしろ、自分の中のものを相手に発見し、相手の中の自分を引き出して、自分も一緒に進むというのが正しいのではないでしょうか。例えば、飛ぶ時でもそうでしょう。一緒になら飛べるかもしれませんが、偉大なる師がいて弟子に手取り足取り教えても、その弟子に天の時が来ていなければ、技術的に飛べる可能性があっても、決して飛べないでしょうから」

私の後ろを彼女は歩いていたが、私は手を自然と後ろに出して彼女の手を求め、彼女を引っ張るように歩き始めた。それは女性を助けるという意味と共に、手から彼女の位置を探ろうと思ったからだ。

「大丈夫です、あなたをおいて飛びません。今は、登ることに必死で、あなたと同じ時間と空間にいますから……」

「ありがとう、何もかもお見通しで」

「手をつなぐのは本来完全な意思疎通のためだったのではないでしょうか」

「一つになるというのは比喩ではなくて文字通りそうだったのでしょうね」

「日本人は神仏にお参りする時に手を合わせますが、あれはどうしてですか」

「いろいろ言われていますが、僕は、偶像崇拝でああなったのではなくて、自分の中のエネルギー、いわゆる神と通底するためにパワーを増幅する方法だと思っているのですが」

「決して目の前の偶像を崇拝するためではなかったのですね」

「だと思いますよ。日本の神道のご神体、いわゆる崇敬の対象は鏡です。それもきっと神は自らの内にあるということを教えるためだと思いますが。日本語で『鏡』と言いますが、その『かがみ』から『我』を意味する『ガ』を無くせば『神』になるという語呂合わせでもありますが」

「面白いですね。で、今、あなたからとてつもない時間の意識が流入していますが」

「ああ、そうでしょう。ここはとてつもない場所ですから。ここ鞍馬山は、サナート・クマラという言葉が訛って名づけられたとも言います。鬱蒼と茂って暗いからそう言ったという説がありますが、とにかくサナート・クマラ……」

「ちょっと待って。そのサナート・クマラって、地球を司る地下アガルティ王国の首都シャンバラの霊王ではなかったですか」

「その通りです。世界に出入り口が七つあるとか言われるシャンバラの王、サナート・クマラですが、そのサナート・クマラが約六五〇万年前に金星からこの地に降臨したと伝えられているのです」

「え?本当ですか」

「そうなのです。それが真実かどうかより、シャンバラの入り口があるといわれるヒマラヤ山中と同じ満月の祭りを行います。五月満月祭・ウエサク祭りといいますが、その時に、誰が作ったのか唄があるのですが、その歌も魔王尊サナート・クマラを讃える歌なのです」

「どんな歌ですか」

「全部は思い出せませんが、進化の光魔王尊とか、地軸を傾け、磁極をばおきかえ移し、気候をば、一変したまう魔王尊などと、進化を司り地球の全てを司るというような内容が歌ってあるのです」

「いよいよあなたのいう、惑星で最も遠い所に来てしまったようですね」

「京都が今、世界文化遺産に選定され、世界の人々の心の故郷のように言っていますが、それは人間の政治的な謀略の拠点の平安京から千二百年の都だったからではないでしょう。実はこの鞍馬から発している霊気が京都を京都たらしめている、そう僕は思っています」

「心の故郷って言いましたが、このあたりは木の根が山道に這いまわってまるで誰かの体内にいるようです……いいえ、魔王尊の子宮の中にいるのです」

彼女は私の手をはなしてしゃがみこみ、地を這う木の根をいとおしそうに撫で始めた。まさに魔王尊の血管を慈しむように。一方私は、子宮といった彼女の言葉にひっかかって、「エ、サナート・クマラは女性だったのか」などと日常的な発想に戻った分だけ彼女との距離を作ってしまった。それは時間と空間の距離でなくて次元の距離であって、彼女はするりと次元の隙間からもう一つ違った次元にスリップしたようだった。彼女は、両手を木の根に沿わせていたかと思うと、突然立ち上がって大きく両手を開いて歓喜の声を発した。彼女の顔がみるみる輝き、その輝きはオーラとなって周囲に金色の光の斑を作り、次第に大きくなって周辺全体に広がり始めた。私は見ているだけの自分から脱したかったが、彼女の変化を凝視するだけで私に変化は起きなかった。それを彼女は察したのか、大きく両手を開いて飛び込んで来るよう私を呼んだ。

私の体は彼女の中に差し込まれ、私は肛門から木の根、すなわちサナート・クマラの血流を注ぎ込まれるような快感に襲われた。唇を重ね、体を重ね、性器を交わらせて、しかも周辺と溶け合っている状態がどれほど続いたかは知らない。それが日常的な時間の一瞬なのか、実はすでにこの世のサイクルを終えて次の世での新たな出発なのか、私にはまるでわからなかった。わかる必要もなかったし、わかりたいとも思わなかった。というより、わかるとか、わからないとかという判断の基準が熔かされてしまう世界にいた。それは、生と死と性が同一のものとなる瞬間だった。確かに、日常の意識の彼方では生も死も、そして死のシミュレーションであり進化のシミュレーションである性も、本来は同じ状態に違いないから、その三つの状態が一つになり、世界が完全な一つになる瞬間だったのだろう。性のクライマックスで、「死ぬ、死ぬ」とか「行く、行く」とか叫ぶ女性は、男とつながったままで宇宙の原基状態であるインフォマジーとつながり、その時、日常的には生命の停止である死の瞬間に存在する。すなわち「ものごと」が流れる最小単位、一切の動きの基点であり原点であるようなそんな単位に遭遇してしまうのだろう。だから、「死ぬ」のであり、「行く」であり、それは「往く」でもあり「逝（ゆ）く」でもあり、それゆえに「良く」でもある。それは時間の粒子の隙間であり、時間の波動の凪（なぎ）でもある。一切が停止している状態、言い換えれば一切が限りなく「動き」に近い静止状態である「死ぬ」というその単位こそまぎれもなく「生きている」最高形態なのであろう。そしてその瞬間、瞬間が止まれば流れが止まり、流れが止まることによって、その影として物質が形を成すことを止め、いわば原子核とその周りを回る原子の動きだけに収束してしまう。

だから一切が同一になり、一切が同一になるこの時点のみが「生」であり「死」である。この時点においては、本来人は何でも思うままに創造できるはずである。望みはすぐさま実現する。もちろん、それはあくまでこの創造の原点に立ち至った時のみで、胡散臭い宗教家が言うように、思い出した時に念仏するような都合のいい宗教習慣でも、あぶく銭の寄進で叶うような卑しいものでもない。そんなものはお布施目当てに乱発される発行時にすでに不渡りの手形に過ぎない。

創造の契機となる意識は、やつらののたまうような表層の意識ではない。表層の意識、すなわち日常の意識はすでに脳において言語として形象化されているものの操作に過ぎないから、もはや新たな形として創造する契機を孕んではいない。思い通りに形になるものはこの刻一刻の時間と空間の最小単位の間に意識されるものでしかない。これは日常意識を無にしてしか到達しえないし、その無の中からしか一切の形象は生じてこない。望みどおりの形になる、それは日常意識の中では決して可能にならないことがわかる。金や財産や地位や名誉などという、日常で湧いてくる欲望は、日常意識の範疇での取り組みでしか実現しない。人間の本質とは何等関係のないような、努力とか、忍耐とか、計画とか、計略、あるいは排除とか、詐欺、欺瞞、羨望、嫉妬、悲痛だって日常の欲望の実現であれば可能にする。精神的な純粋さと日常の欲望実現は二律背反というか、まるで次元を異にしているから、一かど宗教家ぶっている輩が言いふらしているように、宗教活動に励むことで望みが叶うことはない。仮に叶ったとしても、他のメカニズムによって叶ったのであって、言いふらされているような、宗教活動のせいでは断じてない。

とはいえ、宗教にすがったり、夢に向かって長年努力している人がたまたま夢を実現するのは、その長きにわたる努力のためではない。長い努力というのは、長くひたすらにそれを考えている間に、「たまさか」その最小単位という時間と空間の隙間に遭遇しえるからである。長く考えることで遭遇の確率を上げたに過ぎない。集中こそが物事を成し遂げる秘訣のように言われるが、それは集中そのものが何事かをなす方法ではなく、集中によって、雑念など他の情報を排除することで意識の純度が高まり、それゆえに最小単位に遭遇する確率が高まるからに過ぎない。集中などしなくても「ものごと」は実現する。誰にもすぐにはできないだけで、精神を無にさえすればいいのだ。宗教のおかげだなんてちゃんちゃらおかしい。

私は全くの光の渦に座り、あのあたりに杉の木が……、そう思うとすぐさま、いやほぼ同時に杉の木が蘇った。いやそこに実現した。おそらく時間が限りなくゼロに近い状態に存在しながら外形をイメージするとすぐさま形質が流れ込む、そんな感じだった。まさに形態形成場の理論であって、奥の院が……と思うと奥の院が現出した。鳥がと思えば鳥が、花がと思えば花が咲いた。

ところがいかなるものでもイメージによって具象化するかといえば、それは違っていて、脳の中にあらかじめ知識として三月末に咲く花と知っている以外のものは咲かなかった。それはイメージしながらもどこかで否定の意識がはたらくからであり、意識が何のわだかまりも、ひっかかりも、もちろん否定も疑惑もない時にのみ形態を表しえるのだろう。

それはあくまでも今思い返しているだけで、その瞬間には、意識の流れは言語化できるような状態ではなかった。表現力の乏しさからでも、語彙(ごい)の乏しさからでも、もちろん思考の怠惰のせいでもなかった。神秘的な体験などを表現しようとしても、それが言葉を超えると言われることがあるが、それは言語化というものが意識の中での時間を必要とするからであって、言語化しようとする瞬間、時間を持ってしまって、表現すべき事象とは別の位置というか次元になってしまうからだ。言語は時間を持ってのみ成立するのであり、当然のことながら過去の体験とか記憶とか教育とか時間枠の中での情報操作を基盤に置いている。だから真の現在、只今この瞬間、時間の最も狭い間隙である現在においては、言語は成立し得ない。

あのセックスのエクスタシーの瞬間に発せられる「行く」とか「死ぬ」とか「好きよ」とか「愛している」とかは、厳密に言えばオルガスムの瞬間ではない。限りなくオルガスムに近い位置にいて、オルガスムを予見しての、そう、未来という時間を持っての、過去の快感の記憶という、あるいは人間の遺伝子に組み込まれている人類の記憶としての快感の予測であり、真のオルガスムの瞬間は、言葉にならない叫びであったり呻きであったり艶やかな嘆息であったりするだけで、さらに激しい恍惚状態のときは、意識という時間の中での情報操作のシステムそのものを休止、すなわち気を失うことさえある。

この書き物がその瞬間に、そう、鞍馬の奥の院の杉の巨木の下で書かれているなんて誰も思わないだろうから、ちょっと横道にそれよう。横道といっても重大な横道で、ひょっとすると目的地に短絡できるバイパスかもしれない。というのも、私が書くものを読んでいただいて、それが殺人のシーンなら読み手もまた殺人を犯したような重い暗い心持になるのだろうし、書き物によっては、殺すことを快感のように書くことさえあるが、その時は殺すことが快感のように思えなければ、書き手の能力不足といえるのだろう。性交の描写の場合、男性なら読みながら思わず勃起し、女性なら膣がじんわりと濡れ、自分の乳房など思わずわしづかみにして、本をパタンと閉じ、そのまま自慰行為にでも走ってくれれば、それはそれで書き手の筆力というものだろう。だが、この書き物の場合、そうした体験の仕方をも超えてもらわねばならない。描写を読んで過去の体験から自分の感性を編んでもらって感動するような「いつものやり方」ではこの書き物は完了しない。

例えば、この奥の院の場面を自らの中で再構成して最大限にイメージアップし、そしてまずは予想できる場面を自ら構築してもらいたい。これで少なくとも従来の読書の習慣である過去という時間の操作から未来という時間の操作に進んでもらいたい。その上で、同じように杉の下で瞑目していただいて、この書き物が書き得なかった現在に立ち入っていただかねばなるまい。その時、当たり前ながら、この書き物どころか言語一切が消え、通常の情報操作のシステム、そう、意識のシステムが停止され、そんな状況によってえもいわれぬ恍惚感を味わってほしい。欲張って言えば、この書き物がそばにあって、読み手であっただろう人が気を失って倒れているとしたら、ようやく書いてきた価値があると言いえる。二〇世紀の半ば過ぎ、日本列島をかまびすしく駆け抜けたグループサウンズという若者の音楽があった。そのグループの一つで、中性化したボーカルが歌うと、多数の少女が失神し、良識ある大人という、近代社会のゾンビの顰蹙（ひんしゅく）を買った。

たとえ未熟な音楽といえ、音楽が言語に比較してその時間差の分だけ感性の温度の上昇は早いだろうが、その中性的な風貌が男子への単純な性的魅力を消していたのか、見事にもすさまじく意識の停止をきたしてしまったのかもしれない。生理が始まったばかりの少女だというのに、閉経する初老の女性のように意識を閉鎖してしまうのだ。少女たちはブランドもののハンドバックに収まるほどの貧弱な智恵や知識しかなく、まるで加齢によるホルモン不足や栄養不足のように意識の流れを阻害してしまうのだろう。私の書き物の理想はその失神した少女たちのように多くの気絶者を生み出すことなのだが、社会の音程との違いからか、なかなか人前で歌うことができない。

　こうしたことは今思っているだけで、奥の院では、私が完全に真の現在に立ち至っていなかったから、現在に突入して恍惚たる彼女が危険な状態かもしれないと思ってしまった。いかにもお粗末なことに、私は時間が消えて朦朧としている彼女を、催眠術から目覚めさせるときのように揺り起こしてしまった。実際、彼女は起こされても不機嫌だった。それが怒りのための不機嫌ではなくて、日常の時間に戻らない意識せいであるようだった。私は、朦朧（もうろう）としている彼女を立たせて、マリオネットのように山道を歩き始めた。マリオネットと言うのは、もちろん彼女を上から糸で吊るして、こちらの思うままに動かせることだろうが、彼女は意識ある人間であったが、その意識は私に引き摺られてその動作の一つ一つを意識していると思えなかった。

　山を降りタクシーに乗って八瀬に辿り着くまで、彼女はほとんど口を利かなかった。時折、「ふん」とか「はぁ」とか呼吸に音をつけるだけで、話す気がないように思えた。というより次元の違う世界に馴染まないようだった。私は何も言わずに彼女を促して着替えさせ、八瀬の窯風呂に入れた。

熱く濃い気体に圧縮されて、次元の違いに意識で拡散していた肉体が収縮して、また茫漠と宇宙に広がるだけ広がっていた意識は肉体の心地よさの中で肉体に収斂し、ようやく意識と肉体と存在が同じ大きさになったようだった。彼女の溜息が音を立てた。

「ふうぅ～」

「大丈夫？」

「ごめんなさいね。自分でもわかっていたのだけれど、口が開こうとしないし、何か体中に水を含んだように重くて、意識までつかみ所のない状態で、きっと不機嫌そうに見えたでしょう」

「ご心配なく。次元の挟間でいかんともし難い状態だったのだと思います。ですから、ここで肉体からその重さを拭えないかと思ってお連れしたのですが」

「気持ちいいです。体の中心からきちんと自分自身の存在が分かるようにしゃきっとしてきました。でもこの不思議なお風呂は北欧から伝わったのですか」

「いいえ、日本古来のもので、しかも日本ではここだけなのです。何でも四国や西日本にあった石風呂と関係があるようで、四国に住んでいる人が移り住んで伝えたとも言われています」

「四国って」

「日本には四つの大きな島があります。今、私たちがいるのが本州。その本州の北にあるのが北海道。そして南にあるのが九州です」

「あたしは大陸生まれだから島がとっても好きなのだけど、島と言っても周りの海はすぐ見えませんね」

「すぐに見えるほど小さくはありませんが、でも島には間違いありません」

「その四国って、何か興味が湧きます」

「どんな興味ですか」

「何か分かりませんが、強い磁場のようなものが感じられて何か心が魅かれます」

「やっぱりそうですか」

「エ、何か」

「今ではまだ信じられないでしょうが、今にあなた、ネイティヴ・アメリカンであるナンシーと深く関わってくることがわかります」

「そうなのですか、楽しみだわ。何か行かねばならない、そう思える強いものです」

「その四国の第一歩は、この四国から伝わったと言われる窯風呂です。伝わったと言っても、六百七十二年壬申の乱で傷ついた大海人皇子（天武天皇）が、この風呂で傷を癒したそうで、それが記録に残っていると言うのですから、もっともっと昔からあったはずです」

「この敷物には、塩がまかれていますが、山の中なのに、昔なら貴重な塩をなぜ含ませるのですか。このあたりに岩塩でも出るのですか」

「そうでしょう。そこにも四国が関わっています。敷物は日本では『むしろ』と言い、塩を入れる俵だったのです。ですから塩田のあった四国から伝わったというのは本当かもしれません。四国から伝わったのは塩水を撒いたり、塩俵をしいたりするだけではないのですが、今はそれ以上は聞かないでください」

「いいですわ。あなたのお話はいつも時間と場所がぴったりのことばかりですから、無理強いはしません」

「こうしたものの起源は諸説があってどれが本当かどうか分かりませんし、アメリカ合衆国のように建国して間がない国の歴史は、諸説があるものであっても、それほどでたらめではないでしょうし、イギリスはじめヨーロッパの歴史と比較して検証したりできますが、日本の歴史、しかも古代のそれはそうした比較しての検証ができません。おそらく世界の国の中でも相当不思議な歴史だと思いますよ」

「邪馬台国の卑弥呼からだというと千八百年も昔のことですから」

「よく知っていますね」

「思春期以降、なぜか日本の歴史に興味があって、日本の始まりなどの本を一杯読みました」

「それは凄いですね。でもそれが日本の始まりだとは思えません。確かに二三九年に魏に使者を送って親魏倭王の称号をもらったと言うことですが、現在の日本語に連なる日本の歴史から言えばそうかもしれません。しかし、それは一つの説に過ぎない、そう思わないと日本の本当のところは理解できないと思っています。比較できない日本の歴史とは、中国四千年とか六千年とか言われる歴史よりさらに遡りたいのです」

「分かったわ。だから鞍馬の六百五十万年前という起源から歴史をスタートさせたのですね。あなたは諸説を超えて、体内のどこかに記憶されているかもしれない本当の歴史を意識に浮かび上がらせたい、そう思っているのでしょう」

「ええ、そうです。日本人だけでなく地球上の多くの人々は今までに言われてきたことを疑いもなく信じています。例えば最も基本的には、人間が猿から進化したことに始まる進化論ですね。僕は人間が意識を持ち、創意工夫に優れているといっても、生活の隅々にまで完成している様々な智恵や方法が数千年程度、日本の場合だと、毛皮を腰に巻いて槍をかざしていたとしか思われない縄文時代からの暮らしの積み重ねで生まれてきたとはとうてい思えないのです。ジャングルや荒野や砂漠の種々の生物も、適者生存とか自然淘汰とか言われて今の生態に進化したように言われていますが、あの素晴らしい生き方からすれば、年数を積み重ねただけで何かが変わるとはどうしても信じがたいのです」

「あなたを辿っていけば類人猿から猿になることが信じられないのですね」

「そうです。人類発祥の地が、エチオピアのアファール地方で、人類の祖先とされるアウストロピテクスの化石が発見されて以来、人類発祥の地は、アフリカ大地溝帯と言われていますが、それが四百五十万年前だから、それ以前にすでに僕の原型となったものはこの京都の地にあった、そう考えたいのです」

「あなたの日本史探訪はそのまま人類史であり、他ならない自分史の探訪なのですね、きっと」

「ですから、今までにない歴史を感じてもらわないと、ナンシーというネイティヴ・アメリカンは、日本に民族的、人種的な違いを感じるだけで、単なる観光と知識収集の旅に終わってしまうと思います」

「分かります。ですから、あなたの思ったようにあたしを連れまわしてください。でも、ごめんなさい。お風呂のせいか、あなたのお話のせいか、どちらかわかりませんが、体の芯から熱くなってきました。もう出ます」

弥生、春浅く、比叡山から吹き降ろす比叡颪(おろし)が、厳冬の鋭さを殺(そ)がれ、北山杉の梢を撫でて大地に染み通っていく。京都の景色の代表の一つのように言われる北山杉は、京の都がいかにも自然に囲まれているように思わせているが、あの杉はすべて人の植林によっている。自然はあのように単純ではない。自然の森や林は、種々の木々がそれぞれの存在を主張しながら支えあって一つの世界を創りなしているのであって、杉だけの木立は人間の欲望を際立たせて醜い。

北山杉の欺瞞の自然を南に下っても、京は欺瞞の日本で満ち溢れている。欺瞞というのが言い過ぎであれば、支配の文化で満ち溢れている。いかにも日本的だと言われているものの多くは、中国大陸や朝鮮半島から運ばれてきたものが、京都盆地という錬金の場で変性したものに過ぎず、鞴(ふいご)の風だけが土着日本だと思われる。

　奈良、『なら』という地名も、元は韓国語の『国』を表し、京都・奈良の伝統工芸の指導者はほとんど中国大陸や朝鮮半島から来た人々だということ、また、最もはっきりしていることとして、京都に都を作った桓武天皇の母高野新笠(たかののにいがさ)の父和乙継(やまとのおとつぐ)は朝鮮半島の国であった百済系渡来氏族の出身である。また日本の象徴のように言われる舞妓が、日本に残る数少ない公娼であって、彼女たちが巣くう祇園は、祇園社という神社の門前町であり、この祇園社、すなわち八坂神社はやはり渡来人の神社で、これも朝鮮半島の一国高麗から来た八坂一族が、日本の神様を祀っては申し訳ないと、これも朝鮮半島の一国新羅国にいらっしゃった素戔嗚命(スサノオノミコト)を移して祭った場所だということはすでに彼女に話していた。

　文化が被支配者の中から醸成されたものか、支配者の好みで選ばれ手なずけらたものかを嗅ぎ分けることも大事かもしれない。ジャズがアメリカ黒人という抑圧された人間の生みだしたものだけに、聞くものをして存在の熱情と開放への投企を煽(あお)ることとは違って、日本的と思われている着物や茶道がそうしたものを醸さない理由が見える。

　着物は支配者が朝鮮半島から引き連れてきた職人によって始まったものであり、それが千年を経てもなお織り手たちを徹底して搾取することによってしか流通していないことや、奢侈に走り日常から離反して衰亡の一途を辿っていることも偶然ではない。着物は支配を象徴する飾りであり日本土着のものではなかった証明である。

茶道にしてもそもそも茶そのものが中国から渡来し、あのもったいぶった様式美は、やがてその精神の練磨以上にヒエラルキーの上昇のための相克に終始したとしてもいたしかたない。茶そのものが抑圧された最下層の人々の口に入ることなどまるでなかった。パール・バックの『大地』の時代にも茶が祭りの時だけに許された、年に一度の贅沢だったことが書かれている。村田珠光を祖とし、千利休が大成したという茶道にしても、簡素静寂を本体とするといいながら、織田信長や豊臣秀吉の寵遇(ちょうぐう)をほしいままにし、挙句は権力との確執で死にいたったのは醜い。死が醜いのではなくて、茶道の精神を権力者と共にできると考えたことが醜い。

とはいえ、中国大陸や朝鮮半島から流入したものを排除するわけでも否定するわけでもない。文化が醸す精神の中にある支配の性向を限りなく排除していくことにより、存在の全一性をより感じたいためである。と言うのも、支配とは存在を二つに分離してのみ可能なことであり、それは存在の一切が一つであるという宇宙の法則に反するからである。存在が一つである人間の中に、あるいは対自然や動物に対して、支配被支配の関係が生まれることはないからである。だから、日本的というものの中にある支配の文化を排除することで、日本列島固有の精神のありよう、精神の性向を紡ぎ出したい。

その精神の醸成よりも、規律と階級の厳しさを教える組織宗教に参禅して、あたかも日本の精神がわかったように語る西欧人の鈍感さを撃ちたいと思う。その鈍感さを本能的に察知する彼女に一切をさらけ出して反応を見たい、そう思ったことは確かだ。

京都というい わゆる日本文化の粋を集めて世界に誇る都の中に入れば入るだけ、いわゆる日本文化の象徴とでも言うべき寺院建築物を辿れば辿るだけ、彼女は次第に言葉数が少なくなり、笑顔も消え、不機嫌さが目に見えてきた。私はその原因が疲労とか空腹とかいう肉体的なものではなくて、精神、特に目撃したものが促す想像による不快感だと思った。それは銀閣寺から南禅寺、妙心寺と寺院を巡れば巡るだけあからさまになって、金閣寺を眼前にしてとうとう爆発した。

「あなたがサンフランシスコで、快適さが素直に喜べないと言ったと同じように、この豪華絢爛さには吐き気を催すわ」

その激しい言い方に、思わず周りを見渡した。しかし、幸いにも修学旅行の生徒たちか制服姿の少年たちが遠くで騒いでいるだけだった。彼女は、私の沈黙を期待ととって激しい言葉を連ねた。

「何よ、この金だらけの建物。これだけの金を張り巡らせるためには、どれほどの費用がかかったことでしょう。しかもこれは十四世紀に建てられたものの復元だとすれば、十四世紀当時日本はそんなにお金持ちだったのですか。きっと時の支配者が収奪に収奪を重ねて蓄えた金品で建てたものでしょう。あたしには金の豪華さが血の色にしかみえないわ」

私は、その批判に油を注ぐように言った。

「じゃ、居並ぶ仏教寺院はどう?」

「あたし、あなたの説明を受けるまでは、あの寺院は支配者の支配の館だとばかり思っていたわ。でもあれが宗教の中心なのでしょう。しかも同じ仏教なのにあんなに沢山の宗派がひしめき合って、しかもお互いにその権勢を誇示せんがために壮大な伽藍を建てて……。まるで宗教行為に反していることばかりだわ。たとえそれが詐欺と虚偽で騙し取ったものではなく、人々の心からのお布施から建てられたものにしても、どうしてその仏像にお参りするのにお金がいるの。あなたが入り口でお金を払っているのを見て、あたしは、あなたが日本の非文化的なものを見せてあげようとしているからついていっただけで、お金を払ってまで見たいとは思わない。もっと言えば創設以来今日に至るまでお金お金でしかない宗教なんて、本当に吐き気がするわ。あなたのいう支配の文化の中から被支配の文化を紡ぎだそうとする意味がわかったわ。それは脈々と今日まで続いて、知らず知らずに私たちの精神さえ蝕んでいるに違いないのよ。本当の宗教的な行為がなおざりにされるように、生活全体、ものごとの考え方全体に支配者の考え方の枠組みが入り込んで、人間と宇宙の一体感のような本来の考え方を汚し、潰しさえしているのだわ、きっと」

そこで黙ってしまった彼女は、見れば涙ぐんでいる。私は思った、彼女が自らの内部から湧きあがる人間の根源的な欲求と目の前の金の建造物の放つ禍々(まがまが)しい光陰が切り結んでしまって言葉をなくし、圧倒的な感情が言葉を超えて感性にどっと流れ込み、涙を溢れさせているに違いないと。

私は何もせず、語りかけもせず、放っておいた。人が自らの内部から噴き上がる感情を処理しきれないでいても、安易に体に触れることや言葉をかけることは無駄だとわかっているからだ。今、いわゆるインフォマジーとの接触に近い、いわば人間の根源との触れ合いの中で、感情に噴出してきているものに圧倒されている時、時間と空間を占める肉体や、過去の時間しかもたない言葉では、その感情と触れ合うことはできないからだ。たとえ抱きしめたり言葉を投げかけても、それは違う時間の中で、投げかけた人間の側に自己満足を与えるだけに過ぎない。

そして、今さら宗教の堕落を言う必要などなかった。あのような建物を建てた時点から、そうしてそれをお金によって見せようとする今日まで、宗教が宗教の役割を果たしたことなどありえまい。酒池肉林の気配など微塵もないような宗教者を京都で見つけることは不可能だろう。もしも清廉潔白、真の宗教者であれば、そもそもその宗教に従事していないし、まして京都などにはいない。逆に、その神社仏閣の壮大華麗な建造物から宗教者と自他共に認める職業宗教者の日々の些細な営みまで、所有と独占、階級あるいは階層の固定化、権力闘争、教義と組織的規律の強制と遵守、そしてその宗派に属さない者への攻撃、排除など、人類の一部が長い歴史を重ねながら少しでもなくそうと努力してきたことが全て揃っている。今、神社仏閣とその関係者は、人類の進化の営為の無駄をほくそえみながら開陳する人間の浅ましき欲望の博物館の墓守に過ぎまい。

彼女はようやく口を開いた。

「この京都の町の千二百年の歴史と伝統は、暮らしの豊かさも充実感も感じさせず、ただただ支配の凄まじさを感じさせるだけなんだから、がっかりしたわ」

「日本の歴史は、大陸や朝鮮半島からの支配の歴史よりさらに遡って、本当の日本の源流に辿り着かないと何も学ぶべきことはないと思いますよ」

「今、京都に残っているもので、人間の暮らしの優しさや日々の愛を感じさせるものはないのでしょうか」

「不勉強のせいか、僕は知りません」

と遜るような言い方をしたが、実際は自分を謙遜するよりは、京都に腹立ちを感じていて、次第に言葉は荒んできた。

もしも京都の千二百年の伝統と歴史に価値があるとすれば、どうすれば神社仏閣に代表される旧体制を数百年、いや数千年の単位で維持できるかを教えていることだろうし、その「わび」「さび」に代表される文化は、支配に対しての抵抗感を根こそぎにし、熱情を衰えさせるように働きかけ、支配者層は長く続いた支配に、支配階級すら飽き飽きしてふやけた感性に針で刺すような刺激を与えられるものに限られている。それが上品さであり、粋であり、洗練さである。とそう言いながら自分の激しい調子に酔ってもいた。そして言葉は意外な方向に飛び火していった。

京都の文化に陶酔しえる俗物人の心情と、ヨーロッパのブランド製品に群がる痴女の心情はおよそ等しく、存在のありようを問い、より良い存在を求めているのではなくて、存在の見かけの綺麗さを求めて止まないだけである。ブランド品獲得に血眼になる痴女連は、欠落した生活の面での王侯貴族や支配層の奢侈贅沢を求める遺伝子をカバン一つ靴一足で埋めようとする浅はかで卑しい充足行為、代替行為でしかない。例えば、フランスの古典的なバッグのブランドは、創始者の見事な仕事ぶりを認めたナポレオン三世の皇妃ユージェニーが、旅行用衣装箱を発注したために、ヨーロッパ中の王族も競って特注することから始まった。その価値は贅沢三昧の日々の中で培われた感性に訴えるものでしかなく、カバン一つを買うことに四苦八苦する貧民の感性には到底響かないはずである。また響かないことを誇るべきであり、支配層の忌まわしい遺伝子の亡霊につきまとわれないことを喜ぶべきだが、痴女の群はカバン一つで感性が王侯貴族並みになったと錯覚することで欣喜雀躍する。

とはいえ、そうしたヨーロッパ皇室や貴族など支配階級の珍重する物を持つことで支配を錯覚する日本列島の痴女なら可愛いほうで、下層階級から血と涙を踏み台にして駆け上ってきた権力者が、そうした持ち物を持つことで、その地位にふさわしい価値を持っていると錯覚することは卑しい。その例題は二十世紀にも二十一世紀にも事欠かない。あのフィリッピンの独裁者夫人は、ブランドの靴のコレクションで自らの価値付けをしていた分だけ、二十世紀の汚物として悪臭を放ち、破廉恥である。

私たちが学ぶべきは、ブランドの品物に結晶した職人の技に賭ける心意気であり、彼らがその手仕事同様に彫琢を尽くす暮らしぶりであろう。その品々に価値があるとすれば、技を極め、心を尽くすことで物が自然と放つ命の輝きではないのか。もしも一人の人間存在が、生きること、あるいは何か生きる価値と誰もが認めえる何事かをなし、そうした存在の輝きを持っている場合、そうしたブランド品は、その存在の煌きと輝きをさらに高めるが、貧相な暮らしぶりと粗雑で手を抜いた生き方しかしていない中で、ものぐさな精神がただ憧れからブランド品を持つようになれば、その姿は禍々しく異様に不自然なばかりか、毒々しく災いの気配すら漂わせる。ブランド品と呼ばれる真の工芸品は、それを買い、それを持つ人が、製作者の存在と等量、あるいはわずかでも凌駕していない時、それを持つことで存在さえ蝕まれる。もしも、職人の生き様に負けていると思えば、恭しくブランド品を押し頂き、まずなすべきことは存在の彫琢である。ヨーロッパの女性がブランド品を購入するとき、明らかに肌の艶やかさはくすみ、容姿にいささかの弛みが始まってしまう頃で、その年代になって初めて彼女たちは自分たちの生き様の中から自信を紡ぎだし、また自らへのご褒美を与えるように手にする。だから、ブランド品の輝きに拮抗し、相乗効果で彼女の存在はより光る。

　一方、貧民日本列島の若い女性は、すらりと伸びすぎた肢体、はちきれそうで空を向いて輝く乳房と、まともに言葉さえ紡げない小さく萎縮した脳で、精神の低さを補うように高いかかとで反り返って歩きながら、腕にブランドのカバンを持つ。そのことだけでその女性の心臓の淀みが見える。肝臓の汚れが臭う。くすんだ肺が喘いでいるのが不憫でさえある。

　彼女は黙っている。じっと見詰めることで私にエネルギーを注いでいるように思えた。事実、エネルギーは張り、私は勢いづいて言葉を続けた。

　そうそう、ブランド品を珍重するかたわらで、「わび」「さび」が文化の粋だなんて笑わせる。

「わび」「さび」は「枯れ」に通じ、活き活きしている状態の対極にあり、「枯れ」は「気枯れ＝気が枯れる」、すなわち「けがれ＝穢れ」であり、日本古来の人間が忌むものとして避けていたとしても、決して目指したものとは思えない。文化や芸術が人間にしか許されていないのは、人間のみが進化途上であるからで、他の存在は、限定がある中で進化を終えているというか、その始発から完成した存在である。その存在の意味と価値をそれぞれに持っている。しかも、その存在のありように疑問を持ったり改善したりしようとすることはない。たとえ百匹目の猿が芋を洗い始めて、すべての猿族が洗い始めたとしても、それは長い歴史と、彼らの全ての行動の中では取るに足らないものでしかない。エサを水に落した偶然で魚の漁を覚えたという猿も同様で、それは彼らの存在全体、暮らしぶりの全てを変えるような契機を持ってはいない。

　しかし、人間だけが存在に疑問をもち、新たな存在のありようを模索し、ほとんどの人々が永久に満たされないままに死んでいく。それは未だ進化が完成せず、時間と空間にとらわれる地球に生を受けてしまったからに違いない。もし、そうであれば、人間の存在の意味は進化であり、よりよい生き方へのステップアップであり、それが何にも優先されるべきではないか。

　もしも、このように人間存在を考えるならば、その営みの最も人間的な、というより人間しかありえない営み、意識的な営みである芸術や工芸、その総体としての文化は、当然のこととして進化のベクトルを内包しているべきである。

現実というものがどういった物象であるかはとにかく、現実をあるがままに描写しようという写実主義は当然としても、宇宙の一切の存在や動きに客観的と言えるものがないとしても、いわゆるリアリズムの技術論が言うように客観的現実の本質を正しく反映する芸術的方法であっても、それは創造主である神の営みを模倣し、なぞり、再確認し、賛歌することであろう。

他の芸術的手法、例えばロマン主義であろうと、アブストラクトであろうとその芸術的営為の衝動は神と触れてインフォマジーから生まれるのであろうし、その作品がそうした初動の衝動をまるで想像させないほどに惨憺たるものや殺伐たるものであっても、ものを創るという行為のためのエネルギーが、インフォマジーから生まれたものであることは忘れてはなるまい。

デカダンスも芸術分野の一つであるから、それが耽美的で病的・怪奇的なものを好むだけではなく、傾向の核心に進化のベクトルがなければいつかは忘れ去られる。アルチュール・ランボーに進化の傾向を読めないとすれば、それはランボーの問題でなくて、読み手の側の退廃であり、人は往々にして自らの心情を投影することで、他者の作品の評価をし、賞賛し排除する。

僕は荒唐無稽のオペラと成り果てた。

僕は悟った、どんな人間も幸福の宿命を持っていること。

つまり行為は人生ではない。

精力を濫費する一手段、苛立ちを求める方法でしかない。

道徳なんかは脳味噌の堕落でしかない。
ひとりの人間には、多数の他人(ひと)がその生命(いのち)を負うているように僕は思えた……・。地獄の一季
『ランボー詩集』堀口大學訳

こうしたことは絵画もそうであって、伊藤若冲の『百犬図』の動物や『糸瓜群虫図』の草花や虫たちに神々の優しい目つきを感じ、ジョン・エヴァレット・ミレイの『オフィーリア』に神のまなざしを感じるのは当然であろう。

芸術至上主義と言われようと、あるいは『至上の愛』に代表されるように芸術媒体をただただ精神進化の表現のために使ったジョン・コルトレーンにしたところで、芸術的営為の初動と目指すところが何かを見据えた上での表現に違いない。ちょっとした気晴らしなら、わざわざ命を賭けてまで表現などしなくてもいいのだ。ちょっと見栄えのいい異性とお茶でも飲めば気分転換ぐらいにはなる。そんなことでいかんともしがたい表現衝動、それこそが神の思惑であり、人間の証明の一つであろう。だから、しょせん、書くことでも描くことでも吹くことでもない。生きることであり、表現媒体は主義主張のいかんを問わず、まさに神の媒体なのである。

こうした観点で芸術活動から文化の総体を透かして見れば、京都という支配者の町からは人間の存在を変えうるような芸術芸能が勃興したとは思えない。都が開かれて江戸に移るまで、京にその種の芸術表現、それの総体としての文化があったとは思えない。たとえあったとしてもそれ

は支配者の覚え悪く、抑圧され排除され否定され抹殺されてしまったに違いない。今日に伝わるものは支配層のお目がねにかなったごきげんな文物であり、庶民を仏教的諦観の中にがんじがらめにして、人間の熱さや愛、情けが沸騰することをひたすら我慢させるものばかりである。

京の町の碁盤の目の道路や町並は支配の都合であり、今頃もてはやされる「町家」という庶民の貧しい家は、税金逃れのために間口を狭く奥行きを深くした「ちんけ」な建造物であり、それは支配者の思惑通りであっても、健康で文化的な、いわゆる豊かな暮らしの場とは程遠い。「ちんけ」などといえば、町並み保存を声高に叫ぶ人々に罵倒されそうだが、彼らに歴史を透かして見る複眼はない。連中は町家を歴史と伝統のシンボルのように珍重するが、たかだか百数十年の歴史でしかなく、平安の頃の庶民の暮らしがうかがえる建物ならまだしも、江戸時代以降の時代の進展についていけない遺物であることは間違いない。町家は単に建物の保存と継承ではなくて、そこで育まれた文化の保存と継承であると主張する人々もいるが、文化があるといってもたかだか暮らしやすいというだけであって、町家で生まれ育ち、熱き情熱が沸騰した天才が、しかも多数の天才が輩出したというような文化ではない。支配の慰みの道具や儀式の道具の場、支配を支配として押し頂く意識を醸成する場でしかなく、人間の神を目指す突出した才能や芸、あるいは心情を表現する創造者の揺籃器ではなかった。

百歩譲って、かりにそうした文化は支配に抹殺されたり無視されただけで、またあの家の壁にそうした創造者の熱い息が染み込んでいるとしても、日々、京都に生活して、あの壮大な神社仏闇の建造物に不快感を持つこともなく、自分の精神性を信じられるような人物がいたとしても、神はその人物を「よりしろ」として降りてくることはなかったに違いない。私もまた急いで京を捨てる。

やがて人々の軽はずみな執着を嘲笑うように地震や火事、ひょっとすると歴史の証である鴨川の水害で痛い目にあうだろう。町家は防災上は決して安心できるものではない。それが快適さと程遠い、ただただ商いや人との付き合いを優先した支配の都ならではの建物でしかないことは、何よりも住んでみればわかる。

私は、琵琶湖の北のはずれで、平安貴族の遊興の地という不思議な場所に生を受けたが、その町は、平安以降京におべっかを使うことで生きてきたから、家々も当然「都の風」を習う。幼心にもあの町家の不便さ、日当たりの悪さには閉口した。あの家で生まれ育ったから、私は成長と共に、燦燦(さんさん)と陽が注ぐ私自身のアビシニアを求め続けてきたのだろう。

支配の都だった頃には、人間の存在を燃え上がらせるような芸術も文化もなかった。たとえあったとしても支配にたてつく芸術や文化が今日に伝わるはずはない。百歩、いや千歩譲って、例えば、能や歌舞伎が人間の生きる熱情を表現し、神に代わって宇宙創造の一端を担うような表現媒体であり、世界に誇る京都の文化だとしても、それらの発祥は京都ではない。

お前の好きな伊藤若沖は京都出身ではないか、と言われるだろうが、彼が生き描いた時期は十八世紀であり、実質上の都は江戸にあり、京都は空虚な田舎の都市に過ぎなくなっていた。

京都が都だった頃に発展したという能は、観阿弥を祖とするならば、それは大和猿楽を基にし、時あたかも南北朝で支配が揺らいだ時だったのも偶然ではない。能として単一なものが発生したものではなく、日本古来の滑稽の芸、人形を扱う傀儡子（くぐつ）など雑多な芸が集合し、さらには娯楽の少ない農民の田楽を猿楽師が代わって舞うようになったことなどから、観阿弥によって集大成されたというが、いずれにしても京都が発祥の地ではなく、また支配階級の慰みとして生まれてきたものではなさそうである。

歌舞伎にいたっては、出雲阿国を創始者とするならば、彼女もまた京都出身ではない。出雲大社の巫女（みこ）と称していたと言うが、神社の巫女は遊女でもあったことは、平安時代に書かれたという大江匡房（おおえのまさふさ）の『遊女記』『傀儡子記（くぐつまわしき）』、あるいは藤原明衡（あきひら）著『新猿楽記（しんさるごうき）』、あるいは鎌倉時代の無住の『沙石集（しゃせきしゅう）』をはじめとして多くの記述がある。セックスで神々と交感する神遊びの巫女たちは、「歩き巫女」として諸国を旅し、性のカウンセラー、スペシャリストとして、売春はもとより時に出産時の助産婦であり、また性器を見せて踊るストリッパーでもあった。

「でも、誤解しないでください。僕は彼女たち神に仕える巫女たちが、不謹慎で不埒（ふらち）で不道徳でふしだらだと言っているわけではありません。むしろ逆で、神と交合する、交感することこそが、人間の証であり、きっと巫女との性交は女との生理的欲望の処理、もっと端的に言えば、精液の射出ではなくて、もちろんそれは伴いますが、むしろ絶頂期の神との交合、全てを忘れて存在が一体になる瞬間の喜びを求めたから、セックスのエキスパートとしての巫女が珍重され、巫女は神を垣間見るための手ほどきをし、その相手をしてくれました。そうした神の意思を行うことが神に仕えることだったのだと思います」

「何か、ストレートな表現だけど、本来、人間の性といったものは、そうしたストレートなおおらかなもので、陰湿な日陰のものではなくて、陽のあたる場所での神の賛歌、宇宙との一体感の感受だったのでしょうね」

「すみません、女性の前でストレートすぎる表現があったことをお詫びします」

「いいの、そんな気遣いで核心をはぐらかされるよりよほどいいわ。その巫女が神との交感を人々にも体験させる媒体であったなんて、京都に来て初めて人間の歴史に触れたみたいです」

「現在残っているものの中ではなくて、その変形の中にしか日本人の原型を嗅げないのは寂しいですが、おそらく性に対する考え方もほとんど輸入品だと思います。これが偏った言い方だとすれば、海に生活していた環太平洋人種の一つである日本原住民と、海から離れた場所で生活していた、大陸から西欧にいたる反太平洋人種との違いかと思います」

「環太平洋と反太平洋って面白い言い方ですね」

「もちろん、日本の古語で『北の人』と呼ばれる『エスキモー』などもそうですが、本来海に面して、暖かい場所に生きてきたものは、個々人が競争しなくても充分な食料を海から得ることができたのでしょうし、海から離れるに従って、食料を確保することは戦いであり、作物のように時間を持たなければなりません。そこでは個々人の調和協調でやっていける人間関係より、競争であり奪い合いであり、蓄えであり盗みでありといった食料を獲得するための人間の営みがあり、それが人間相互の戦いを生み、しかも自然は征服すべきものであって、決して人間と一体の、人間を育み養ってくれる母なる自然という考え方にはなれなかったのではないでしょうか」

「全てに神が宿ると考える環太平洋の人種とは違ってくるのでしよう。それがあなたの考えではセックスの考え方にまで影響してくるのですね」

「初めて沖縄に出かけたのは十八歳の頃でしたが、何よりも驚かされたのは性に対するおおらかさです。島歌といわれる民謡は性を讃歌し、いわゆる性にまつわる話が日常に語られ、しかもそれが卑猥(ひわい)でなく、何か陽の匂いのする伸びやかなものだったのです。その後、フィリッピン諸島の幾つかの島々、そして太平洋の島々に出かけてさらに驚かされたのは、性行為をなすための隠れた個室がないことです。おおっぴらにセックスをするわけではないでしょうが、寒くもないですから、そして、変な言い方ですが、衣服は裸に近いので、性を隠れた部屋で衣服を脱ぎながら始めると言う隠微(いんび)な、陰湿と考えられがちな手順さえないのです。しかし反太平洋地方、朝鮮半島と中国大陸から西欧諸国までの性に対する考え方はあくまで隠すべきもの、秘すべきものだったのでしょうし、それがいつの間にかキリスト教とか儒教とか支配のための思想化によって罪悪感にまで結びついてしまったのでしょう」

「敬虔なキリスト教者は、性というものが人間性を蝕み、人間性の汚点のように言いますが、それは神への冒涜だと思いますし、神を自分たちと別個の独立した存在と見ることで、神との関係も支配と被支配の関係になるからでしょうね。支配されている人間が神とつながるなんてことは不遜だ、という思いが始発にあるのでしょうか。だからそこでは、全てに神が宿っているという環太平洋の人間たちのようにおおらかにもなれないし、性を光の中で語ることもないのでしょうね」

「性に対する考え方、性が卑しいと思う気持ちは支配の側の卑しい遺伝子にずっと生き続けていると思いますね。じゃ、ちょっと不思議なところにお連れてしましょう」

私たちは金閣寺が恥ずかしくなって捨て、タクシーで南に向かった。静かな古都京都というよりは近代都市が持たざるを得ない喧騒と汚濁の間を縫うように下町を走り、突然、目の前に出現した大きな門の前で車を止めた。

「おぉ～」

彼女は、その見事な門を見上げながら唸った。

「信じがたいでしょうが、ここが日本国公認の売春地帯、島原と言います。性という支配に牛耳(ぎゅうじ)られないはずの人間の領域も、やはり支配人(しはいじん)の思うように操られるようになってしまった象徴です。売春宿の公認と引き換えに多額の税を徴収していたのですが、その起源については諸説あります。今から九百年ほど前に、先ほどの、神との交合という人間らしい一瞬を味わわせるために存在していた巫女たちを一箇所に集め、権力の差配のもと性を売る公娼が誕生したようです。それは次第に貨幣経済の中枢に位置するようになって、すなわちお金の多寡で性をどうにでも操れる卑猥な場所にしてしまいました。中に入ってはそんなことは言えませんから、建築の素晴らしさでもネタにして話しましょう」

　私は島原大門をくぐりながら話題を変えた。

「ここは四百年近く前に創業して、いわゆる娼婦を置くようになって三百年がたちます。建物は、一五〇年ほど前に再建され、百三十年前に改造されたものです。現在でも四人の女性を抱える唯一の置屋・御茶屋です」

「知っています。ここにいる女性は太夫とか、花魁（オイラン）とか言うでしょう。でも祇園の舞妓さんとは違うのでしょう」

「確かに太夫は時の帝と会えるとか、一〇万石の大名の格式があるとかいっても、しょせん娼婦であることに変わりはありません。権力が認める売春制度です」

「今も認めているのですか」

「伝統と言う名のもとに見ないふりをして誰も触れませんが、肉体の売買のない舞妓も花魁も本来は成り立ちません。この場所で働く女性がいなくなるまで京都は世界に顔向けできるような文化都市とは言いがたいですね。支配が性を独占する、金で売り買いするという歴史始まって以来の支配の論理が貫徹している場所です」

「でも何かの本で愛情物語を読んだ覚えがあります」

「吉野太夫と灰屋紹益（はいやしょうえき）の話でしょう。しかし、あれとて豪商が吉野を金で買って妻にした話です。

金で妻にしたのですが、吉野太夫はわずか十二年目にして、三十八歳の短い生涯を閉じてしまいます。たとえ豪商でも愛をお金で買うことができなかったのです。そして、男は妻を慕うあまり妻の骨と灰を飲み下したといいます。本来、巫女を媒介にして神と通じ合うはずのものを権力が掌握してしまった罰であり、あろうことか愛を金で売買しようとした罰なのでしょう」

「では九百年の間に、本来巫女が持っていた役割はまるで変わってしまったのですね」

「神との交合こそこうした場所の本来の価値であったことを知ってか知らずか、花魁が相手にする客のことを『大神』と言いますが、客が神ではなくて、二人の合一の瞬間に神を垣間見るということなのでしょう」

「この素晴らしい建物が素晴らしければ素晴らしいだけ、その支配の堅牢さに気分が滅入ってくるのは止められません」

「じゃ、ここは早く退散しましょう。ただ、話の流れからお連れしただけで、今から京を出ましょう」

私たちは京都駅に戻り、少し高かったがメルセデス・ベンツのバリオルーフのＳＬ５００のレンタカーを借りた。フルオープンする季節ではなかったが、あそこを走る時、どうしても彼女に風を感じさせたかったからだ。

私は快適なドイツ・アルチザンの技を走らせた。なまじの歴史と伝統では京都という引力圏を捨てられないからだ。

「話しても大丈夫ですから」

「ええ、大丈夫ですよ。スピードは安全速度。運転は慎重の上にも慎重。目を見ずに話してもよければ……」

「目を見て話してほしい、なんて言えば、私たちは天国か地獄を目ざしてしまうでしょうから、しっかりと前を見て話してください」

「何についてですか」

「京都のお祭りについてです」

「では三大祭りから。まずは歴史の古い葵祭りは、権力者の行事ですから論外ですよね」

「そう、よくおわかりですね。あたしが聞きたいことは、祭りがあなたの言う人間の愛や優しさの表現媒体であるかどうかです」

「残念ながらNOと言わざるを得ません。被支配の側からのフランツ・ファノン風に言えば怨念が燃え上がって結晶したという祭りについてですが、祇園祭は確かに戦乱の後、荒廃した町や人心を奮い立たすために再興されたことは歴史にあるとおりでしょう。いわゆる町衆の力と言われる庶民の表現媒体であったとしても、それは各地で二十一世紀になっても変わらないような激しい思いが爆発するようなものではなく、あくまで支配の機嫌を損ねないような、お上品で格式ある祭りでしかありません。溢れ爆発する熱き心が、喧嘩祭りと言われる暴力となったり、命を失うような事件を起こしたりはしません。しずしずと山鉾が巡行し、それぞれが支配に都合のいいような中国の故事や儒教の教えを形に表したものです。人が命を失うような『野蛮』な祭りに比べて、祇園祭りは粛々（しゅくしゅく）と品良くとり行われるだけで、命がかぁーと燃え上がるような瞬間はありません」

「祭りで命を落すことは、あなたは『野蛮』だと思っているのですか」

「命を軽んずるというか、命を惜しまない行為が『野蛮』とするならば、確かに祭りごときで命を落すことなどは野蛮の極みで、愚かなことかもしれません。しかし、神が臨在する場だからこそ人の命が軽視されるのでなくて、人の命もまた炎上する思いに巻き込まれるだけで命を失う可能性があるからこそ、人は神との臨在、あるいは共に存在する時間と空間を生きるのでしょうし、それが祭りです」

運転をしながら、また目を見ない分だけ言葉に遠慮がなくなっていた。

「命を失う可能性があるからこそ人は神との臨在、あるいは共に存在する時間と空間を生きるのでしょうし、神と合一化することで、生と死の区別もなくなり、肉体に対する日常の意識も消えてしまうのでしょう。それが一年に一度か二度しか許されない祭りというものでしょう。ですから、祭りで命を落すことがいいかどうかは別にして、神と合一する中で支配・被支配という構図がなくなることは、支配にとってはこの上なく恐ろしいことですから、支配の中心地京都ではそうした野蛮な祭りはご法度だったのでしょう。祭りで命を失ってもかまわないというか、命のことなど考えないほど炎上してしまう人の営みと、時の支配に命を犠牲にしても自爆テロを敢行することとは同じではないでしょうが、人間存在の凄さでは同じレベルかもしれません」

「祭りの沸騰で命を失うことと自爆テロとはどう違うのでしょうか」

「祭りの場合、意識に対する執着というか、肉体や生命につながっているというか縛られていると言うか、無意識でも意識している日常の意識が、祭りの坩堝の中で、特にそばにいる個々人と熱狂を共にすることで、個としての自らへの意識が雲散霧消するというかこだわりを無くしてしまって、まず意識の中で個としての存在がなくなり、結果として命を失う危険があるような行動を平気でしてしまうのでしょう。生から死への転換というか飛翔は、宇宙意識のような広がりの中での自意識の喪失だろうと思いますが、自爆テロの場合は、研ぎ澄まされた思考の極限、これこれしかじかでこの方法しかないとまで思考を追い詰めた上での、徹底した明晰な意識の、しかも行為遂行という目標に極限にまで限定された意識の中で、生命を後ろに置いてきてしまうような、そんな状況で迎える死だと思います　祭りの熱狂での死が、広がりの中に個が溶け込んで存在が消えていくような死だとすれば、自爆テロは、場所と時間による効果を予測しなければならないから、あくまで死の瞬間まで個である思考を研ぎ澄ましておかねばなりません。いずれの熱狂も支配の都では忌むべきことで、しずしずとあくまで支配が不安をかき立たされないような祭りだけが許されたのでしょう。祇園祭も応仁の乱後の再興のためにかけられた熱情も今では単なる昔話になってしまって、形骸だけを引きずり回して、単なる観光の見世物になってしまっています」

「祭りというハレの場面がそうであれば、日常のケの場面も同じですか」

「ケというようなこまごました日常の全てがどうかと言われるとわかりませんが、少なくとも今日に伝わる京都の四季折々の行事は支配の側から下されたものばかりです」

「例えば」

「日本的な行事と言われるもののほとんどは、中国の行事をまねたにすぎません」

「日本にはいろいろな季節の行事があって羨（うらや）ましかったのですが、それは中国のものですか」

「正月はもとより、節分は元々宮中で大晦日に行っていた中国の追儺式（ついなしき）が始まりで、三月のひな祭りも中国の重三（ちょうさん）の祓いの行事が日本固有の信仰と習合したもので、五月の端午の節句も同様です」

「そうしますと、日本古来の風習を見つけることは困難ですね」

「少なくとも都の造営からして中国に倣（なら）った京の都ですから、きっと無理でしょう」

「じゃ、日常生活の最も基本である食事はどうですか」

「最初から残念な例ですが、京都では食事のおかずのことを『おまわり』と言います。それがそもそも宮中で使っていた言葉で、御所づとめをしていた人から庶民に広がったものだと言います。朝粥（かゆ）という風習も商人の家に伝わったというのは、商人の多くが朝鮮半島、大陸からの帰化人だったことから推測されます。そうそう、近江商人という巧みな商人を輩出した場所が滋賀県にあります。同じ近江でも僕の故郷から北にかけては一人も出なかったのですが、輩出した湖東、湖西という場所は、元々中国人渡来の地であって、近江商人の中にはその血が脈々と流れていると思われます。支配の側に入るための経済的な活動だからこそ巧みであり、蓄財が目的ゆえに身を粉にして働いたのでしょうが、僕の中にそんな血を探すのは難しいと思います。父が戦争で自分の職業を続けられず、しかたなくやっていた商売の日々、父の生活の中から商人の気質を見つけることができず、僕は我が家系が近江にありながらどうして近江商人的気質がないものかと考えたことがありました。ですから、僕の支配被支配という枠組みは物心ついてからすぐに始まっています」

「一つ聞いてもいいですか」

「いいですよ、何でも」

「あなたはあなたの肉親や親戚については全く語ってくれませんが、それはどうしてですか」

「多くの精神世界の識者が、外的な事象は内面の投影だとしていますが、もしそうだとすれば、肉親とか親戚は僕の精神の補強に過ぎません。時に僕の弱さを隠蔽するように思えます。ですから僕にとって、もっときちんと言えば僕の精神世界にとって何の関わりもないのではないか、そう思っているからです。実際、最も強い絆である親子についていえば、僕と親とは死別し、僕と子供は生き別れです。血縁者が死んだりした時は、最も濃い血縁のみ葬儀にでかけますが、それも極めて稀です。僕は、日本の家族や血縁、それに同じ場所に住んだという地縁さえ支配の道具だったことにすごく腹立たしい思いをしています。それればかりか、今なお、個人は独立した個人ではなくて、多くの人々が『家』とか、ちょっと近代風に『ファミリー』とか言っていますが、現実は血縁の中に自己を滲ませて、甘えて生きながら、その家や家族を維持しようとする同じ発想のレベルで支配を補填（ほてん）しています」

「じゃ、あなたにとって家庭とか家族とかは不要ですか」

「現在の日本人の考え方では不要だと思います。少なくとも血縁を大事にすること、血縁は肉体につながり、肉体は命につながりますから、やはり存在の保存本能で保守的な発想になり、進化の契機すら無くしていくように思えます」

「命より愛が大事だというあなたにとっては、それは許しがたいことなのでしょう」

「その通りです。その考えになる一つの契機は、兄弟の破綻です。人間関係の中で、兄弟姉妹という関係は、同じ親から生まれ、特別な事情でないかぎり、普通は一緒に育ち、同じような思春期を過ごします。しかし、長じてある年齢に達すると、まるで考え方も違い、同じ両親から生まれたと思えないほど考え方や生き方に差が出てきます。例えばお金に対する考え方でも支配側と被支配側に対立するほど違ってきます。そうでなければ、日本では話題にこと欠かない遺産相続の争いなどあるはずがないのです。もしもお金に対する考え方が同じであれば、もちろん同じといっても金が目的である支配者側の考えと同じではなくて、金など人類の生み出した最悪の手段だと思っている本当の被支配の人には、いいえ、支配―被支配の構図すらない、真の平等人間、宇宙の存在が全て一体だと思っている人間同士が、凄まじい争い、まさに骨肉の争いを演じてまで財産を争奪することはないはずです。猫を見ていてもよくわかります。同じ親から同じ日に同じように生まれ、同じように育てられても、体格や顔つきはもちろんそれぞれが違う性格になります。そういう意味からすれば、人間も一緒で、血縁は誕生の場を共有するだけであり、それぞれの人はそれぞれの前世をぐって今生に誕生し、再びあの世界に戻っていくのでしょう」

「そうですよね、兄弟姉妹や親子が、まして親戚という血縁が、他の人に比べて類似点は多くても、存在のありよう精神のありようまで一緒だとは到底思えません。そうした点から考えれば、家族とか血縁とかは進化のための揺籃器に過ぎないのかもしれませんね」

「だと思います。さらに悪いことには、進化の揺籃器がそのままギリシャ神話のプロクステスのベッドのように進化を妨げる場になってしまいます」

「あれですか、ベッドからはみ出した足は切ってしまうという宿の主人ですね」

「そうです。徳川幕府の支配の最小単位であった『家』とか親子とかが、人間の進化どころか人間性の発達を阻害してきました」

「徳川時代って、日本の封建時代ですよねえ。どうして個人ではなくて『家』が最小単位なのですか」

「歴史家や法律家など、進化があまりお好きでない人々の顰蹙を買うかもしれませんが、当時、刑罰は、支配のお気に召さなかったことをやらかした個人だけに終らず、家族にまで連座制を布いていましたから、人間の考え方は家族の枠組みを超えられません。それに家を単位として物事が考えられるから、貧乏で食べられないからといって子供を売るようなことができたのでしょう」

「エ、日本でも黒人奴隷のように人身売買があったのでしょうか」

「ありました。特に日本の東北と言われる地帯からは多くの女性が売られていきました。その微かな残りが京都の花街と言われる公娼地帯に残っています。京都のシンボルのように言われる舞妓などの多くが地方の貧しい家からやってきています。家を維持するために犠牲になる、またそんな犠牲を払った家が存続する、どちらも人間進化には程遠いと思います」

「でも円満な人格形成に家族は大事ではないのですか」

「もちろん、そうかもしれません。ただ、マイナスに働く時、家族の中心たる夫婦のありように左右されてしまいます。いろいろな性格的な破綻は、歪んだ夫婦から生まれることはあっても、家族が鮮明でないところで育った人にその害は少ないように思えます。それは、他でもない僕自身が核家族のない家に生まれていますから」

「といいますと、あなたは核家族でなくて、何世代も同居しているような家の影響を受けているのですか」

「いいえ、家といっても商売をしていまして、住み込みの店員さんや職人さん、それにお手伝いさんや学校の用務員さんのような人、それに犬、猫、鶏など大変な構成員の中に生まれ育っていますから、両親の子供である前に、社会人であったように思えます。ですから、僕は血縁を意識する前に、人と人、人と動物という、家族や親子の関係より広い関係を意識したように思います。

もちろん意識してそうなっていたわけではありませんが」

「それがあなた独特の進化論や人間愛になっているのですね」

「そうでしょうね、きっと。ですから、自分自身の経験からも、家族や親子や兄弟などという血縁が人間関係の根本だとは思いたくないのでしょうね」

「家族や兄弟、あるいは親子間での様々な事件が頻発していますが、そもそもその構成員の価値観の中で、そうした血縁こそが根本的な関係だと思っているからで、その関係の中に生じる感情が愛であり、その愛のおこぼれでペットを愛し、近隣を愛し、ついでに人間を愛しているだけですから、ちょっと破綻が来れば存在そのものが煩わしくなって、暴力をふるい、挙句は殺してしまうような愚行が生じてきます。家庭は本来、乳幼児が感じている母への愛が、広い宇宙の存在物の愛の一部に過ぎないこと、またそれだからこそ母に愛を感じられることを学ぶ場なのでしょうが、それが充分に機能しないうちに、一人前に次の世代を作ってしまう。そうすると動物として基本であるような子育てすら満足にできない親が一杯できるのでしょう」

「家や家族、あるいは親子の中でその関係だけを見詰めて育まれた愛では不十分なのですね」

「不十分どころか、害にさえなります。それなら家や家族、親子などないほうがよほど愛を感じられる人間に育ちます。思春期を過ぎ、大人になるというのは、愛を感じられる対象が広がっていくことなのですが、そこにいたっても、恋愛対象の女性に母親を見たり、同じく男性に父親を見たりして、さらに悪いことには、母や父との恋愛関係に陥りさえします。ですから、本来は、家族、血縁、地縁とのつながりを意識する前に、宇宙との一体感を持つような環境を作るべきなのでしょう。そうなれば人と人との関係が、血や組織のような人間の偏狭さを連ねるのではなくて、宇宙の中のもう一人の自分として他者を見たり、他者を自分と分割できない宇宙の構成要素であると考えたりできるようになって、宇宙そのものである自分と、また宇宙そのものであるはずの他者との間に日常的にも精神的にも分割し対立する契機は一切なくなります。ですから、家族や兄弟は宇宙とのつながりの障害になりこそすれ、進化を進めるようには決して機能しない、そう思っていますから、僕はまるで重要視していません」

「じゃ、家族愛や兄弟愛は充分な愛ではないのですね」

「といいますか、ないよりはあったほうがいいとは思いますが、愛とは自らと違ったものに対して自らの命を見るという営みであり、親子の愛とか兄弟の愛とかは、血や遺伝子が同じであるとか似ているとかで、最も存在として近いものです。ですから最も近いもう一人の自分として愛することができてあたりまえなのです。だけど、自分とまるで違うもの、例えば蛇のように人間存在と遠い距離にある存在に自己の命を見出すことは困難です。ですから、虐待や差別は、自分と違っているために自分をそこに見出せないということで、愛を感じられないからなのでしょうし、それが進化を妨げることは確かでしょう。愛が自己投影なら、違ったものに投影できる知的レベルの高さ、愛の高さがあるのでしょう。知的レベルの高さと言ったのは、差別や虐待がおうおうにして無知や先入観によるもので、宇宙の成り立ちを知的に、物理学的にとことんまで追求すれば、宇宙の中の全体でありその部分であり、他者もまた同じように全体であり部分であるような人間存在の不思議を知ることになり、当然そうした宇宙認識の中から、究極の平等感こそ生まれても、差別や虐待は生まれません」

「差別、虐待、そして暴力、さらには戦争、それらが愛の反対物であることがよくわかりますね」

「京都という世界に誇る文化都市という仮装の裏で、世界で最もおぞましい魑魅魍魎が跳梁跋扈し、そこに佇むだけでそのいとおしさに涙したり、見るものに触れるものに秘められた愛を感じたり、祭りの喧騒の中、沸き立つ愛に命さえ忘れるような感動があったりしないのは、一切が支配の側のものであり、そこに宇宙との合一感がないからでしょう」

彼女が突然口をつぐんだ。しかし、車内の雰囲気に重苦しい気まずさはなくむしろ重力圏を脱するような軽快ささえあった。彼女の手が運転している私の膝に伸び、そっと置かれた。運転中の私を刺激しないような配慮があったが、それでも膝から全身に甘い痺れが走った。

「ねえ、スピードのせいかしら」

「そうかもしれませんね」

私が彼女が何がスピードのせいだと言っているのかを確かめずにそう答えた。

「理由がわかれば教えて」

「それが真実かどうかわかりませんが、僕は勝手にこう思っています。肉体にはもともと重力はありませんよね。原子核の周りを原子が飛び回っているという基本でさえそのようにイメージできるのですから、僕の考える情報であるエネルギーであるようなインフォマジーという細微の物質の基本ではそのものに重力はありません。それが形体を幻視する、幻で見るようになって、地球の引力との関係で重力が発生するのだと思います。ですから、今、百キロの速度で走っていますから、形体が垂直に引力を感じることなく、垂線は歪んでいます。その分だけ実際に体重が軽くなっているのではないでしょうか」

「そうすると、さらにスピードを上げれば重力はより少なくなって、そしてそのぶん、形体が変形し、ついにはなくなっていくのでしょうね」

「シートベルトはちゃんとつけていますね。じゃ、その感覚を味わってみましょう」

私は、パーキングエリアに車を入れた。彼女の問が私と同じ思いだったことは彼女が私の話を否定しないことからもわかった。ただ、私がパーキングエリアに入る側道でスピードを大幅に緩めるためにブレーキを踏みこんだから、彼女はそのまま駐車すると思っていたようだった。私がスピードを大幅に緩めて、側道を走行して、そのまま駐車場に入らずに再び本道に戻ろうとしたから、彼女はそれが何のためなのかわからなかったようだ。

「エ？止まるのじゃないのですか」

「止まる方がいいですか」

「いえ、止まらなくてもいいのですが、どうして側道に入ったのですか」

その言葉が終らないうちに天井が開き始めた。十六秒の間、スピードを緩めて天井がなくなるのを待った。大気を飛んでいる感覚がスピードを落すことで沈んでしまう前に今度は頭上から重力を剥ぎ取るようにアクセルを踏み込んでオープンカーで風を切った。

「フフ、素敵」

彼女の控えめな喜び方が、その状態の面白さを示すようで、私は彼女の予測を超えていることをやったという得意な思いを抱いていた。

「私の予測を超えたことを喜んでいるのでしょうが、ネイティヴ・アメリカンは機械の力を借りて飛ぶという歴史がありませんから」

「じゃ、いやですか」

「わかっているくせに」

確かに、毛髪から体の淀んだ重みが昇華していくように心地よかった。

「わぁ〜、あなた〜本当に飛んじゃう」

重力だけでなく音波さえ奪う速度だから、彼女がそう叫んだ。車が明石海峡大橋を渡り始めた時だった。

「凄い、凄い」

「そう、世界一長い吊橋です。あなたの住むサンフランシスコのゴールデン・ゲートよりも長いのです」

「こんなに高いところをこのスピードで走れば、きっと重力を無くして空中に飛んで出てしまうわ、きっと」

「だから、シートベルトをしてくださいと言ったのです」

「駄目ですよ、シートベルトでは」

「どうして」

「だってそうでしょう。シートベルトは肉体という形を押さえこむ仕組みでしょう。でも、スピードを上げて風に乗れば重力が減ってくるでしょうし、最後には私たちから形体がなくなってしまうから」

二人は叫んでいた。叫びながらこれ以上叫び合っていると本当に飛んで行きそうに感じ始めていた。

というのも、重力が形体で、形体という場にインフォマジーが入って肉体となっているとすれば、今、膝の上の彼女の手とそれに重ねている私の手が愛の充電を始めていたからである。形体が命の場であれば、体が空中に雲散霧消してもしかたがない。

「私たち、消えていきそうよ」

彼女もまた同じ思いを辿っているようだった。上に重ねていた私の手をよけて、再びギュッと握り締めて、今まで以上に大声で叫んだ。

「だってそうでしょう」

「何が？」

「わかってるくせに」

「何がなの？」

速度が奪う言葉のせいにして私は何度も聞いた。

「だって……」

「だって？」

「命より愛が大事だから」

急

「命より愛が大事なのね」

彼女は、手を私の膝に置いていたから、そこからの熱をこころなしか高めるように呟いた。

「それがこの世の最高の法則だと思いますよ」

「最高の法則ですって」

「そうです。だから命より愛が大事なことがわかるまで、車を走らせます」

「世界の果てまで走らないとわからないかもしれませんよ」

「だから、世界の果てまで走ろうとしているのです」

「エ、この橋の彼方が世界の果てですか」

「果ては果てでも、あなたは空間の果てだと思っているのでしょうが、僕がいう果てとは時間の果てです」

「時間の果てって、地球が爆発して消滅するような未来の果てですか」

「いいえ、逆の果てです」

「逆といいますと、始まりですか」

「そう、始まりです」

「じゃ、アフリカにまで行くのですか」

「もしも命の始まりを求めて旅するなら、人類の起源とされといる何百万年前のアフリカあたりがそうでしょうが、進化論を信じない僕は、猿のようなものから人間に進化してきたとは思っていません。たとえ進化論の説くことが正しいとしても、命の起源がどこにあるか知りませんし、別段どこにあっても問題ではありません。それは愛より命を大事にするという今の世界の悪しき風潮に辿りつくだけで、何の興味も魅力もありません。ついでにあの考古学も僕はあまり好きになれません」

「エ、そうですか。あたしは自分の過去の文化を知るために興味がありますが」

「ネイティブ・アメリカンの場合は支配者である白人の遺跡ではないからでしょうが、日本列島で考古学の対象になる遺跡はほとんど権力者のものばかりなので、それを人間の歴史のようにありがたがる気持ちにはなれません」

「あなたの支配、被支配の構図は徹底していますのね」

「不愉快でしょうが、そうしないと僕の思っているものを見つけ出せないからでしょう」

「不愉快ではありませんが、一切にその尺度を当てはめていると、本当にいろいろなことがわかってくるのでしょうね、きっと」

「そうだと思います。もし、それを多くの人々が徹底的にやっていたとしますと、地球はもう少し住みやすい平和な場所になっていたでしょうから、僕は頑固かもしれませんが、その視点を捨てません」

「いいですよ、どんどん話を進めてください。命の起源でなくて、何の起源を求めているかといえば、きっとあれでしょうね」

「そう、あれです」

私は、私の膝に置いた、ずっと安全運転のために快適な微電流を送り続けている彼女の手に、ハンドルを握っていた手を置いて言った。

するとすかさず、

「駄目です」

彼女はそう言いながら私の手をハンドルに戻した。

「命より愛が大事と、愛の起源を求めているのでしょうが、今は命の方が大事です。運転中ですから」

「はい、確かに。運転に意識の一部を真剣に使って、安全運転に徹します」

「どこかで休んではいかがですか。運転しながら難しい話もなんですから」

「いいですよ、極上の場所を知っていますから」

私は、ほどなく高速道路を出て、淡路島の西南端の丘に立つホテルに車を着けた。ボーイが駆け寄ってきて彼女の側のドアを開けると、彼女は私にかまわずどんどん中に入っていった。ボーイに車を預けて彼女の後を追うと、彼女はフロントでサインをしているところだった。気配に気づいたのか、私が背中ごしに覗(のぞ)くと、「静かに待っていなさい」と子供のようにたしなめた。私はその強い調子に何も言わずに書き終わるのを待った。フロントに用紙を返す前に私は「うまく書けましたか」と今度は子供の作文を見る保護者のように声をかけた。

見れば、名前のところにナンシー・イブキとあり、私のタツヒコ・イブキと並んでいた。彼女がカードで支払うことを申し出ているようで、パスポートとカードが返ってきた。

「OK、大丈夫」

日本語と英語で言うと、フロントは、

「おめでとうございます。スイートルームをご用意いたしました」

「エ、おめでとうって?」

「ええ、ハネムーンとお聞きしましたから、サービスさせていただきます」

「ああ、ありがとう。よろしくね」

私の目はすぐにいたずらっぽくウインクする目にあった。私は彼女のそばに行き、手をつないで、ぎゅっと力を入れることでハネムーンへの同意を伝えた。彼女も握り返してきたが、手で行う対話は言葉以上に熱かった。

ボーイが二人を先導し、私たちは手をつないだままあちこちに小さな感嘆符を投げて歩きながら新婚旅行者を演技していた。こうした遊びをすぐに理解し、しかけた私以上にリアルに楽しみながら演じる彼女だった。文章は交わさなかった。単語と単語にすらならない感動の音だけをはにかみながら発し続けた。それはドアの向こうに海が広がった時、最高潮に達した。

「ヤッホーヤッホー」

彼女はそれに似た叫びを上げながら、広い部屋でネイティブアメリカンの歓喜の舞を踊り始めた。私はもはや笑いをこらえるのを止めて、声を出して笑った。案内したボーイだけが一人、怪訝そうに、いや迷惑そうに、いや心配そうに見詰めていた。

「大丈夫だよ、彼女はネイティブアメリカン、いわゆるインディアンで、この素晴らしい海に感動しているのだから」

「海をご覧になるのは初めてですか」

「そうでもないだろうが、ああそうか、映画のインディアンは草原や山に住んでいるからね。でも古くは海沿いで魚や貝や海草をとって生活していた海洋民族だったはずだよ。だから、こんな素晴らしい海を見詰めると民族の血が沸き立つのだろう」

「何を説明しているの」

彼女がそうたずねるから、私はありのままに訳して伝えた。

「そう、その通り。あたしあたしの先祖を目覚めさせてくれたわ。そのお礼だけど、ドルでもいい?」

彼女は二十ドル紙幣を渡しながらそういった。

「エエ、ドルは構いませんが、こんなに沢山!」

「いいのですよ。あなたが海の神様ポセイドンで、海を作ってくれた感謝の気持ちです。それにしては少ない額でしょうが……」

こんなに沢山という言葉をボーイの不満と勝手に聞いて彼女はもう十ドルを足そうとしていた。

「いいのです、もう充分です。お客様、彼女に説明しておいてください。ありがとうございました。何なりとお申し付けください」

「わかった、ありがとう」

ボーイが出て行くと同時に彼女は抱きついて、力づくで唇を奪ってきた。それはまるで奪うという勢いと強さだった。それは私から一切を奪う感じさえした。その思いはすぐさま伝わってしまった。

「あたしに全てを奪われるのはいやですか」

「ばれましたか。何か奪われそうだと思っていたことが」

「恐怖はしてないようでしたが、わかりましたよ」

「あなたに奪われることはいやでもありませんし怖くもありません。愛に殉死という感じでしょうか」

「やっぱり命より愛が大事ですか」

「そうですね」

「いいですか、この部屋はあたしがオーナーです。単に支払いをしたという意味ではありません。あたしはあのサンフランシスコのムニシバル・ピアではあなたの歓迎をしていません。この部屋は海が見えるというよりは、海に浮かんでいるように素晴らしい眺めです。あたしはあなたとの海の上での出会いを思い出しました。あたしがあなたを歓迎します」

「歓迎ということは僕の全てを奪うということですね」

「そう、蟷螂が交尾後に愛する男をむしゃむしゃと食べてしまうように生命を奪うのが死ならば、愛であなたの意志を奪います」

「そんな奪われ方なら大歓迎です」

その言葉が終らないうちに彼女は私の上着を取り、シャツを剥いだ。

「いいですか。今から発言も禁止します。あたしのいいなりに全てを捧げてください」

私が口を開く前にそう釘を刺された。その間にも彼女の手は素早く動き、瞬く間にズボンを下ろし、下着まで剥ぎ取って、私の体は熱い快感に飲み込まれた。もちろん全身を口に入れて舌で愛撫してくれたのではなかったが、舌先で嘗められる感覚がまるで全身を嘗められているような心地よい錯覚を運んできた。

「座りなさい」

私は命令に従い、屹立した一物をかばうように手で包んで座った。

「これはネイティヴ・アメリカンの儀式ですか」

「勝手に口を開かないでください。あたしの儀式です。きっと我が先祖もそうしたでしょう。女性は大地に密着し、海に育まれ、神との媒介を果たすことができるからです。でもあなたは口を開かないで。これは儀式なのだから」

彼女は、私を座らせておいて、自分は下半身だけ剥き出しになって私の上に座ろうとした。あまりの眩しさにまず目が殺られそうだった。下半身剥き出しの女性がさらに性感を煽り、私のものは膨張の限界に達して痛いほどだった。

「動かないで。両手は頭の後ろに組んで」

そういうと彼女は、そのまま体を沈めて、私のものに全身を突き刺せた。

「はぁ、あ～ん」

卑猥な声だった。卑猥というのがいやらしくてみだらであり、また下品でけがらわしいことならば表現が違っているが、ただ卑猥という語の持つ性的イメージの高揚があった。その上で、みだらでもふしだらでもなく、彼女の信じている一徹さで、いかにも高貴で気が枯れるけがらわしさでなくて、気に溢れる充実感に浸った。

「動かないで、動かないで。あたしがあなたに完全に奉仕しようと思うから」

彼女は、ゆっくりと体を上下し始めた。全く前戯はなかったが、彼女の性器は肉体の性感ではなくて、精神の性感を激しく愛撫されていたように蜜を溢れさせていた。

「そのまま、後ろに倒れて。そうゆっくりと、はぁ～ん」

位置が変わって、また膣壁を刺激したのか、空気の色が変わるような甘い声が響いた。彼女は跨ったまま上半身の衣服を剥ぎ取った。下着をはずすと乳房が勢いよく飛び出した。下から見ると、艶やかに煌きゆさゆさと揺れている巨大な真珠のように見えたが、真珠は純白でなく、珊瑚の紅に染められていた。

「あたしは目を開けると海しか見えないから、騎上位というように馬に乗りながら海を見ている気分になるの。だから、あたしの中では時間が消えて、あたしの始原に辿りついてしまいそうだわ」

彼女は私の頭を窓の方に向けさせていたから、まさに馬に乗りながら海を眺めているという感じだった。

「海を見たいですか?」

彼女は聞いた。彼女が聞く以上私も口を開けばいいのだろうから、私は言った。

「海よりもっと人間の、いや僕の始まりを見ています」

「始まりって何を」

「きっと僕が最初にみたものの一つである愛に膨らんだ乳房です」

「ああ、その言葉に酔うわ」

「僕はこの乳房を吸って大きくなってきたのです」

「触らないで」

触ろうとした一瞬前にそう制された。

「あなたは両手を大きく開いて、じっと受身になるだけです」

「じゃ、僕が生まれた場所に意識を集中して」

「駄目、そんなことを言うのは。だって、感じすぎるから」

彼女のイメージは精一杯膨らんでいるようで、どんな言葉でも性感帯に口づけするように体を震えさせた。

「あたしが、快感であなたの全てを忘れさせるの。これは気持ちいいですか、あぁ～ん、アン、あぅ～ん、はぁっ～」

彼女は声を高めながら腰を前後に激しく動かせて、私のものをしごいた。私は思わず声を発していた。

「あァ～凄い、全身が波にもてあそばれているようです」

「快感に酔いそうです」

「あぁ、もう我慢できそうにありません」

私は、頭から大量の水を浴びるように衝撃を受け、そのまま、水に抱かれて波に翻弄（ほんろう）される繰り返しに、彼女の許可を得ずして次々に言葉を発していた。

「駄目だわ、駄目だわ」

力なく、しかも蜜でべとべとに濡れた声で彼女は何度もそう言った。

「何が駄目なのですか」

「あのね、あたしはあなただけに喜んでいただこうと思っていたのですが、駄目なのです。あたしも気持ちよくって、行ってしまいそうです」

「でしょう、それが性の素晴らしさですよ。自分を全て捨てて相手のためだけだと思ってすることが、本当に自分の喜びになるということです」

「そう、そうなの。あなたにだけ喜んでもらおうと思っていたのに、あたしって駄目な女なのかしら」

「いいえ、素晴らしい女性です。じゃ、僕を奪おうとされましたから、お返しをしましょう。こうして動くと……」

「駄目、駄目、動いちゃ駄目、よけい感じるから」

「いいえ、これはあなたのためではないですよ。僕がもっと快感を得ようとして突き上げているだけですから」

私は言葉の間も激しく突き上げたから、彼女はもう言葉さえ発することが出来ないようだった。すると突然立ち上がった。私は両手を広げたままでいるように言われていたから止めることができなかった。

「あ、どうしたのですか。いやなのですか」

「いいえ、そうじゃなくて、今度は、あなたが自分のためだけに、あたしを使ってみて」

「僕がしたいようにするのですね」

「そう、そうして」

「じゃ、ベランダに出て、手すりを持って、海を見ながら立ってください」

彼女は素直にそうしようとしたが、足元がおぼつかない。

「少し足を開いて、そう、素敵な足ですね。素晴らしい眺めです。背景に海があって、あなたの眩いお尻があって、そしてあなたの性器が露をこぼしてきらきらと輝いて見えます。僕はまず……」

そういうとふくらはぎから膝の裏に舌を這わせた。

「駄目よそれは、あたしが感じるだけで、あなたの喜びではないわ」

「いいえ、こうしたいからです。でも僕が楽しんでいないと思うことで、あなたの喜びが欠けてしまえば何もなりませんから、いっそ、ここに……」

そういい終わらない間に、私は輝く褐色の間に見える亀裂に口をつけた。

「あぁ～ん、それはあなたの喜びですか」

もちろん私は答えていないし、答えようとも思っていなかったが、口を彼女の生のつなぎ目に押し当てて激しく吸うことで応えていた。それは性のつなぎ目ではない、生のつなぎ目なのだが、舌は溢れる蜜を掬い取っていた。その動作のたびに彼女の腰は震え痙攣してやがて全身がわなわなと震え始めた。

「駄目です、駄目です、立っていられないわ。あなたの……あなたの……喜びなのに……」

「それじゃ、立っていられるようにしましょう」

私はそう言うと、立ち上がって彼女の後ろから刺した。

「う～ん、あ～ん」

もはや声は形をなさなくなっていた。それでも昇華するように頼りない言葉を必死で編もうとして、編もうとすることで、押し寄せる快感を拒もうとしていた。

「あの～お願い、あたしは……いいのです……あなたが……」

同じことを三度も繰り返して、三度目は同じ言葉でなければまるで意味を判別できない流れた音でしかなかった。私は彼女から相手に対する思いやりなどの意識さえ消したかった。私はつながりを解いた。

「ァ～ん、どうして」

あれだけ、駄目駄目と言っておきながら、それでも意識を肉体の快感が凌駕していることはその残念そうな言い方から察することができた。

彼女を抱くようにして広いベッドに連れて行き、仰向けに寝させた。私は足元に座って、熱く燃えたままで放置された彼女の性器が目の前に来るようにした。

「いいですか。あなたほどの人が大きな間違いをしています。性の行為は、愛し合っている限り、どうしても個人に分裂できないのです。相手のためだけに前戯をし、性器に口をつけ、奉仕し、つくしているつもりが、つくせばつくすだけ自分の喜びにもなってしまいます。逆に、愛している間柄で、双方が納得して、自分だけの喜びを追及しようとしても、それでも相手は喜びと満足を共有し、双方の喜びが触媒となってさらに大きな喜びになります。例えば、あなたの全身をまるで動かないように縛って強姦の真似事をしようとしても、お互いの中に相手の存在と同じものを感じられるいわゆる愛があれば、慣れ親しんだ喜び以上のものさえ得られます。逆に強姦など相手を無視して力づくで奪う場合、それは相手にとって存在を無視されたような、精神の殺人に匹敵するような苦痛を与えます。ですから、あなたが、いかに僕にだけ快楽を貪れと言っても、その思いやりと優しさの量はもちろん、さらに相手を増幅器にして何倍もの快楽が返ってきます。それが性の素晴らしさであって、だから性の行為が進むべき人間のありようを垣間見させるものであって、僕流に進化のシミュレーションと言うのは、そのあたりからです」

「汝の計るものは、また汝が計られるものなのですね」

「うん……フフフ」

私は彼女の問いかけるような言葉に返事をせずに、ある光景に思わず含み笑いをしてしまった。

「何ですか、その笑い方、何がおかしいのですか」

「ごめんなさい。せっかく燃え上がっている性感をこんな話で冷えさせているな、と思ってあなたの秘部をみたのですが、冷えあがるどころか、さらに激しく蜜が溢れてきていますから、つい笑ってしまったのです」

「いやな人」

彼女は嫌そうには全く感じられない言い方で足を閉じようとした。しかし、私は彼女の足を自分の両膝でブロックしていた。彼女は、自由に足を動かせないことだけで、存在の一切を拘束されているように甘く身悶えた。

「お願い。あなたの思うようにしてくださっていいですから……」

彼女は言葉尻を飲み込んだ。

「いいですよ。僕のことなど気遣わずに自分の喜びだけ追及するって約束してくだされば」

「しまし、します、それがあなたの喜びになることがわかりましたから、あなたのことなどまるで考えずにあたしの快感に焦点をあてて……」

彼女は自分の言葉にさらに炎上し始めているように、自由のきかない足を私の膝に押し付けて、その力で腰をなまめかしく蠢(うごめ)かせた。

「凄い、いい眺めです。あなたの存在が性器を中心に渦を描いているようで」

「先ほど見た鳴門の渦潮は潮の流れに過ぎないでしょうが、私の蠕動(ぜんどう)は地球の動きと共鳴しているのよ」

「そうです。その渦の中心の蜜の中に、こうして……」

「はぁ～、凄い」

「僕を入れると、僕に巻きつきながら、それでいて……」

「あなたの中に深く入っていくような安心感で……」

「僕は、あなたの膣壁に包まれながらくるりと一回転するメビウスの輪ように宇宙の広がりを覚えながら……」

「もう言葉が広がりすぎて……」

「いいんです。もう感嘆詞ばかりでも。そうでないと言葉ばかりに憑依（ひょうい）されるろくでもない子供になるでしょうから……」

私がそういうと、彼女は宇宙に広がるように快感のうねりの中で消えかかっている意識を一気に収斂（しゅうれん）させて、背中に回していた両手で私の頭をつかみ、目を見開いて聞いた。

「わかっていたのですか……」

「そうです。だからあなただけでもなく、僕だけでもなく、二人が共に歓喜の生きる瞬間に結びついて欲しかったのです。昨日から、一緒に行動していて、今日のためにあなたが一切の避妊行動をしていないことはわかっていましたから」

「うれしいわ。とってもうれしいわ。分かってくださっていたのですね」

「僕も心の底から愛の結晶を作ってみたいと思っていましたから。だから今僕がすべき事は、あなたのことだけを考えてあなたに僕自身を送り届けることでしょう」

「あたしもあなたのことしか考えずに、まもなく来て下さる無数のあなたを抱きしめます。そのためにも……あぁ～あぁ～あ～もうどうにでもしてください……」

私の体を抱きしめながら膣は私を締め付け、私は二重に締め付けられながら、その分だけ深く広い快感の中に泳がされているような感覚から、やがて意志で突き刺しているはずの肉体の先端から、無数の、億にもなろうという私自身が彼女の海の中を鮭の遡上のように、生の根源に向けて遡り、遡りながら私自身もまた天空の高みに、存在の憂いや憂さや不愉快や悲しみや怒りやありとあらゆる感情の澱が漉され、感情に翻弄されて蠢く地上を離れて、肉体の先端から手袋を裏返すように個を宇宙に広げつつ高みに上げられ、上げられた分だけ引力を脱し、その量だけが快感となって、体の芯と存在の真奥から湧き上がってきた。

　彼女もまた無数の私が遡上する海となり川となるという母性の根源の喜びに沸き立つ肉体を制御しきれず、言葉にならない叫びを発しながら、自分を失うことが恐怖であるかのように私にしがみつき、しがみついても更なる激しい快感のうねりが彼女をさらっていくようで、何度かの抵抗のたびに彼女は自分の叫びにまたも煽られるように、そしてとうとう高く長い叫びと共に意識の底に沈んでしまった。

　そして私といえば、数億の私となって蠢きながら、最も私らしい私が次第に他を圧倒して愛の海原を泳ぎきり、たった数億分の一の可能性を愛の基盤に花咲かせようとしていた。数億に分かれながら、そのどの一つも私であり、宇宙であるような、それでいて数億分の一でしかないような不思議、私はその不思議な世界を生き抜いて愛の基盤に辿り着いた。

　とはいえ、そうした性行為によって受精する私である精子は、極めて厳しい生存競争を生き延びてはじめて受精が可能になる。いわば選別であり戦いであり、他者の排除であり、強者の勝利である。まず最初の戦いは、子宮頸管に存在する粘液とのそれであり、それが酸性の時は精子は運動ができなくなって愛の基盤に辿り着く前に死滅してしまう。その液がアルカリ性に傾くわずかな排卵期にのみこの粘液を通過できるという。そしてその通過するわずかな時間の間でも、正常に運動できる精子だけが通過できる、というように選別され、異常精子は排除される。ようやく通過しても次に待受ける子宮腔で待ち受ける白血球に食べられてしまうこともある。こうして幾つもの障害物を通過し選別されてきたにもかかわらず、子宮から受精の愛の舞台となる卵管に入れるのは、子宮腔に入ってきた千個から五千個の中のわずか一個に過ぎない。私を出発した時の数億分の一の私であり、そしてそれでいてまさに全体の私である。

　複雑な仕組みにより、天文学的な確率で誕生する命であるが、その始発に愛があったとしても、精子と卵子の出会う受精までには、幾度もの厳しい戦いと無情な差別化と強者による弱者の排除によっている。だからその結果として誕生する人間は、もはや競争や戦いには辟易しているはずである。

　生を得て、生にまで結実しえた愛の結晶だというのに、愚かにも、まだ膣から卵管に至る精子の生き様を踏襲し、戦いだの競争だのと自分と他者との違いを際立たせていきまく生物が後を絶たない。彼らが生きる場所は、豊かな水と緑の地球表面ではなくて、暗くて細く、身を搾り取られる酸性の粘液に囲まれた子宮頸管であり、結局彼らはやがて死滅する異常精子でしかないに違いない。

　零点零五ミリというわずかな私は、それでも私の一切であるのだから、そのわずか二〇分の一ミリの中に宇宙が、一切の存在が包含されている。まさに部分でありながら全体であるという宇宙存在の神秘がそこに具現されている。その法則によって宇宙の発生から人類の発生、自らの固体としての前史から未来までを情報として持たされ、その小さな粒子が宇宙を動かすエネルギーを内包しているというのに、人はこの世に生を受けると、自らの生成の過程とその法則をすっかり忘れ果てて、自分が宇宙であり、宇宙の一部でありながら宇宙そのものであることを忘れる。さらに愚かにもその法則から他者と自らも同じ生成過程、誕生過程から生を受け、同じ宇宙を共有し、同じ宇宙に生かされていることを忘れ、おのれ一人で大地に立っているような錯覚に生き、あまつさえ自分と同じでしかない他者を、性の違い、肌の色の違い、思想の違い、宗教の違いという些細なことを拠り所にして、差別し、排除し、否定さえする。愚かというか、頭脳未発達というか、地球生存不適応者というより他ない。

　私であるもう一人の私がもう一人の私である彼女の中での受精をイメージしている間に、私は彼女の体内で分離していく存在を感じ始めていた。まとわりつきながら粘着し、まるで一つの肉のように蕩けあって充実を感じていた時間が過ぎ、私は肉体に限られた存在に戻ろうとしていた。

　宇宙を遊泳しているに違いない彼女より一足先に意識が肉体に落としこめられたはずだったが、ごろりと体をころがせながら彼女の体から離れて天井を見ると、そこにはきらきらと光の粉が燐粉のように舞っていた。燐粉が蝶の翅を作って、私の肉体を引力圏から解き放ち、視界の光粉が二次元に横たわっているはずの私の肉体を三次元空間に引き上げたように、空を舞っている感覚に襲われた。あまりの快感によって脳のエンドルフィンなのかケタミンなのか、それともドーパミンなのかその全てなのか、快楽の頂点、すなわち死の直前に分泌される快楽物質がどっと溢れたのか、それともニューロン爆発が起こってしまったのか、私は目眩に似た不確かさの中で、視界がゆらゆらと揺れたままで形体を結べないおかしな状態にいた。彼女を抱くことで、彼女の中で抱かれ、彼女を刺したつもりが暖かく包まれ、感覚が幾重にも巻き込み巻き込まれと相互に存在そのものでいたわりあっているような柔らかな感覚を感じながら、放出されて彼女の中をゆらゆらと登っていく精子の映像が目の前に展開しているようだった。しかも目の前に乱舞する光の粉は、やがて黄金の光を放ちながら、さらにキラキラと煌いた。

「おお～きれい～」

思わず声に出してしまうと、しばらくして彼女の声が聞こえた。

「ほんと、キラキラと海に漂っているみたい」

その声はまだまだ蜜にまぶされているように甘いものだった。彼女の声で彼女の豊かな肉体を思い出してしまった私のほうがさらに早く日常に戻り、彼女の方に体を傾けて頬に軽いキスをした。

「フフッ」

彼女はただそう声に出しただけだが、傾いたお日様が、波に乱反射して天井に光の粉を乱舞させていた部屋に、声までが光を纏って舞うように思えた。彼女も同じように日常に戻ってしまった意識で恐怖を感じたのか、私のペニスを手探りで握り締めてきた。

「もう年齢なんだから、そうすぐには」

「違うの、空から落ちそうなので、ちょっとつかまっていないと」

「それじゃ、こうして抱けば……」

私は、彼女を力いっぱい横抱きにした。すると瞬く間に力が漲ってくるのがわかった。

「う～ん、あたしの中であなたが今生き始めているのだから、今は駄目」

「もちろんです。そいつは僕の中で僕の意志を無視しがちなものですから」

「ちゃんとしつけをしてくださいよ」

「大丈夫、意志があっても言うことをきかない年齢ですから、誰かの愛撫がないと駄目です」

「それじゃ、本当の性は今からなんですね。一人じゃ勃起も出来ないのですから」

「なるほど、そういう考えは面白いですね。ただ、情報でありエネルギーでもあるものが精子なのだと先ほどつくづく感じていましたが、私たちは性を誤解し無駄にしすぎてますよね」

「性交のたびに宇宙の法則を学ばされていることを忘れているのですね」

「そう、自分自身もその法則がなければ生まれてきていないことさえ忘れて」

「だから、あなたの言う始原を求める旅とは、人間がそうした自己の誕生について考えられるようになった始まりという意味でしょう」

「ああ、そう言っていただければわかりやすいですね」

「肉体の始原ではなくて愛の始原でしょう」

「愛の始原といいますと、人間の形体をした肉体的存在の始まりではなくて、愛を語れる意識的存在としての人間の時代の始まりなのです。ですから、これから向かう四国では信じがたい話を一杯しましょう」

「そこは愛の始原の国なのですか」

「ええそうです。日本文化にとって常に大陸の影響や朝鮮半島の影響が大きかったと言います。それはそれで間違いだとは思いません。多くの文物、そして政治、宗教をはじめ制度的なものまで大きな影響を受けていることは確かです。ただ、現在言われているように、そして中国の人や韓国の人が思っているほどには影響を受けていたとは思えないのです。しかも影響を受けていたのは、中国大陸や朝鮮半島からやってきた支配者によってであって、日本列島の原住民の方で求めてそうなったのではない、そう僕は思っているのです」

「それは物理的証拠があるのではなくて、心情的にといいますか、物事の見方考え方、それにきっと暮らしのパラダイムのようなものからそう考えるのでしょう」

「ええ、そうです。日本の歴史として体制が認める文書にあるように短期間でこんなになったとは思えません。もっと言えば、もしも征服され支配されていないのなら日本固有の文化や暮らしが残っているはずです」

「ところがあなたのおっしゃるように日本文化の代表のように言われる奈良・京都にそのような

ものがほとんどというかまるで見出せず、中国と朝鮮半島のものばかりだというのですね」

「書物にある日本の歴史は、七百年代の『日本書紀』と『古事記』に始まると言われていますが、それは単に支配者に採用された歴史に過ぎずません。他方日本にはその他に幾つもの歴史書がありますが、支配に不都合で無視されてきたと僕は思います」

「それに対して、これから向かう、え～としこおくですか、そこには別の歴史があるというのですか」

「あります。大胆不敵と言いますか、奇想天外な説です。しかも、それらが『読者の妬み、嫉み、僻みといった負の感情に訴えかけるもの』というのです。そして『世界の主流から疎外された国・日本の負の感情に同調するもので、主流・中央から疎外された孤立感は、主流・中央に加わりたいという渇望、さらには歴史を引っ繰り返して、自分たちこそ真の主流・中央なのだと主張したい心理へと容易につながりうる』（原田実）とまで揶揄されているものなのです」

「面白い話ですね。ネイティヴ・アメリカンの歴史にも同じような批判がされますから、それだけでもあたしはそちらの側に立ちたいですね。歴史が中央の権力者だけのものだと思っている連中に、歴史を語る資格はないのでしょう、きっと」

「でも、確かに心理的に歪んでいるのではないかと思われるほど凄い話です。まず、日本の始まりは元より世界の始まりさえ四国だというのです。そして、剣山という山にはユダヤ人がやってきて、ソロモンの秘宝を埋蔵したという話さえあります」

「それは凄い話ですね」

「でも、単に体制側の人間でなくても、先ほど言ったような偏狭な考えのやせ我慢のようにも思えます。しかし、この今泊まっている島が淡路島といい、その世界と日本の発祥の地は、四国の『阿波』という場所でした。その阿波にいたる道で『あわじ』とつけられたとすると、本来、都や中心に至る道で呼ばれるはずですから、もしも体制がそう決めているように、畿内に日本の始まりがあれば、ここは『あわじ』ではなくて『飛鳥路』とか『大和路』とか、都があったと思える地名が来るはずです。ですから、四国中央説もあながち嘘ばかりでもないように思います」

「そのソロモンの秘宝が埋蔵されたという場所に連れて行って下さるのですね」

「ええ、そうです。四国が世界の中心だったということをわかってもらうためではなくて、もしも、このとんでもない話全てが本当であっても、僕はそれよりさらに前の、まさに人間に差ができる前の時代を探りたいということを知ってもらうためです」

「それじゃ、アダムとイブ以前の話ですか」

「いや、そういった神話の世界といいますか、旧約聖書の世界もまた神と人間の世界ですよね。僕はそこにこそ諸悪の根源が潜んでいると思っているのです。それこそが原罪だということです」

「あたしはキリスト教者ではありませんが、その文化の中で生まれ育ちました。とはいってもネイティヴ・アメリカンにはまだなりきれていません。ですから、あなたのその考えがわかれば、あなたが日本列島の原住民といいますか、地球原住民に回帰し、あたし自身もネイティヴ・

アメリカンに回帰し、地球人として胸を張って生きていけます。どうか、ゆっくりと話してください」

「いえ、そんなに難しいことではありません。僕は神さえも真の平等を妨げるものだと思っています。もちろん、それは西洋的な一神教の神ですが」

「エ！　神が平等感を妨げるというのですか。神こそ全ての存在を平等に見ているのではないのですか」

「神はそうかもしれませんが、人間の側に神を想定することで、自分と違う存在を自己の外に作ってしまいます。自己の外に自己以外のものを作ることで、自分との違いを意識します。もちろん、自分を低めて神を高め、崇めます。この時、真の平等は消え失せてしまいます。ですから神の名において戦争でも差別でも人殺しでも性の圧力でも何でも出来る恐ろしい人間が作られてしまったのです」

「諸悪の根源は神ですか」

「聞こえは悪いですが、そうです。ただ、環太平洋の人々、おそらくあなたの先祖もそうであったと思うのですが、神も部分でしかなく、神と人間を同じ宇宙の構成物のように考えているアニミズム的な考えだと、まだしも平等に近いとは思います」

「日本のように多神教といいますか、いろんな神があらゆるところに存在してこそ神なのですね」

「エエ、絶対的な上下関係が薄れている分だけそうかもしれません。私イコール神、イコール宇宙です。三者が一つであり、それぞれがその部分でありその部分でありながら全体だと思います」

「それじゃ偶像崇拝などは一神教より始末が悪いということですね」

「釈迦やイエスに始まり、そして二十世紀のクルシュナル・ムルティにいたるまで、私たちに伝わる賢者といわれる人々誰もが偶像崇拝など奨励していません。それは偉大な師の威光を笠に、地位と名誉と財産を貪りたい宗教者が考え付いた妙案でしかありません」

「あたしはイエス・キリストの名の下に十字軍などという戦人がいたり、死刑執行前に聖書を読む牧師がいたり、敬虔なキリスト教者だというのに徴兵に応じたり、聖地を取り合って殺し合う人々が理解できませんでしたが、ようやくわかりました。イエス・キリストや釈迦と、キリスト教、仏教とは何も関係がありません。共に偉大な師の言葉を捻じ曲げて、信者を詐称しているだけであり、そうした宗教行為こそが戦いの要素を必然的に持っているのですね」

「そうだと思います。釈迦の周辺でも、イエス・キリストの周辺でも、今のような、宗教者と信者に高低のある関係はなかったと思いますし、そうした扱いをすればきっと叱ったはずです。それが悟りだと思います」

「悟りですか」

「さとりについて、日本の仏教はこんな風に言います。日本語で言いますと、『さとりと解脱は一般的には同じ意味として理解されているが、正確には異なる。さとりは、諸行無常・諸法無我・一切行苦の三法印と、苦諦・集諦・滅諦・道諦の四聖諦を理解することであり、仏教用語では慧

（プラジュニャー）という。ここでいう理解は、頭でわかったというのではなく、心身ともに戒律と瞑想を行うことで得られる境地である。正しく戒律を守り、瞑想によって心を静めて三法印と四つの真理を観察してゆくと、心からむさぼりや怒りがなくなり、様々な妄想がなくなる。つまりすべての煩悩から解放される、すなわち煩悩が脱落した状態になる。これが解脱である。要するに、まず身体的な修業として戒律を守ること、そして心的な修業として禅、つまり瞑想を修学すること、これら二つをあわせて実践するときに三法印や四聖諦を観察し、世間の真実を理解することが求められる。これが完成した時にいわゆる慧（さとり）が得られるという。慧を得た後、この慧をもとにさらに内面的な修業を突き詰めていった結果解脱が得られるといわれ、これを自覚する段階、解脱知見といいますが、ここまでいかないと本当の解脱はないともいわれる。このように解脱とさとりは似ているが、正確にいうと異なる』（『仏教の解脱観』田上太秀）といいますが……」

「よく覚えているのですね、お経みたいに」

「ええ、悟りと解脱こそが人間の目標だと思っていろんな書物を読み漁って、これを覚えたのですが、これは訳すまでもなくまさに方便です。特殊専門化し、特権階級化した僧侶の地位と財産保全のための方策です。それに偶像を大切にして拝むという行為も一つの煩悩、欲望ではないでしょうか。言ってみれば、それを実践した人としない人の差別化をして、人間共通の可能性から排除し、自分たちだけがぬくぬくと金と酒池肉林をとことん味わうための弁護にすぎません。そうそう、悟りは日本語だとわかりやすいですよ」

「どうしてですか」

「日本語では、『悟り』とは『差を取る』という響きで、『差を無くすこと』です。これは日本語の言葉遊びのようですが、本当は人間に差はないこと、宇宙の一切に差がないことを知ることこそが悟りだと思います。釈尊はさとりを教え、仏教は差を教えてきて、その差の上で甘い汁を吸ってきたのです」

「差を取ることと差をつけること、あまりに大きな違いですね」

「ですから、きっと人と人との差は人間の愛の始原にはなかったはずです。ところが農耕など、時間を生活に持ち込んだ時点で、作物の出来不出来、収穫の多寡、それによる蓄えの多少、そして富の蓄積と資財の差が生まれてきて、そこから諸悪が始まったと思います」

「差が出来る前という言い方はわかりやすいのですが、それは釈迦とかイエスとかの出現以前ですね」

「そうです。差が人間の世界の根本的な法則のようになってから久しく、その災い、と言っても、十九世紀や二十世紀ほどのことはないですが、その災いを無くすのは、他でもない一人一人が悟ることだと、再び人間の始まりに帰るべきだと、あるいは帰るというのが嫌なら、それこそ人間の本質だと」

「と言いますと、私たち、と言ってもあたしは漠然とした願いや思いはありましたが、あなたのいうようにそれが人間の間の差、人間と他の存在の間の差によって一切の災いが生じているとまでは思っていませんでした。でも私たちと言わせていただけるならば、私たちのような人間たちが目指そうとしているのは差のない共同体でしょう」

「だと思います。もちろん共同体という意味の中には、地球内の存在、宇宙内の全ての存在、そして地球や宇宙自身も含みうる共同体ですね」

「そうすると人間の歴史の中では、現在のような災いの地球は過渡期に過ぎないということでしょうか」

「僕は、今のような状態、あらゆる生活の場面に差があり、存在の違いが一切を貫いているような愚かな社会は、歴史のほんの短い時間だと思いますよ。農耕や牧畜という季節に左右されたり空間につなぎとめられたりする社会が始まる前、人々は現在残り少なくなった太平洋圏の民族のように、日々の糧（かて）を自然から必要な時に必要なだけ頂戴することで、蓄えも、それによる貧富の差も生まれない時代が相当長く続いていたと思います。人間という個が増加した分だけ生産力も飛躍的に上がって、かつて自然の恵みに対して平等だったように、人間の生産する物に対して平等であるような地球になるでしょう。そのための文明の発達なのですから」

「そして今それが地球上であちこちに作られている小さな共同体に始っているのですね」

「そうであればいいですね。生きていく糧を得るために、季節という時間や、土地という空間に規定され始めると、いずれも限られたものですから、長い間に所有と非所有の差ができます。そして、それが一方で自分たちを越えた神というものを想定して、その差をあたかも天の思（おぼ）し召（め）しのように思いこませる必要が生まれ、またその限られた資源を守るために、正確にいえば、そのためだけの国家が生まれてしまったのでしょう」

「守るためだけの国家、という言い方はおもしろいですね。国家は存在のその時からまさに保守でしかないということですね」

「フィリッピンの南端からボルネオあたりにかけて『海のジプシー』と呼ばれている集団がありますが、海という豊かな暮らしの糧があれば、彼らに国家を形成する必要が無いことからもわかります。ですから豊かな暮らしを作ることは国家の必要性を否定することですから、時の権力者に豊かな暮らしを作れなどと要求してもとうてい無理でしょう。自らの存在を否定することになるのですから。国家の拘束力の強さとその国家の豊かさは一時的な例外を除いておおむね反比例しています」

「誤解を承知で言えば、神と国家とは一体のものなのですね」

「ですから宗教と国家の初期は、個人を超える精神の分野が神、物質の分野が国家だったのですが、いつの間にか、宗教が物を追い求め、国家が正義などという精神をかざして戦争、いわば物の略奪合戦をやるようにはなりましたが」

「釈迦は悟る前は国家と宗教の頂点にいたのですね」

「そうです。誤解のないように言えば、仏教の頂点だったわけでもなく、もちろん悟った後も仏教の頂点たろうと釈迦自身は思っていなかったはずですが」

「では、釈迦の悟りって、何なのでしょう」

「釈迦は釈迦族の王としてその差別の頂点にいながらそれを捨て、流亡の果てに菩提樹の下で悟りを得たといいますが、簡単明瞭に言えば、自分も他者も菩提樹も大地も天空もみな一つであり、決して自分だけが特殊な存在ではないということでしょう。誕生の時すぐに七歩歩んで『天上天下唯我独尊』とおっしゃったといいますが、それを自分一人だけが尊いという意味ではないと、宗教者は必死で否定します。しかし、あれはそのままでいいのではないですか。もし本当だとしてもあれは生まれた時であり、その思いがなければ釈迦族の王であるはずはないでしょうし、それを捨てて初めて悟りを開かれることもなかったと思います。いずれその尊い命がまた一切の命であることを知るのですから」

「差を取るということが実に簡単明瞭なことでありながら、聖書にある『汝の隣人を愛せよ』の日常的な難しさに始まり、種々の戦争の勃発、市中で見られる暴力事件、家庭内暴力の多発、さらには人間の横暴で傷つき汚れた地球に至るまで、いかにそれが難しいかはよくわかります」

「だから、その簡単なことを無視している釈迦以後の仏教と、釈迦自身が縁もゆかりもないことはよくわかります。簡単な例で言えば、釈迦は『出家修行者は葬儀にかかわるな』とたしなめていますが、それは『葬儀によって死者と生きているものをことさらに区別するな』という意味もあったのでしょう。しかし、現在では葬儀こそ僧侶の収入源であり欠かせないものになっています」

「死者にかかわって、生きている証である性を罪悪のように扱うのは、性こそが平等間を体感させる数少ないものだからでしょうね。性が前面に押し出されれば、僧侶の立場がなくなります」

「ですから、複雑怪奇な問題も、『平等なのか差別なのか』を基準にして考えると案外わかりやすくなってきます。偉そうに言っていても、道徳や倫理を振りかざしてものを言う人々が醜いのは、人間の本質から遠いせいでしょう。逆にセックスは人間の本質に近いから、その時の表情は素敵なのでしょう」

「あなたの言うように全てに平等意識があれば、悟りという進化レベルの頂上でなくても、地球にふさわしくない退化レベルに陥ることは防げます。そしてその進化の第一歩であり、進化のシミュレーションがセックスだというあなたの意見にあたしは異論を唱えたい……でも体の方が正しさに歓喜しているのよ」

彼女はわけのわからないことを言いながら、話に高揚して極限にまで勃起してきたペニスを握り締めて、私の上にそっと座りこんできた。何の抵抗もなくぬるっとすべり込んだ。

「きっと、二度と立てないようになるかもしれないけど、たまらないのです。あたしはそれほど思ってないのですが、この体が……」

そう言って彼女は豊かな乳房をそっと私の口に押し当ててきた。私は優しく口に含み、舌で転がし、歯でそっと噛んだ。意識が先行して、肉体を求め、今肉体の勢いが意識を超えて、交わっていないと意識が孤独に蝕まれるように錯覚し始めていた。それは単に肉体の欲望にすぎなかったが、そこには愛するゆえに高められる至福を越えて、体の快感のみが意識さえ奪って、交わることが全てとなっていた。

私はゆっくりと射精した。精液は彼女から溢れて部屋を満たし、二人をミルキーウエイに漂わせているように、意識も肉体も重力をなくし、固体でありながら気体にゆっくりと昇華していくように、あやふやで、しかし、決して不安でも不快でもなく、文字通り世界に浸りながら意識は蕩（とろ）け、流れ、やがて消えた。

この世の底に想定した地獄ならば、その闇は重く圧迫してくるに違いないが、私の意識は視界に広がる薄い闇に目覚めた。一旦気体に昇華した肉体は、今、部分部分に固体、とはいっても液体と見まがう柔らかい感触の部分となって蘇ってきた。海に沈んだ太陽とほぼ同時に意識の底に沈んでしまって、そのまま海に薄められる夜が部屋にも広がっているだけで、明かりをつけないまま、彼女の唇が私の体のあちこちにそっと触れ、その部分がたゆとう深海の水母（くらげ）のように意識に斑（ふ）をつけて回った。

私はニュートン以来の物理学を越えていた。猫が助走なしに身長の数倍の高さに飛び上がり、小魚が流されて当然の急流で静止でき、鳥が羽を動かさずに滑空できるように、結果がその動作に必要としたはずのエネルギー総量の数十倍、数百倍に達してしまうような気分だった。二度にわたる激しい交わりで、情報とエネルギーの相当量を失ったはずが、私はそれらに溢れていた。

意識だけでも肉体だけでもなく、総量として充実していた。

性の衝動やその行為を動物的といい、その激しさを野獣のようだと言って、そうした性行為を蔑むつもりでも、それは人間が日常の意識と人間が日常的に可能だと信じきっている物理的法則からの拘束を解かれ、本来の「いきもの」に変わっているからなのだろう。そしてその変化の触媒こそが「愛」であり、「愛」こそが本能という言い分で虐げられている人間の生物としての状態、意識と肉体が疎外しあわない状態に進むことを可能にする。愛は精神の傾向、あるいは状態、さらには情報のありようのように思われているが、愛は明らかにエネルギーである。「火事場の馬鹿力」と世俗的に伝わる人間力の神秘は、命を顧みない時、あるいは命の存亡の危機に陥った時、不思議にも命への執着は消えて、日常では信じがたいエネルギーとなって驚くべき行動を可能にする。その行為は他の命を救うような時に、意識していないにもかかわらず、その命が自分の命より大事になって、愛が発現し、一切を可能にする。

少々の奇跡を起こして崇め奉られている人が、やがて胡散臭い宗教者に成り果ててしまうのは、その奇跡の原因である愛が薄れていくからに違いない。イエスが、数匹の魚をそこに集っている多数の人々が満足できる量に増やせたのは、イエスに、全ての人々への徹底した愛があったからだ。彼イエスが人々に神を想定させたのは、神を敬い崇める気持ちを醸成させ、それがそのまま他者の中にも存在するという言い方をして、人々に、他の存在を、まさに「神のように」尊び愛せよと言うためだったのだろう。それは、愛の発現こそが人間にとって最も基本的だからであり、それにもかかわらず、イエスから二千年をへても、愛がエネルギーであり、それは力というような比喩ではなくて、明らかに熱量の存在のありようを増加増幅させる力であることはなかなか知られていない。

例えば、私は猫に対しては何も報酬を求めず、ひたすら愛を放射できるため、猫のたいていの病気は治せる。しかし、人に対してのそれがまだまだ不十分なのは、力が不十分なのではなくて、私の愛し方が足りないだけだろう。人を治そうなんて傲慢な意識がなくても、人を暖かく抱擁し、額に優しい手を置けば、愛はその人の意識の枠を超えて伝播し、意識の枠を超えた時点で力となり、相手に心地よさを感じさせることができる。それは誰もができることであり、これの特別に強い人がヒーラーと呼ばれる人たちなのだ。

うじうじと日常の汚濁にまみれている人々は、一度、自分を忘れて他者のために何かをやってみればいい。信じがたい爽快感と力が湧いてくる。それが愛であるからだ。だから、宗教者は言うまでもなく、政治家、教師などが本来の在りようからほど遠いのは、彼らの中に見返りを期待しない徹底した純粋の愛がないからで、もし、その行動の原点に愛があれば、人々はその光彩を放つ相貌に自(おの)ずと敬意を払う。

京の寺々は、信長の野望の焼き討ち以来、戦火を浴びて消失したもの以外、今も、なぜか、断固として立っている。いまだ一人の管長も、どの宗派も、自ら伽藍に火を放って愛のために野に下った人はいない。もしも釈迦がいれば、護摩行の火で天井を嘗めさせ、仏像を炎に飲み込ませ、伽藍を消失させ、鐘楼も焼け落ちさせて鉄の塊を残すだけにし、もしもイエス・キリストがいれば、荘厳な教会に火を放ち、ステンドグラスは土に返し、十字架は大地に差し込んで鳥たちの止まり木にでもするだろう。

いや護摩行をしなくても、不審火でなくても、不思議な火で壮大な伽藍ほか全てを焼け落とすことができるに違いない。愛の力は文字通りものごとを燃やす。恋焦がれるという言葉は比喩ではない。おおかたの人は、愛を完全に放射し、また受けて、相互に満たされるようなそんな愛の完全燃焼ができずにくすぶっているだけなのだ。

それに引き換え私たちの炎上ぶりは凄まじく、勢いのまま、自分たちの肉体はもちろん、この部屋から宇宙全体を燃やし尽くそうという感じだった。愛が燃え上がる時、肉体は燃焼して消える。確かにその炎で焼き尽くされて肉体は昇華してしまう。そして、意識を再組織化する時、形体形成場の理論によって、存在の器に形態が流れ込んで、再び意識の大きさに肉体が形を結ぶ。だが、再組織化した肉体に、まず意識の充足感が訪れるとたちまち枯渇感に襲われる。エネルギーの全てが精神と感覚に消費されてしまったかのように、心地よい空腹感に襲われる。

「行きますか」

「は〜い」

二人ともエネルギーはゼロに近いはずだったが、それでも少女と少年のように飛び起きてバスルームに駆け込み、シャワーのノズルを奪い合い、お湯を掛け合った。ひとしきりふざけ合うと、今度はどちらも何も言わず、石鹸を互いの体に塗り合って洗い始めた。存在が一旦宇宙の中に昇華してしまって、今回の目覚めによって再組織化した肉体を、お互い確認するように、またいとおしそうに洗い合った。

手のひらで乳房が弾んだ。液体が辛うじて形を保っているとこれほど艶やかなものなのか、それとも、皮膚一枚で愛という気体を孕んでいるせいだろうか、私は手のひらのなかで舞う乳房を楽しんだ。後ろから乳首をそっとつまんで、もう一方の手で、弾(はず)む乳房をさらに弾ませた。

「だ〜め!」

甘い声が形だけの拒絶を伝えながら、後ろ手に私のものを探している。双方が再び高まり、二人は向き合って唇を重ねた。絶え間なく落ちる湯が二人の体の隙間を流れていたが、やがて接着剤のように皮膚と皮膚をくっつけてしまった。精神の合一を味わい、また、物質と物質が一つになる感覚を楽しんでいた。しかし、密着している体を剥ぐようにして彼女は言った。

「あとで」

私もそう思っていたから、彼女をバスタオルにくるんでバスルームを出た。そして私は不思議なものを観察していた。彼女は恥らうこともなく、何もつけないまま、長い髪を乾かそうとしていたが、全裸にもかかわらず、その肢体は決して無作法でも卑猥でもなく、まるで自分自身の肉体を一級の芸術品のように思っているのかとさえ思えた。堂々として、決して破廉恥でなく、美を鑑賞させるのはどんな形がいいのかを知り尽くしているように思えた。

「ちょっとこちらに来てみて」

私は全裸の彼女をベランダに呼んだ。

「このままで？」

「そのままで」

彼女は素直にやってきた。私は、「ちょっと待って、部屋の明かりを消すから」と言って明かりを消した。そして、私は海側に立って、彼女を頭から足先まで見詰めた。そして今度は肩に手を置いて背中を海に向けるようにした。

「どうしたの。あたしの何を見ているの」

「今、僕がしたことを覚えておいてね」

「いつまで」

「食事の乾杯まで」

彼女はそれ以上尋かなかった。今までのことから、会話が必要な時に必要なだけされるもので、それ以上は現実の進行に合わせるほうがいいと思っているようだった。言葉はあくまでジャズのコード進行に過ぎず、二人は時間と空間のステージで常に即興演奏をするように考えていた。

私たちは洋服を着て、カドー・ドゥ・ラ・メール（海からの贈り物）というメインダイニングルームに足を運んだ。ウエイターが飲み物のメニューを持ってきた。彼女は全てあなたに任せる、そう目で言っていた。こんな気分の時は、シャンパンに限る、クリュグのシャンパニュー・ブリットかモエのドン・ペリニオンがいいか、それともボランジェのエクストラ・ブリュットにするか、それとも……と思っているのに、口からは違う言葉が出た。

「ベリエ・ジュエはありますか」

「ベル・エポックのロゼでしょうね、きっと」

「そう、よくわかりますね」

「お連れ様に似ているのでしょう」

「エ、わかりますか」

「ええ、とっても清らかな感じですから」

「凄い。ソムリエは人間の目利きもするのですか」

「とんでもないです。でしゃばった真似をしまして」

やり取りを彼女は静かに聞いていたが、その顔は何の話なのか知りたいと言っていた。私はそれを察して、「今からわかります」とだけ言った。

すぐさまボトルを抱えたソムリエがやってきて、普通と違うやり方をした。彼女の横に立って、ボトルを見せながら聞いた。

「いかがですか」

「あの、このホテルは部屋に盗聴器がついているのですか」

「とんでもないです。お客様のお好みを読めればと思っているだけです」

「本当にありがとうございます」

「では、これでよろしゅうございますね」

彼女は、二人の奇妙なやり取りに、もう聞きたくてたまらないという表情をしていたが、私は見ない振りをしていた。だけど彼女はなぜか何も聞かなかった。

シャンパングラスに注がれたロゼの淡い色彩は、それだけでも二人の感性を染めた。

「まず、乾杯。シャンパンのあなたに！」

「かんぱ〜い、エ？　何ですって」

「ハネムーン・ベイビーに乾杯！」

「いいえ、最初、シャンパンのあなたにって言いませんでした？」

「そうです。さきほど部屋でベランダに誘ったでしょう。あなたの体の美しさ、皮膚の輝きが素晴らしくて、肌に星が映(うつ)ればいいな、と思ったのですが、さすが映りませんでした。ただ、きらきらとシャンパンを体に浴びたように、夜に零れている光を集めて濡れて煌く肌は素晴らしいものでした。そしてしかも、その素晴らしい皮膚の下に新しい命が生まれようとしていることに感動していたのです。ですからシャンパンを飲んで、その命のママがシャンパンの泡のように愛を限りなく湧き上らせていることを新しい命に知ってもらいたかったのです」

「今の言葉の全てを忘れないように刻んでおかないと」

彼女は黙り込み私の言葉を反芻(はんすう)しているようだった。そしてシャンパングラスを高く掲げてその気泡の美しさを見入っていた。

「じゃ、ソムリエさんとはどんな話をしていたのですか」

「彼は僕の心を読んでくれたので、それを解説しながら話しましょう。まずあなたの皮膚の色は白人のように真っ白ではなく、ロゼのように薔薇色を帯びていることに彼も気づきました。そして、あなたの美しい肢体を見たかのように、そう、ベランダで星が映らないかと思って、僕が夜空に透かしてみたように、あなたの肢体の透明さからベリエ・ジュエの透明のボトルを思い出してくれたのです。僕の思いが通じたのか、それとも私たちが孤立していると誤解しているような日頃の状態に戻っていなかったのか、また二人のエネルギーが溢れて世界は一つである状態でソムリエまで包み込んだのか、何も言わない間にわかってくれました。つまり、そのボトルであなたの肢体の美しさをもう一度味わいたかったというわけです」

「その透明のボトルがベル・エポックのロゼだったのですね。これも香り高いお話です。あのソムリエさん、素敵ですね」

「きっと彼もその発想の広がりに、自分自身びっくりしていると思いますよ。実際にそんなに誰も彼もの心を読めるわけではないと思います。ただ、あなたと僕が他のカップルに比べて、最も一体感を味わった直後だったからでしょう。僕とあなたが一つの世界に生きている、そう感じていれば、周りの人もまた一つの世界を共有できるのではないでしょうか」

「その他者と共有し得る世界をあたしはさらにもう一つの世界と共に生きられるのですね」

「そう、女性の妊娠は幾重にも神秘で、一切の存在の真理を垣間見るチャンスじゃないでしょうか」

「あたしの個的な存在の中にもう一つ個的な存在が生まれ、あたしが世界に包まれているように、子どもがあたしという世界に包まれ、あたしが一つの世界を作ってあげられるのですね」

「そう、生きている価値、そんな言葉を使いますが、女性の妊娠はいかなる行為も想いも、哲学的思考も科学的発明も化学的発見も芸術的創造も政治的活動も、ボランティアも、そうした生きる価値と言われている一切のものごとに携わらなくても、女性は新しい命を育む場であるという大変な価値を持っています」

「そうですよね。あたしの体であってあたしだけの体でなくなるというのは、自分の人生や存在について考えられる人間という種だけが考えることなのでしょうが、奇妙なことですよね」

「そうです。あなたの体であってあなただけの体でなく、しかも自分という部分の中にもう一つ小さな世界を孕むのですから、これは凄いことです」

「内なる神などと言いますが、自己の中に他者があるはずがないなんて思っていました。しかし、肉体は当然のことのように自己の中に他者を巻き込めるのですね」

「そう、女性の肉体が他の存在をいとおしく抱き締めるように、全ての人が精神でもそうなった時、私たちは夢の世界に生きることができるに違いありません」

オードブルが運ばれてきた。海をパステルカラーに抽象して、魚や貝、海藻を染めたように軽やかな色彩だった。彼女は聞いた。

「日本列島では、食事の前にどんなお祈りをするの」

「キリスト教者以外は誰もしません。祈りとはいえませんが、両手を合わせて『いただきます』って言いますが」

「食に対する感謝の気持ちは大きかったのでしょう」

「そうですね。食は単に食べるだけではなかったようですね。重要な儀式でもあったでしょうし、健康のためにも重要視していたと思います。『医食同源』と中国からの医療が教えているといいますが、きっと同じことが日本の食にはあったはずです。四季折々の産物で体調がコントロールされていたはずですから、日本列島の住民は手を合わすことで、食の素材をもたらしてくれた自然と、手を煩(わずら)わせた人への感謝の気持ちを表現したのでしょうね」

「でも、女の人が妊娠すれば、両手を合わすことは、体の外だけでなく、内に対してもそうですね」

「でしょうね。この美しいオードブルを感謝して頂くといいながら、その一部はもう一つの存在にも生きる糧を与えているのですからね」

　彼女は下を向いた。大粒の涙がポトポトと落ちるのが見える。でも私は言葉をかけなかった。今、感情が溢れて言葉ではなく涙に結晶するよりしかたがないからで、こんな時はそっとしておくべきだった。そのうち、彼女は肩を震わせて泣き始めた。ようやくナプキンで涙を拭った。夕食には時間が遅かったせいか、他に客はいなかったからよかったが、オードブルを前に号泣するその光景は普通ではなかった。彼女は、自分のやっていることが場違いであることを感じたらしく、ソムリエを呼んだ。

「サムシング　トラブル？（何か不都合でも）」

「ノー　プリーズ　ギブ　ミー　アナザー　シャンパン　グラス？（いいえ、もう一個、シャンパングラスをいただけますか）」

「はい、ただ今」

ソムリエはすぐさまグラスを手に戻ってきた。彼女はソムリエからグラスを受け取り、ちょっと待って、そういうと立ち上がった。ソムリエは涙でグショグショの女性から待てと言われ、そしてシャンパングラスを持たされて、怪訝（けげん）な顔をして私を見て答えを求めた。私は、ニヤッと笑って首を横にして、わからないという顔つきをしたが、予想はついていた。彼女はソムリエに持たせたグラスにシャンパンを注いだ。私もグラスを持って立ち上がった。当惑顔のソムリエに構わず、彼女はこういった。

「私たち、それは我々二人、そしてあなた、それから世界中の全ての人と命、それから未来に生まれる命に……」

そこまで英語で言うと、私の顔を探った。

「カ、ン、パ、イ」

私は彼女にゆっくりと日本語を伝えた。

「そう、カ、ン、パ、イ」

彼女は私のグラスにグラスを合わせ、次にソムリエのグラスに合わせ、そしてお腹の上にグラスを持ってきて、微かにお腹に当てた。そして美味しそうに飲み干した。ソムリエもそれを見終わると一気に飲み干した。

「すみません。お酒など飲ませて就業規則に反するかもしれませんが」

「いいえ、こんな席にご一緒させていただけるなんて。もし、就業規則違反で辞めさせられても本望です。もちろん、うちのマネージャーはそんな野暮(やぼ)ではありませんし、あんな素敵な言葉で乾杯できるなんて一生忘れません」

「多分彼女は、私以外の他人、それは世界中の人だと思いますが、その人々と分かち合いたいと思ったのでしょうね」

「ハネムーンベイビーでしょう、きっと」

「さすが人の心の目利きのソムリエ。その通りです」

「ではこのシャンパンはささやかな私のお祝いにさせてください」

「そんなことをしていただくとかえって、といつもの僕なら言いますが、今日はありがたくいただきます。それにもうそろそろオーダーストップの時間で他にお客様はいらっしゃいませんね」

「ええ、宿泊客の方々はほぼ来ていただきました。今からはどなたも」

「それじゃ、同じシャンパンをもう一本ください。それに」

「いいえ、それは就業規則違反です、と私も普通なら言いたいところですが……、スタッフと厨房の人数分のグラスですね」

「ソムリエは読心術のプロですね。まさにその通りです。感服しました」

「いいでしょう、素敵な夜ですから」

こうして二人の食事は、いや二人と、まだ見ぬ一人の食事は、周りにスタッフが集まるパーティになってしまった。シャンパンだけでは、とシェフがスタッフ用にオードブルなども作ってくれて、私たちは、彼女が胎内の子どもとする共食がホテルのスタッフという人類の代表との共食になって、全体が絶え間なく沸き立つ愛に心地よく香る夜となった。


朝もシャンパンのように泡立っていた。そっと目を開けると、彼女が静かに眠っていた。私は、そっと洋服を着て、フロントに向かった。昨夜のパーティの費用がかさんでいれば彼女に申し訳ない、そう思ってのことだ。

だが、フロントに着いて驚いた。まず、昨夜の支払いは彼女が今朝済ましていたことだった。信じられない私は書類を見せてもらうと、確かに今朝の八時二〇分に支払われている。今、九時三〇分だから、おおよそ一時間前に彼女は一旦起きて支払いを済ませ、そして再び何事もなかったように眠っている。しかも通常以上の料金は支払っていなかった。ホテルのスタッフのシャンパンは彼女が支払っていたが、全員のオードブルは請求されていなかった。きっとソムリエやシェフから二人分以上の費用は受け取らないように指示されていたに違いない。

「そうか、皆さん、凄いですね。じゃ、ご面倒ですが、クーラーボックスをお借りできませんか。そしてシャンパンを何でもいいですから三本ほどみつくろって車のトランクに入れておいていただけますか。紙コップも二〇ほどお願いします。支払いはえーと三本で、五万ってとこでいいですね。アイスボックスは明日か明後日か、帰りに必ず届けます。彼女に内緒にしておきたいので、一時間ぐらいでやっていただけますか。ええ、お釣りがあれば少ないですがチップとして納めておいてください」

自分でもなぜシャンパンなのか、それに紙コップが二〇なのか、理由はわからなかった。ただ、口からそう出てしまった。

私は部屋に戻り、今度は私が何事もなかったように洋服を脱いで、シャワーを浴びた。シャワーを出ると彼女がいかにも眠そうな目で起きていた。そのそぶりがとても可愛かったが、それには触れず、出かけてもいいかとたずねた。

「ええ、いつでもOKです。いよいよ愛のルーツを探りに出かけるのですね」

「ありがとう、全て支払ってくれて」

彼女は首筋にぶら下るようにしながらそういった。

「あら、どうして知っているの」

「先に支払おうと思ってフロントに行ってみたら、あなたが先に支払っていました」
「ばれましたか。でも同じことをしようとしたのですね。もうあんまり気を使わないでください」
「同じ言葉をお返しして、では出発進行」

ホテルを出て、淡路島から鳴門、そして徳島市まではまたたくまに走りぬけた。さらに西へ西へと車を駆った。彼女は決して行き先を聞かなかった。私も言うつもりはなかった。言葉の前情報を極力少なくして、これからの状況を直接感性に訴えることで、日本の原始とのつながりを感じてもらえればと思っていた。というのも、目で見て言葉にできるいろいろな事物には、どこをどう探しても日本の原始は伝わってこないと思っていたからだ。それに、旅と言えば、ガイドブックやテレビなどでしこたま情報を仕入れ、それを確認するだけのものに堕ちている。未知との遭遇とか、信じがたいほどの感動とか、涙するような出会いとかが旅の醍醐味とすれば、今、世界は蝸牛のように、知識の安住の地を背中に背負った旅人で溢れている。

「西へ西へ走っていますよね。アメリカ大陸を開拓した白人みたいに西には夢があるのですか」

彼女はネイティヴ・アメリカンの方法で方角を知ったのか、珍しくそう聞いてきたが、それは通常の行き先についての質問ではなかった。

「昔、仏教徒は西へ西へと旅すれば浄土に向かうと思っていました。西方浄土といって、人間界から西方十万億の仏土を隔てた所にある西方極楽を言いましたが、それは、きっと天竺、そう仏教の発祥地、釈迦の生誕の地の西方インドと重なったのでしょうか。でも、今はそんな極楽など目指していません。今さら『青い鳥』じゃありませんが、どこかを目指したり、何かを目指したりしても、結局何も得られないでしょう。空間の移動でも、時間の遡及でも、あるいは願いの強烈さでも、祈りの切実さにおいても、極楽はやってきません」

「空間も時間もこの生きているままの、その真ん中にしか極楽は無いのですよね」

「だと思います。極楽のような存在の状態は、宇宙の原基的な情報とエネルギーに繋がれないとやってきませんでしょうし、それは時間と空間の消えた時点と言いますか、物理学で言う時間と空間の最小単位である現在こそが極楽だと思います」

「その極楽に繋がっているのが愛でしょう」

「そう思いますか。僕も愛だと思います。愛が純粋であればあるだけ現在と密着して、いかなることも可能になると思います」

「愛を放射している時、愛を感じている時、それが極楽ではないですか」

「精神的といいますか、心の枠組みの中では愛であり、それが物理的な枠組みの中では光ではないでしょうか」

「そうか、光ですか」

「光が一斉に降り注いでいて、そして意識が形体形成場の枠組みを作り、その枠組みの中に光が注ぎ込まれて形となると思います」

「それじゃ、愛と光は同じもので、違った側面から見ればそうなるということですね」

「言い方を変えれば、人間が光を自在に扱えるように愛の形にしたと思えばいいかもしれません。あの生まれつき盲目の人が目の手術を受けて見えるようになっても、最初は光の滝しか見えないといいます。ですから、意識という枠組みの中へ光を注ぎ込んで形にするという、視覚のある人が何気なくやっていることで、当たり前と思っていることですが、それは最初は訓練から始めないとできないということですね。でもそのことより、視覚に像を結ぶ訓練をしていない人には光の瀑布しか見えないということが重要です。人間が世界を作っているのです」

「私たちは光を自在に扱えませんが、愛は自在に、しかも誰にでも扱えます。神が光を形体形成場に注ぎ込んで物体にするように、愛も徹底して純粋なものになれば、自在に物を作れるのだということですね。僕にはなかなか辿りつかないレベルではありますが」

「愛はおろそかにしてはいけないし、出し惜しみしてもいけないし、無駄にしてもいけないのでしょう。その練習が男と女の愛で、最初、単なる欲望で出発しても、セックスの絶頂期では、そうした欲望もぶっ飛んでしまっています。限りなく純粋な愛、個を越えた愛を感じさせてもらっているのですが、生理的な快感に全てを譲り渡してしまっているのです」

「もったいないことです。そしてそのセックスを悪いもの、恥ずかしいものとしている宗教者は限りなく極楽に遠いですね」

「表向きは性を穢（けが）れて卑しいものだと言いながら、自分もまた快感に酔い、そして、こそこそとその言い訳をして、幾重にも人間存在を貶（おとし）めています。逆にインチキくさい宗教が性を中心にして、その快楽こそが極楽だといっている方が罪が軽いですよ」

「ありがとう。あたしわかったわ」

彼女は、突然、そう叫んだ。徳島自動車道を快走中だったが、それでも後ろに車が並び始めたから、私がスピードを上げたために、風が言葉をちりじりにしてしまって、それがどうして「ありがとう」なのか見当がつかなかった。しかし、私はそこでは聞かなかった。やがて高速道路を出て国道を走るようになるからその時に聞こうと思った。彼女も、何か聞いてくるはずの私が何も言わないから、聞こえていないと思ったようだ。

車が井川池田インターチエンジを出ると、屋根のない運転席でも言葉がつながってきた。私は聞いた。

「さっき『わかった』って言ったのは、どうして」

「あら、聞こえていたの。何も言わないから聞こえていないのかと思った」

「スピードをあげて、風があんなに強くなってしまったから、言葉は音波だと言うことを教えるように運び去ってしまうでしょう。だから、高速道路で聞くことは止めたのです」

「じゃ、お話しするわ。あたしの中にたぶんというか、確実な予感で子供の胚珠が作られています。それは精子と卵子が出会って、受精が行われて、妊娠し出産するのだということは、頭では充分に理解しています。しかし、あたしという人間の中に新しい命が芽生えるということがどうしても不思議だったのです。でもわかったのです。日常の人間の存在では決して妊娠なんかしません。性交がないと妊娠しません。もっとはっきり言えば、性器の結合によってしか妊娠しません。もちろん体外受精やクローンやそうした科学による方法もあります。あるいは暴力によって無理やり性交され、妊娠してしまうこともあります。これは神のチャンスを人間が悪用することであり、やがて重大な結末が生じるでしょう。いずれにしても、人間が性器を交えて絶頂感を味わう瞬間、神の創造の場というか、情報とエネルギーの原基状態につながります。あるいはそこに束の間とはいえ存在しているのです。時間と空間の最小単位です。暴力的な場合も一方の暴力に訴えるほどの激しい意志が、それでも一方的に原基的形態につながってしまうのでしょう」

「それはエネルギーのいわば短絡でしょう。ショートが電気回路を駄目にするように、神を偽装した強姦者はやがて存在の根底から蝕まれるでしょうが」

「ですから、その瞬間には、何でも創造できるわけです。形の無いものでも意識によって物質化するように、愛によって神の創造の行為をさせていただくことが出来るのです。体外受精した子供やクローンの場合はどうかといわれると、あたしにははっきりはわかりませんが、誕生後の母親たるべき人間の愛情次第のように思えますし、いずれにしてもその子供たちが私たちの世代になった時にどうなるのかは、人類の未体験ゾーンですから何ともいえません。少なくとも性の瞬間に二人が宇宙の原基体と結ばれるから、妊娠と言う新たな創造が始るということがわかったのです」

「ご存知ですか？　女性が一番美しいと言われているのは、産後の体力消耗が回復した時だということを」

「ええ、知っています」

「あれは、お産と一緒にいろんなものが体外に排泄されるからと言われていますが、それもそうでしょうが、実はお産という瞬間に神になっているからです」

「そうですね。そうでないとつじつまがあいませんもの」

「エ、何のつじつまですか」

「だってそうでしょう。神の領域に至って妊娠させていただいた人間が、それをこの世界に誕生させた瞬間は普通の女に戻ってしまっていてはおかしいですもの。神にいただいたものをこの世に誕生させると言う素晴らしい瞬間はやっぱり神でないと納得できません。お産の痛みが尋常でないと言いますが、快感で我を忘れて神に接したように、痛みによって我を忘れて、我を忘れることで神と接する状況になるのだと思います」

「だと思います。ですから、臨死体験ではないですが、臨神体験とでも言えばいいのでしょうか、神と同じレベルの人間になったから、神々しく美しく、創造主の思惑通り女性として最も美しいのでしょう」

「あたしもそうなれるでしょうか」

「もうこれ以上は無理です」

「エ、何て言いました」

「別に」

「ウソ、これ以上は無理と言いましたね」

「聞こえているじゃないですか」

「人間から神に向かうことが無理だと言うのですか」

「あぁ、大丈夫です。そのふくれっ面ならもっと美しくなれる余地は生まれました。いい話をしている間の君は、もう十分に神のように綺麗だって言っているのだから」

「うまくごまかしましたね」

「いや、本当ですよ」

もちろん、彼女はわかっていたが、ただ言葉の上でやり合うことが楽しそうだった。磐石の愛の上では何でもできる、そう思っているようだ。

「じゃ、ずっとふくれ面でいますわ。そうすれば、あたしが神に変わる時が楽しみですから」

「でも、それなら十月十日待たないといけません」

「ああそうですか、セックスのあの時は綺麗じゃないのですね」

彼女は明らかに言葉の上で絡んでいて、自分についての言葉を欲しがっているようだった。

「あの時は、神の神々しさというより、悪魔の悩ましさですよ」

「エ、ホント?」

彼女は私の冗談に怒るのでなくて、むしろ喜んだ。

「エ、怒らないのですか」

「悪魔のように悩ましいのでしょう。それなら嬉しいわ。いつも色気が無いっていわれていたから」

「それはあなたが心も体も閉ざしていたからでしょう。言っておきますが、もうこの年齢で勃起するのはなかなか辛いはずですし、げんに長く忘れていました。でも、あなたを見て、あなたに触れ、あなたに触れられて、そのたびごとに勃起するなんて、考えられませんでした。あなたの生理的な色気、女性としての悩ましさは魂の色気によって醸し出されるのでしょう」

「魂の色気っていいですね」

「そうです。でも魂の色気が恐ろしいのは、相手の男の魂を吸い尽くし、その男の骨までしゃぶって、しかも男はそれを天国のように思い、挙句に精も根も尽き果てても、そのことさえわからないほど夢中になってしまうことでしょう」

「うれしいわ。あなたにそう言われると」

彼女はよほど嬉しかったのか、通りがかりの寿司屋の駐車場に車を止めると、突然私の股間に手を伸ばしてきた。私は、愛撫しようとしている彼女のしたいようにさせておいた。じれったいのか、ズボンのチャックをおろそうとした彼女を、私はたしなめた。

「悪魔さん、あなたの場所はここではありません。車を降りてください。やがて悪魔にふさわしい地獄にご案内いたしますから……。まずはお昼ご飯を食べましょう」

しかし、私が昼食だと言っても、いつものように先に飛び出していかずに、私の後ろをついてくるという感じだった。気分の高揚から急に冷めて、あたりの空気と馴染まないような気持ちだったのだろうが、私は構わず店に入った。彼女は、おずおずと私の後ろに隠れるように暖簾(のれん)を潜った。

「いらっしゃい」

威勢のいい声に一瞬怯(おび)えて、体を私の後ろにすっかり隠したが、すぐに顔をのぞかせて、周りをうかがった。暖簾も初めてならば、中の、カウンターだけのレストランも初めてだったから、彼女は冷えた気分を一気に高めて、好奇心剥き出しにした。椅子を引いて座らせたが、それでも彼女の視線は四方八方に踊っていた。

「落ち着きなさいよ」

「落ち着いてなんかおれません。このお店、今まであたしが知っていた日本とは全く違うわ」

「そうかもしれない。この形式も決して古くは無いのですが、お魚を食べるという意味では、一気に古代に遡るのかもしれません。まず、あの表のカーテン」

「そう、あれは何ですか。看板にしては頼りないし、カーテンにしては短いし」

「あれは暖簾といって、日本古来の麻という布で作ると、今はやりのマイナスイオンが出て、気持ちが爽やかになるから、この店に入りたいな、って思うのです。また消毒の役目もあって、外から入ってくる人が暖簾で手を拭いて、きれいにして入ってきたのです。だから汚れている暖簾ほど繁盛している証拠だったと言います。もう一つの理由は、入ってくる客の肩あたりに止まっている蝿が一緒に入ってくるのを防ぐという効果もあるらしいのです」

「じゃあ、あたしも手を拭いてくる」

立ち上がりそうな彼女を止めて、カウンターの向こうで二人のやり取りをじっとみていた店主らしき男性に挨拶した。

「すみません、なんせ生まれて初めてのお寿司屋さんで興奮しているのです」

「構いませんよ。しかし、今、立ち上がろうとしていましたが……」

「いや、暖簾の話をしていたのです」

私は彼に同じ説明をした。

「それは知りませんでした。いいこと教えていただきました。ところでこの外人さんは、生ものはいけるのでしょうか」

「タブン、大丈夫だとは思いますが、すみませんね。まずは卵からいただきますか」

「わかりました。いいこと教えていただきましたから、サービスしますよ」

上がりが運ばれてきた。

「熱いから気をつけて。熱いから効果があるのだから」

私は彼女にそう言うと、目が説明を迫ってきた。

「いいですか、寿司というのもは手で握ります。今、大将はご機嫌がいいので、彼の愛が入っています。そしてわさびを入れます。これが強力な殺菌剤です。もちろん自然の美しい渓谷で栽培されたものです。さらにこの生姜。そして熱いお茶。これで、何重にも殺菌しています。ですから、真夏でも梅雨でも、お寿司屋さんから食中毒が出たってことはありません」

「凄い文化ですね。あたし、何でもトライします」

「すみません、邪魔してなんなのですが、その説明を私にも日本語でお願いします」

「大将ならご存知のことばかりですよ」

「いえいえ、もし知っていても構いませんから、是非に。サービスしますから」

彼の笑顔がさらに寿司を美味しくすると思って、私は繰り返した。

「今日は、何かあると思っていたのです。そして、今、お話になったことは確かに昔親方から聞きましたがすっかり忘れていました。ありがとうございます。どうでしょう。次はきゅうり巻きとかにしておきますか」

「いや、仕事をしてあるもので結構です。例えばアナゴとか」

「じゃ、徐々に生魚にいきます」

彼女は声を忘れた。目をつむってひたすらに噛み味わっている。卵とアナゴを瞬く間に食べて、やっと口を開いた。というより、うつむき加減の顔を上げて満面の笑みでこういった。

「美味しいわ。日本を食べてるみたいで」

「お寿司は初めてではないでしょう」

「エエ、初めてではないわ。でも、アメリカで食べるお寿司は、健康食とかダイエットのためとか言われて、美味しいとは思いませんでしたから。それに生のお魚のお寿司は食べていません」

「じゃ、生魚はやめてもらいますか」

「いいえ、食べます。食べたいです」

「大丈夫ですか」

「食べなかった理由はいろいろありますが、第一に無知から来る恐れがあったのでしょう。生魚は不衛生で食中毒の可能性が高いと思っていました。でも、元気な大将の手で握って、気を入れてくださって、それで、強力消毒薬のわさび、そして熱いお茶でカテキンなどのお茶の成分と熱で消毒し、お魚の臭みを消して、さらに生姜(しょうが)で消毒と臭みを消すのですから、まさにこの寿司は日本文化の粋です」

烏賊(イカ)が生魚の最初に出て、塩だけで食べろと言われた。塩は自然塩だと説明がつく。彼女は上にかけられた塩を指でそっとなめて、にっこり笑った。烏賊を口に運んで、神妙な顔つきをしていたが、やがて飲み込むと何度もうなずいた。私は何も聞かなかった。平目と鯛の白身が続き、さらに鮪(まぐろ)と出されてきた。彼女は上手に手でつかみ、お醤油に少し漬けては口に運んだ。奇妙な静けさがカウンターを挟んでいた。私も大将も彼女が口を開くまで待っていようと申し合わせたように黙っていた。

「う～ん、あのね。まず、生まれて初めての味なのです。しかも、大将があたしの舌と未蕾(みらい)の癖を熟知しているように、味のグラデーションを作って下さって、あたしは、そのグラデーションの進行と共に時間を遡（さかのぼ）って、先祖の味覚で感じられるようにあたしの中で最も古い味覚の領域が回復したみたいで、本当に美味しい」

私は、最後の一言から大将に日本語で伝えた。うんうん、うんうんってうなずいていた大将が口を開いた。

「歴史を遡る味と言うのは嬉しいですね。日本人の魂の味と言うのでしょうか。寿司のこの形態は江戸時代に生まれたとか言われていますが、私はそんなことはないと思っています。もっともっと昔から、ご飯が入ってきた時に、ご飯の上にのせて食べるって考えたと思うのですよ。関西では近江の鮒（ふな）ずしをはじめ、なれずしはどこにでも伝わっています。丼やお茶漬けなどが好きな国民ですからご飯の上におかずを載せて食べるなんて、すぐに考えついたと思いますよ」

それまでの沈黙を取り返すように大将は多弁になった。

「大将、おどりはありますか」

「ありますよ、活（い）きのいいのが」

「それお願いします」

「尾が動いていても大丈夫ですかね」

「やってみてください」

彼女は手を休めて私を覗き込んだ。私は、今度は凄いものが出てくるよ、と言っただけで詳しくは説明しなかった。彼女はカウンターの上に運ばれた海老をじっと見ていた。おどりというごとく、尾はピクピクと痙攣していた。彼女はまさに凝視していたが、私がそれを食べるのを見て、臆せず自分も口に入れた。その勢いで恐怖やためらいを超えたように見えた。

「甘い！」

彼女はそう言った。スイートという言葉とその雰囲気に大将の顔がほころんだ。彼女と私、私と大将、大将と彼女が海老を囲んで緊張していたが、一気に緩(ゆる)んだ。

「あたしが食べられるかどうか二人で心配していたのでしょう。確かにちょっと驚いたけど、アイヌの熊の儀式の話を思い出したの。生きたまま食べるのが野蛮でなくて、神と共に食べる儀式と言うか、食べることで海老もあたしも神と一体になると言うか、精神の高揚の儀式で……」

彼女の言葉が始ると大将は私の顔をじっと見て、すぐにでも日本語に訳すように目で促していた。それが精神の高揚をもたらす神聖な儀式であることなどは省いて、生の物を食べることを嫌がるのは白人だけで、ネイテイヴ・アメリカンは古代から食べていた、そう勝手に日本語にして伝えた。それでも大将は満足そうで、「よっしゃ、次は何いきましょう」と元気よく言った。

「ナイキャヒョー」

彼女は、口真似してそう言った。

「ここらで巻物でもして、中休みさせてあげましょう。相当緊張して食べているようですから」

胡瓜巻とネギトロと続くと、彼女はお菓子のようだ、と喜んだ。大将が先ほどのおどりに使った海老の頭と殻を焼いて出してくれた。

「これわかりますか」

「わかります、わかります、サンフランシスコのサウサリートのレストラン『スコマズ』で話していたことでしょう。与えられたものは血の一滴まで食べるという……」

言葉の終わりは海老の頭を口の中に入れると共に消えた。

「香ばしい。美味しい」

「これもいいよ」

私の分も彼女にあげると、彼女は本当に美味しそうに食べた。そして食べ終わると、話題がカウンターから離れた。

「ちょっと聞いてもいいですか。このスケジュールはずっと決めていたのですか。サンフランシスコから」

「いえ、行き当たりばったりです」

「思いつくままなのですか。あたしがそんなことを聞くのはおかしい、そんな顔をしています。ロブスターの殻の話をしていた時、すでにこのお寿司屋さんのことを知っていたみたいですから」

「いいえ、この店は生まれて初めてです。もちろん、ちょっといいお寿司屋さんならどこでも同じものが出ますよ。でも、サンフランシスコで考えたかもしれない、と自分でも思うところを今思いつきました。あとで行き先をちょっと変更して、寄り道します。その前にお寿司はもういいですか」

「貝を食べたい」

彼女は指差した。大将は話の内容を聞きたそうだったが、彼女の指先の赤貝を握った。

「味覚って進化するのね」

「いいえ、太古に戻るのじゃないですか、あなたの故郷の海辺に」

「頭じゃなく舌から戻る太古の旅。しかも美味しい旅」

「良かった。これで僕とあなたの頭蓋骨が一致するとか、お尻の蒙古班が一緒だとか、音声認識が一緒だとか言う以上に、美味しいことの一致はうれしいですね。私たちに脈々と伝わっているとすれば……」

「現在の私たちは白人に全てを奪われてあんな食事をしてますが、昔は違ったと思います。少なくともあたしの祖先はあなたと同じものを美味しいと思っていたはずですよ」

「無理しているのじゃないですね」

「いや、食べ物のことは無理しても駄目でしょう。お寿司はアメリカでダイエット食として人気が出ていますが、むしろ魂の浄化食じゃないですか」

「エ、何ですって」

「魂の浄化食。おかしいですか。でも、お寿司を頂戴すると何か体も心も綺麗になったみたいですもの」

私は彼女に返事せず、大将に向かって叫んでいた。

「大将、えらいことですわ」

「何ですか」

「彼女が言うには、お寿司は魂の浄化食だというのです。食べさせていただくと、心も体も綺麗になるようだって」

「エ、そんなことを……」

大将はウッと詰まって言葉を呑んだ。

「駄目です。こんな汚いおっさんの涙、見せられません。ありがとうございます。ありがとうございます」

大将は泣き出さんばかりに目を真っ赤にして、何度も何度もお辞儀をした。それから丁寧に手を洗った。

「あの～、握手してもらってもいいですか」

「ああ、いいじゃないですか」

大将はおずおずと手を出し、彼女は立ち上がって大将の手を握り、両手で包みこんだ。

「これが魔法の手なんですよね。美味しいものを握って下さる……」

それを大将に伝えると、大将はもはやこらえきれなくなったのか、はた目もはばからず大粒の涙を零した。

「おかしいでしょう、おかしいでしょう。実はここんとこちょっと塞いでいました。今流行の中年男の鬱病かと思うほど沈んでいましたが、今日、ほんとにすっきりしました。これが天職なのです。これに一生かけても悔いはないということが、このお嬢さんによってわかることができました」

私は、そのまま訳した。彼女はふくれっ面をしてこういった。

「ノー、お嬢さんではありません。おばさんです」

「いい人ですね、この女性。私、いっぺんに好きになりました。何か他人の気がしません。外国の人ですよね」

「エエ、実は、それで四国にやってきたのです。彼女のアメリカインディアンの先祖と僕の先祖が一緒ではないかと」

「アメリカでしょう。ありえますよ。四国沖の鰹でさえ太平洋を回遊しています。四国沖で黒潮に乗ったら、アメリカ西海岸なんかすぐそこですわ。堀江さんの小さなヨットでも行けたのですから、昔からアメリカに行っていたはずですよ」

今度は大将の発言を彼女に伝えたら、彼女は大きくうなずきながら歌うように言った。

「あなたと繋がって、舌と胃袋から内臓が繋がって、あなたに繋がりながら波に揺られて、太平洋を流されて泳ぎ着いて、頭も心もつながって……」

大将が真剣に覗き込んで日本語を求めてきたので、あなたに繋がっての部分は、あなたと出会ってと訳したが、彼女はダイレクトに性交を意味していたはずである。性器を繋げるとは相手の肉体と繋がるだけでなくて、原基的な形態と繋がることで宇宙に繋がることだからである。普通、思考は肉体に限定しようとするが、今、二人の思考は明らかに自己の肉体存在を超えて広がっている。少なくとも舌に乗った魚と共に太平洋を回遊していた。

彼女が私の目を覗き込む。私は耳打ちした。彼女は、私の耳にそれを鸚鵡返しにした。私は小さくうなずいた。すると彼女は立ち上がって、丁寧に一礼をして、「ゴチソサマ」と言った。

「いいえ、どういたしまして。私のほうこそありがとうございました」

大将も丁寧に一礼してそう言った。

「お勘定を願います」

大将が軽く頭を横に振った。お金はいらないという意味だったのだろうが、いち早く彼女の方が反応した。

「NO!」

強く叫んだ。

「ありがとうございます。それでは頂戴しますが、最後に一つ聞かせてください。先ほど彼女が『ご馳走さま』って言いたかったのでしょう。でも、口の動きを見ていてもあなたに何もたずねませんでしたね。しかし、あなたはまるで聞かれたように教えていましたね。二人の間にはブロックサインのような特別な伝達手段があるのですか」

「大将は、ずっと観察していてたのですね。僕もまだ未熟で十分ではありませんが、説明できるところまで話してみましょう。言葉というのは、二人が別個に存在していて、あるいは言葉を発する側とそれを受け取る側が別個に存在しているから必要ですし、それだから成立します。例えばちょっと乱暴かもしれませんが、男女が愛し合っている時、言葉はいりませんね。言わなくても通じ合うと言いますか、極端にいいますと肉体は別々でも精神は同じ時間と空間に生きていると言えますね。そうすると二人が別々だという意識よりは、一緒であるという意識の方が強いですから、ほとんどの会話は、確認というか、お遊びになります。大将の握るお寿司を大将自身が、これは絶品と思った時、食べる側からいって、言葉などなくても理解できますよね。例えば大きくうなずくとか時には涙を流すかもしれません。美味しいと言葉にしてしまうと、ちょっと違うような、そんな感動だってあると思います。その時、大将の思いと客の思いが寿司を媒介にして一つに結ばれたのです」

「あかんあかん、もう帰ってください。これ以上聞いていると抱きついてキスするかもしれません。男のあなたに」

大将は本気で怒ったように首を左右に振って、手で帰ってほしいしぐさをした。

「彼、怒っているの」

「そう、私たちの言葉が心臓に突き刺さったみたいで、僕に抱きついてキスしそうだから帰れって」

「可愛い！」

彼女はいたずらっぽく私の目を見詰めたから、私は小さくうなずいた。彼女の企（たくら）みがわかっていた。

「アリガトウゴザイマス」

彼女はそう言って立ち上がった。大将はカウンターから送りに出てきた。外に出ると彼女は、暖簾をそっと触ってありがとうと言い、大将に握手のために手を出した。大将は前掛けで手を拭いて差し出した。彼女は握手をして、その手を力いっぱい自分の方に引き込んだ。大将はよろよろと彼女の腕に抱かれる格好になり、彼女は思い切り抱きしめ、頬にキスをした。大将は、直立の姿勢で、「ヒエェー」とかん高い声で叫んだ。

「バイバイ」

彼女が車に乗り込んでも大将はまだ真っ赤な顔をして突っ立ったままだった。私も手を差し出して握手を求めたが、大将は硬直したままでボーとしていた。

「ありがとう、また来ます」

その声でようやく目覚めたように大将は手を握り返してきた。彼女が車の中から叫んだ。

「愛よ。お寿司はメディアよ。愛を握って食べさそうと思えば、お客様は一杯来るわ。お魚も愛の伝道のためなら喜んで食べられるわ」

私はそのまま訳した。

「わかりました。もう泣きません。お寿司食べてもらった上、元気にしてもらいました。ありがとうございます」

「大将、どうしてそうなったかわかりますか。偶然立ち寄らせていただいたお店なのに」

「私が情けない顔していたからでしょう」

「違います。お寿司が美味しかったからです。もし、まずければきっと大将に不満を感じるだけで、何も始らなかったと思います」

「そうか、何も難しいことは無いんですね。自分の一番得意なことで一生懸命になれば、それで一切が変ってくるのですね」

「そうだと思います。よく神業とか言いますね。あれは、技術や創造の面で人間を超えて神の領域に近づくのだと思います。それはお寿司も一緒でしょう」

「儲けるとか、客が来るとかこないとか、はじめにそれを考えてはいけないのですね。結果としてお客が来て儲かるのでしょうから」

「それもそうですが、精神の充実感はきっとお金でも客足でもないと思いますよ。一個の美味しいお寿司……、これに尽きると思います」

「肝に銘じます。また是非」

「わかりました。ありがとうございます」

「お気をつけて」

大将は車が見えなくなるまで送っているようで、彼女は振り返ったまま手を振り続けていた。ようやく前向きに戻ると、聞いてきた。

「最後に大将が言った言葉は、『サヨナラ』と違いましたが」

「『気をつけて』と言いました。普通は『注意しろ』という意味で言っていますが、本来、『気』という言わば原基態から日常に束の間やってくるエネルギーのことであり、それをつけろというか原基態につながって行けと言うか、そういう意味で言われたことです。ですから古くは日常のあらゆる場面で、そうした宇宙の原基との接触を促していたようです」

「『キヲツケテ』が『注意して』という意味であれば、最初の『宇宙のエネルギー的なものと繋がって行って』という意味とまるで違いますね。宇宙と繋がっていれば、人間の小ざかしい思考で犯すような失敗も無いはずですから」

「現代は、そんな風にあらゆることが本来の意味と違ってきているように思います。私たちが、人間の義務だとか人間的だとか言っていることも、長い支配の中で身につけさせられてしまったイデオロギーかもしれません。いつの間にかがんじがらめにされて肝心の人間らしさを失ってしまっているのでしょう」

「私たちがそうです。文明的だと言われて白人の文化を押し付けられてきましたが、白人一辺倒のものの考え方や暮らし方が最上だとは思えなくなってきています。ですからもう一度、ネイテイヴ・アメリカンの生活からやり直してみたいと思います」

「ひょっとすると、その生活に僕も馴染めるかもしれません。超古代の日本列島がアメリカ大陸で体験できるかもしれませんが、その前にスペシャルジャパンを」

「スペシャルジャパン、楽しみです」

彼女にとって、沿道は高速道路と違って、まるで博物館と美術館と植物園とが連なっているように珍しいものばかりで、最初、質問が矢継ぎ早にやってきた。どれもこれも説明に難しいものばかりで、彼女の興味のありようは面白く、私が素早く答えることができなかったので、彼女は自分で想像の説明を加え始めた。それはそれでまた興味深く、私は自分たちが日頃考えていることが、単に習慣に過ぎないことを知らされた。

例えば刈り込まれて丸くなった庭先のきんもくせいの木に対して、植物への抑圧だといい、形を整えられた庭木が犇く庭には、あんなに自由を殺がれる木々は可愛そうで、あそこは植物の牢獄かとさえ聞かれた。小型の耕運機は大きな芝刈り機にしか見えず、かといって芝生などどこにもなかったから、彼女はそれが火星探査機だと決め付けていた。なるほどそう言われると空気抵抗を考えなくてもいい探査機と同じく、いかにも不恰好だった。小さく区切られた田畑は村人のスポーツのためのコートでしかなく、数百年にわたって作られてきたであろう棚田は壮大な花壇であり、それらが共に日本人の主食である米の生産用とは考えもつかないようだった。彼女にとっては、何もかもが慰みで作ったミニチュアのおもちゃのようで、それらが狭い土地をくまなく利用する暮らしのためで、かつ暮らしの必需品であることなど想像できないようだった。私にとっても馴染み深い日本の景色が新しいものに見え、時に奇異なものにさえ見えた。

「ここでちょっと待っていてください」

私はホテルの前に車を停めてホテルに入り、微かに頭の隅にあったことを確認した。確かにその設備があるホテルだったから、私は予約と共に、シーズンオフをいいことにしばし貸し切りにしてほしいことを頼んでみた。支配人は一時間ならいいですよ、と快く引き受けてくれたから、私は、彼女を車まで連れに行った。彼女は何も尋かなかったが、今から始まることを何かワクワクと楽しみにしているように見えた。

私は別段何も説明せず、通常の客のように客室に案内された。彼女がくつろごうとする前に私は彼女を連れ出した。相手のゆっくりしたいと思う気持ちを無視してでも連れて行こうとしている私に対して、彼女は正確に反応した。無視されたのではなく、それ以上の何かが待ち受けているのだろう、そう彼女は判断して黙ってついてきた。

「何？　これ」

彼女は小さな奇妙な箱の中に入れられて叫んだ。

「悪魔のあなたにふさわしい地獄へ降りて行きます」

「何よこれ」

彼女は同じ質問を繰り返した。私は気取った声で言った。

「発車いたします。お客様お気をつけください。では、僕がご案内いたします。先ほどフロントで聞いたばかりのことですが、この小さなケーブルカーはただ今から地獄まで百七十メートルを急降下いたします。傾斜角四十二度の日本一の断崖をおおよそ五分で滑り降りますと、そこは地獄」

「あなたと一緒なら地獄でもどこでもちっとも構わないけど、この素晴らしい自然の中なら地獄じゃなくて天国だわ」

「これぐらいで天国と言っていると、あなたは本当の天国に辿り着くときっと気絶してしまいます」

「ネェ、聞かせて。もうたまんない。どこに行くの」

「お客様、あせらないでください。いかがですか、川のせせらぎの音が聴こえませんか」

「聴こえます聴こえます。でも川に飛び込むには寒すぎますよ」

「ですから地獄と申し上げました。今からこの世で快楽を追求しすぎた罰として、冷たい水で身を清めていただきます。はい、到着いたしました」

「本当に行くの」

「ハイ、行きます。降りてください」

彼女は素直に降りた。

「こちらの脱衣場をお使いください。本当は男女別になっているのですが、今日はお客様が少ないために、男女とも借りてしまいました。お好きな方にお入りください」

「入ってどうするの」

「まず洋服を脱ぎ、このバスタオルを巻いてください。呼んでくだされればお迎えにまいります」

私は彼女を女性用の脱衣室に入れて、自分は男性用の脱衣室で着替え、外に出て彼女を待った。

「寒いわ。ここは山の中でしかも川のそばだから寒いのね」

「そうですね。まもなく、もっと冷たい、身を切られるような川の中に入ります」

そう言っても彼女はたじろぐことなくついてきた。この女性は疑うことを知らないのか、それとも私の今までの行動で信じきっているのか、本当に川に入るのか、それとも何か彼女を驚かせることが待っているのか、それさえ考えないでついてきているようだった。そこには露天風呂が待っていた。

「あれ、水蒸気なの、それとも……」

それ以上は何も言わずに、彼女はそっと手を差し入れ、それが温かいことがわかると、なんとバスタオルを剥ぎ棄て湯の中に入っていった。そして感極まったか両手を挙げて川に向かって叫んだ。

「あぁ、生きていて良かった。こんなところにこんな素晴らしいものがあるなんて」

彼女はボーと見ている私に入れと促し、今度は首までお湯につけてじっと湯の感触を味わっているようだった。湯を何度もすくっては、指の間からこぼし、またすくって指の間からこぼしと、いかにも大事そうに湯を見詰めていたが、何を思ったのか、大粒の涙を零し始めた。私は聞かなかった。やがて彼女の気持ちが言葉に凝集して表現できるようになれば、その時は語りだすだろう、そう思って私もまたゆっくりと湯に浸った。

彼女は涙の顔をお湯で洗って、まるで素肌そのままの美しい輝きで微笑んだ。

「あのね、プールでも海でも味わえない不思議な感覚なの。露天風呂って言うのでしょう、これ。おかしいですね。お風呂と言う人工のものなのに、お湯が大地の底から、いわば地球のエネルギーから直接生み出されているからかもしれないけど、何かあたしがあたしの中で羊水に漂っているような感じになるの。安らぎと安心と充実感とそんなものが言葉にならずに感情を浸してくれるの。だから、あたしが赤ちゃんを抱いて、そのあたしが宇宙に抱かれているようなそんな嬉しさに襲われたの。きっと、この場所のせいよ。こんな神秘的な場所だからかもしれないわ」

その感動が涙に結晶してしまったようだ。

「あのケーブルカーもよかったでしょう」

「あなたとの出会いのケーブルカーから二度目のケーブルカーで、何か一つの時代が終って次の時代に運ばれていくような感じだったわ」

「運ばれるという言い方がいいですね。僕はケーブルカーが大好きです。外からの動力で動かされていて、決められたコースを走っているのに、乗せてもらっている人間の気持ち次第で、怖いものになったり、今のように天国への乗り物になったりと、まるで人生そのもののものだからです」

「人間は運命という線の上を走らされ、確かに方向を変えにくいかもしれませんが、決して不可能ではないのでしょう。それに、決められた冷たい鉄路の上でも、風はさわやかですから」

「いや線路が決められていると言うことより、外からの力で動いているということに人生を見ますね」

「サンフランシスコでケーブルカーに乗ろうとした時もそんなこと考えていたのですか」

「エエ、ですから僕はケーブルカーが好きなのです」

「だから綺麗な目をしていたのですね。神に生かされているご自分を感じていて」

「いや、美しいものを見たからではないですか」

「ウソ、そんなそぶりは見せなかったじゃないですか」

「確かに不思議でした。初対面でしたが、普通、僕はこれでも人見知りして、特に女性には緊張するのですが、あなたが場所を作って下さった時は、本当に自然に乗ることができました」

「あたしは道路に立っているあなたを見て、何か雷に打たれたようでした。だから、あなたが乗ってきた時、そっと手に触れたのです」

「エ、あれは自然に触れたのではないのですか。僕はあなたの手が触れた瞬間、電気に似た痺れを感じていたのです」

「不快な感じでしたか」

「いいえ、あなたの手から伝わる微妙な振動が僕の精神を和ませてくれる不思議なものでした」

「良かった。あたしは懸命に愛を送っていたのです」

「それじゃ、あのムニシバル・ピアにダンジネス・クラブを持って現れたのも偶然じゃないのですか」

「そう思うでしょう。でも、信じていただけないでしょうが、あれは全くの偶然と言うべきです。あなたがあそこに行ったことなど知ってはいませんでしたから。ただ、あたしはあなたに出会った時、もしもこの出会いがあたしの人生に必要ならば、きっとどこかで再び出会える、そう信じて、あれから後はあまり自分の考えを入れず、体のおもむくままに歩いていました。ですから、栈橋に足を踏み入れた時、自分で自分に聞きました。どうしてこんなところに行くのって。でも、不思議ですが、足がどんどん勝手に進んで行きます。でも栈橋の先に人影を見つけ、それがあなただって知った時の驚きって信じていただけますか」

「もう泣かないでください。そうメソメソするようだと、川に投げ込みますよ」

「わかったわ、もう泣かないわよ。悪魔だったのに、メソメソしちゃ、悪魔にさえ愛想尽かしされるわ。地獄の底で悪魔になるにはこうするしかないのよ」

彼女は私の膝の上に跨がり、湯の香のする唇を重ねてきた。それは火のような口付けで、彼女は何か口を合わせたまま言っていた。私は体を離し、何を言っていたかをもう一度言わせた。

「ケーブルカーさんありがとうって言っていたの。またサンフランシスコで一緒に乗せてくださいって」

彼女は常に薄化粧に口紅を引く程度のお化粧だったが、お湯ですっかり流れて、艶やかな顔がテカテカと子供のように輝いていた。私は彼女を立たせ、濃い毛並みに口をつけ、次第に下に這わせて、彼女が身を捩じらせて甘い声を絞り出すのを聞いていた。彼女はそのままゆっくりと座りなおし、私のものを中に入れたまま、海に漂う船のように揺れた。誰もいない大自然を前にしての交わりは、私たちを一気に上気させた。

「駄目、このままじゃ溶けてしまいそう。続きはお部屋で」

真っ赤な顔で彼女はそういって離れ、お湯に深々と浸って大きく深呼吸をした。体のつながりを解いても、私たちはつながったままのように感じていた。それも私一人がそうなのではなくて、彼女もそうだったことは質問でわかった。

「余韻でしょうか、それとも麻痺しているのでしょうか」

「二人がまだくっついたままの感じなのでしょう」

「エエ、そうなんです。気体でなくて同じ液体、しかも地球の中心からのエネルギーに浸っているからでしょうが、自分の体の範囲が不鮮明になって、どこかでお湯に滲み、溶け、あなたと重なっているみたいです」

「二人が一つになるのは性だけではありません。こうした自然のまっ只中で温泉のような大地のエネルギーに直接触れていると存在の孤立をあまり感じません。皮膚にも温泉の成分が染み込んでくるからでしょうか」

「今、温泉に浸っているからヒシヒシと感じていても、本当はいつもこうなのですね」

「私たちは、何もない空間で動いているように思っています。でも、空気の中、しかも大気圧と引力に逆らって動いているのですが、それが無理なくできているため、その神秘もすっかり忘れ果てているのでしょう」

「抱き合ってほっとするのは、孤立しているという存在の悲しみをひと時忘れられるからかもしれません。ここでは、改めて抱き合わなくても、存在が孤立しているという感じはなくて、同じ中に生かされているという思いが強いですね」

「でも首から上はお湯から出ているために、やっぱり別個なのでしょう」

そう意地悪く言ってみると、やはり期待したように彼女は孤立感を溶かすために抱きついて唇を重ねてきた。唇はお湯に茹でられたように柔らかだった。その感触を味わう前に私は体を引き離した。

「温泉って気持ちがいいですが、入り慣れていないあなたの体には刺激が強いのかもしれません。唇から蕩けてしまいそうですから、もう出ましょう」

そう言ってしぶしぶ従う彼女を着替えさせた。

ケーブルカーの中での彼女はまるで荒野に放り出された孤立感を凌ぐようにじっと抱きついたままだった。二人から言葉が消えた。もはやどのような言葉も交わす必要がなかった。

部屋に戻ると日本風の寝巻きを着て、上から丹前をはおり、夕食の準備されている部屋に通された。部屋で二人きりで食べたいと言いたそうな彼女だったが、これまで、自分の考えを遥かに超えた現実が展開するこの旅の凄さを充分分かっていたから、着せてもらった丹前を不思議そうに見ながら、それでも何も言わずについてきた。

部屋に通された瞬間、彼女はまるであの歓喜の絶頂の時の声をあたりはばからず発した。そこには囲炉裏が待っていたからだ。

「あぁ〜、凄い凄い、素敵素敵、素晴らしい、今度はあたしのふるさとを作って下さったのですか」

「いいえ、これは日本の昔からのスタイルです。居間の中央にこうして囲炉裏があって、時には大木を横たえて、少しずつ燃やすような、そんな暮らしでした。ここには一日中火があり、ここで湯を沸かしたり豆を煮たり、今のように魚を焼いたりしました」

「本当ですか。あたしの中でつながりました。あたしの中で太平洋が結ばれました。同じです。全く同じです。この火はあたしの先祖の先祖のはるか先祖がずっと見詰めてきた火と一緒です」

彼女は興奮して立ったままで話した。私は肩を押さえてやっと彼女を座布団の上に座らせた。

「これは動物の毛皮だったのね、きっと。日本の人々は優しかったから、動物より植物のものを使ってきたのよ」

座った座布団の端を撫でながら、彼女の興奮はとどまるところを知らなかった。しかし、食事の説明は困難を極めた。これまで口にしたことが無いばかりか、見たことも無く、英語の単語として無いものもあったからだ。「ア　カインド　オブ」という英語を濫発した。一種の何々と似たものというように教えたのだが、あまごは一種の鮭で、酢橘(すだち)は一種のレモンのように説明した。しかし、フキノトウのように辞書で調べた英語名を言っても知らないものさえあった。梅酒、川海老、蓮根、茗荷(みょうが)、百合根、銀杏(ぎんなん)、どれもこれも説明に窮したが、それでも彼女は全てをゆっくりと味わった。時に奇妙な顔をしたが、ほとんどのものにうなずいて美味しいことを表明していた。

「今の若者だって食べないものが一杯あるのに、あなたは全て食べられるのですね」

こう私が言った後、彼女は私をじっと見詰めて、突然、大粒の涙を零した。

「私たち、結婚できないわ」

私はとっさに彼女の言葉が信じられなかった。今、冗談にもそんなことを口走るような状態ではなかった。囲炉裏の火を囲んでの美味しい食事で、彼女の発言は突拍子も無かった。私の言葉にも彼女を傷つけるような言葉はなかったはずだ。私は質問すら浮かばなかった。彼女が次なる言葉をかけてくるのを待った。

「信じられないのよ。あなたがスペシャルジャパンだと言って連れて行ってくれる所や食べさせてくれる物は、どれもあたしには生まれて初めてのものばかりです。でも生まれて初めてだけど、きっとそうでもないの。どこかで懐かしいの。この懐かしさ、この安心感、この安らぎを納得するには、あなたとあたしが前世で兄妹や親子でないとありえない、そう思い始めたの。だから、私たちは結婚できないの」

私は大笑いした。彼女は私の笑いに不服そうだった。文句を言われる前に私は言った。

「いいですか、サンフランシスコ以来、あなたと僕が同じであることの証明をする旅をずっと続けてきたのですよ。同じで当然じゃないですか」

「でも頭で理解できる同一性はそれでも理解できるけれど、感性とか感覚で同一だと思う気持ちは、そうそう一緒にはならないのじゃないですか」

「いいえ、違います。あまりに感性が同じだからといって兄弟でも姉妹でも親子でなくて、人間として同じレベルに達しただけですよ。人間は本来優しくて心豊かで、繊細で、感受性が強くて、そうあなたが僕に見て、僕があなたに見ているような、そんな存在なのです。怒りっぽいとか鈍感とか、嫉妬深いとか、そういったものは性格の違いでなくて、人間としての進化の差にすぎないだけだと思います。全ての人が優しくて、感受性が強くて、その上で自分にしかできないことをする、これが個性ではないのでしょうか。日常生活で生起する程度の物事は、誰にしろ全く自分と同じ反応をするものだ、そう考えて初めて僕の言う差のない人間同士となるのではないでしょうか」

「じゃ、あたしとあなただけではないのですね」

「そう、僕とあなたがようやくにして人間になった、ということかもしれませんし、二十世紀末から二一世紀にかけて地球上に多数の人間が誕生してきたと思います。おそらく新たな進化の段階が始っているのだと思います」

「進化って個体が進化するだけかと思ってましたが、地球も進化するのですね」

「エエ、そうだと思います。僕は釈迦やイエスと同じになれたなんてうぬぼれてませんが、少しは近づいてきていると思います。またそう思う人がどんどん増えていくことが進化ではないでしょうか。釈迦やイエスの時代には、地球上で釈迦一人、イエス一人だったかもしれませんが、いまや釈迦を目指し、イエスを目指す多くの人間が輩出しているのだと思います」

「百匹目の猿のように、ある決められた数に達すると、人間全体が一気に変わるのでしょうね」

「そうだと思います」

「その変わるってことで思い出しました。よく考え方を変えると言いますが、あれは単に脳内でもシナプスなど思考媒体の組み合わせを変えたりするようなこと、それだけではないのでしょうね。原基的なものとのつながり方を変えないと変わらないと思いませんか」

「そうですね、だから人はめったに変わりえないし、精神のありようを変えるのは肉体の病気が治るより難しいのじゃないですか」

囲炉裏を囲んだ私たちの食事は遅くまで続き、目の前の火が人間を原始の日々に返してくれるように思え、眠くなるまで私たちは火のそばにいた。そのせいか部屋に戻るとすぐさま熟睡してしまった。囲炉裏の火照り(ほて)が眠気を誘ってくれたのかもしれない。

あくる朝、ホテルを出て、くねくねといかにも自動車後進国日本の現状を物語っているような道を走ったが、彼女はむしろ楽しんでいるようだった。日本独特の山村の風景にいちいち声を上げていた。

山道を喘ぎながら剣山の麓に着いて、車を預けた。彼女にリフトのチケットを買ってくれるように頼み、私はトランクから慎重にシャンパンのボトルを取り出して、リュックに詰めた。今朝、新たな氷を入れておいたので、ボトルは背中に冷気をくれた。何気ない顔で、リフトのチケットブースに近づくと、作業服姿の人とナンシーが何かやりあっていた。身振り手振りで彼女は何かを訴え、作業服姿の人は困惑した様子だった。私が近づくと作業服の人は救いの神に出会ったように訴えてきた。

「この女性が、たぶん『リフトに乗せろ』とおっしゃっているのだと思うのですが、実は今日は作業点検の日で、まだリフトは開通していません。冬は運転を休んでいます。それを説明したいのですが、英語が苦手なもので」

「わかりました。説明してみましょう」

私は、いかにも見知らぬ女性に対してのように話をしたが、内容は、彼女にさらに要望を繰り返すように言った。彼女は、もう一度、係官に向かってまくし立てようとしていたが、私はいかにもそれを制止するようにして、こう言った。

「彼女はリフトが、点検中の試験運転だということは理解したのですが、それでもせっかく動いているのだから乗せてくれてもいいではないか、日本人はそんなに融通（ゆうずう）の利（き）かない人種なのか、というのです。僕にはそこまで言われても説得できませんが……」

そんなことは、もちろん彼女は言ってはいない。しかし、それが係官にはこたえたようだった。

「困りましたね。外国の女性に日本人が融通のきかない人間だと言われては……・」

そう言って、彼は天を仰いだ。いかにも途方にくれて神に救いを求めるような姿に私は必死で笑いをこらえていた。彼女はいかにもすねたように、半分後ろを向いて、うつむいたままじっとしていた。彼女もきっと笑いをこらえているのだろう。

「わかりました。試運転中は関係者以外は乗せてはいけない、そう固く言われていますが、外国からの視察ということで乗っていただきましょう。すみません、あの、ご面倒ですが、あなたが同行していただけますか。ちょっとお待ちください」

彼はそこまでいうと、自分の結論に自分が満足したように軽快に走って行って、ヘルメットを二つ持ってきた。

「これをかぶるように言ってください。そして、帰りも乗れるように手配しておきますから、帰る時にお返しいただけますか」

「じゃ、僕の氏名と住所、電話番号でもお教えしておきましょうか」

「いいえ、いいえ、とんでもないです。助けていただいたのですから、信用しています。どうかまった。

「すみません。お世話になります」と係官が言うのに、「いえいえこちらこそ」と思わず言ってし

彼女は神妙な態度で何度もたどたどしく、ありがとう、ありがとうと日本語で言った。

私は、視察団として乗せていただくこと、ヘルメットをかぶらないといけないことを伝えた。

あの女性をよろしく」

私たちは、リフトの視察団として、一気に標高一七五〇メートルまで十五分で登ることとなった。リフトに乗って、係官の姿が遠ざかり、声も聞こえなくなる距離にくると、彼女はこらえ切れずに笑い始めた。結果としてあの係官を騙したことになったが、偶然にそうなった。シャンパンを担ぐ準備をしていて、時間を置いて彼女の所にいったから、二人が別々に旅していると係官が思い込んだからだ。

「かねてから演技力が凄いと思っていたけど、わがままな女を上手に演じてくれました」

その言葉はさらに彼女の笑いを誘ったらしく、子供のように笑う彼女は眩しかった。ヘルメットを被った彼女は、不思議な魅力をかもしていた。

リフトの終点に着くと、作業服姿の若者が近づいてきた。

「ご苦労様です。ヘルメットをお帰りまで預かっておくように下から言われましたから」

彼女は怪訝そうに私を見たから、私は彼女に説明をした。彼女はヘルメットを取り、彼に丁寧に手渡し、こう言った。

「整備も万全です。本当にいい作業をしています」

視察団になり切った言葉を、私は若者に告げた。

「ありがとうございます。夕方は四時三〇分頃には作業を終えますから、是非、それまでに」

「大丈夫です。少し見学したら戻るでしょうから」

私もヘルメットを渡しながらそう言った。

「お気をつけて」

「ありがとうございます」

視察団になりきることで、むしろ人間関係がうまくいくならそれもいいじゃないか、そう思い始めていた。剣山は出発から不思議な始まりだった。彼女は立ち止まると、不思議そうな顔で私を見つめて聞いた。

「あのヘルメット、どうしてあんなにしげしげ見ていたの。何か特別の思い出があるようにいとおしそうだったわ」

「確かにヘルメットに苦い思い出はあります。最初の結婚で妻とうまくいかず、蒸発同然で家を出て、食べるために道路工事などの仕事をしていたことがあります」

「エ、あなたが」

「エエ、驚かれるのは当然だと思います。随分昔のことですが、自分で言うのも何ですが、筋肉労働は僕には似合いませんでした。労働すると必ず痛風の発作に襲われました。よほど精神的にも辛かったのでしょう。とはいえ、それだからヘルメットがいとおしいのではなくて、ヘルメットを発明した人にまつわる人生がいとおしかったというか、いかにも不条理だったから哀れむと言うか……」

「ヘルメットの発明者って誰ですか」

「ヨーロッパのボヘミヤ王国の労災の保険調査員が発明したのですが、その下級役員が保険の支払額を少しでも減らすために安全ヘルメットを発明しました。でもその人のことはあまり知られていません」

「人の命を救う物の発明者を忘れてしまうことが不条理なのですか」

「いや、この人の名前はちょっと勉強をした人なら誰でも知っています。しかし、不条理なのは、彼が生きている間は、むしろヘルメットの発明者としてはよく知られていました。ところが今は逆です。その名前は知っていてもヘルメットの発明者としては知られていません」

「あたしでも知っていますか」

「もちろん。あの『変身』って小説知っていますか」

「エエ、ある朝、グレゴーリ・ザムザが巨大な虫になるというフランツ・カフカの小説」

「他にも、『審判』『アメリカ』『城』などという不条理な作品がありますが、彼こそがヘルメットの発明者だったのですよ」

「カフカが下級役員というかサラリーマンだったことは知っていましたが、ヘルメットの発明者とは知りませんでした」

「ですから、書き物というのは、たかが書き物ですが、されど書き物なのです。彼が人生の不条理を書いたように、彼自身の人生そのものが不条理に満ちています、死んでなお」

「そうですか、書き物がその人の人生を規定すると言いますか、書き物によって変わっていくのですか。それとも行く先の人生を予感して書くのですか」

「いや、それはどちらなのかはわかりませんし、どちらもそうかもしれません。ただ、書くということは既に内部に持っていることですから、彼の人生はそういう不条理に満ちたものだと決められていて、だからそんな考えを書き出したと言えますし、小説の構成上、いかにも不条理さを表わす表現をしたばっかりに、その不条理さが人生そのものまで規定してしまったとも言えます。それはどちらなのかわかりませんが、僕は、人生に対して否定的、あるいは厭世的、あるいは破壊的な書き物には食指は動きませんし、その作家が自ら作りだした世界そのままに晩年を惨めに生き死んで行くのも、彼の書き物から自業自得だと思っています」

「あなたのは、どんな書き物なのですか」

「僕は、命より愛が大事だという書き物です」

「だからどんな悲惨な状態でも、前向きなのですね」

「その原動力が愛だと思います。愛といえば、他の存在に向かって投げかけるものだと思っていますが、自分自身の肉体も愛していいとおしんでやるべきものかもしれません」

「愛がヘルメットなのだ、きっと」

「そう。黄金で出来た神のヘルメット」

「あたしも神のくださったものと、お腹の中のものと二つかぶっています」

「じゃ、その一つを僕にください」

そうふざけて言うと、彼女は何もかぶっていない頭を押さえて走り出した。リフトの終点から一九五五メートルの山頂まで歩くのだが、彼女は私をおいて走りだした。

「もしもし、そこのアメリカの人。視察団は僕の監視下にあるのですから、勝手な行動は許されません」

彼女は立ち止まって、舌を出してあかんべぇをした。

「あたしはアメリカ人じゃありません。それに、これから一生監視下に置かれるのですから、こんな山の上ぐらいは勝手に行動します」

「じゃ、監視は嫌なのですね」

「いいえ、監視どころか、あなたが看守なら刑務所に監禁されてもいいですよ」

「この大嘘つき～」

私は彼女を追いかけた。彼女は大声で笑いながら走ったが、それは逃げるためとは思えなかった。私につかまるために逃げた振りをしていた。私はすぐに追いついて、後ろから両手で抱きかかえて自由に動けなくした。

「こんな風に自由を奪ってもいいですね」

「こんなもの不自由でもなんでもないです」

彼女は腰を激しく左右に動かせた。

「そうか、下半身に楔（くさび）を打って動かないようにしないと」

「そう、そんな拘束なら、肉体がどんなに動けなくても感性は宇宙に舞い上がるわ」

「じゃ、ここでそうしますか」

「ここは、わざわざ肉体をつなげなくても歓喜できます。確かにこの山には霊気が溢れています。あたしの体がどんどん軽くなっていくようです」

そういう彼女を抱いた手を放して向き合うと、彼女の目がまたあの目に変わった。今、山々の霊気を全身で受け取ってそのままエネルギーに転換する器に変わった。足取りも確かで木々や鳥たちに話しかけながら歩いた。

「ここは安徳天皇という十二世紀末の天皇が剣を埋めた場所だから剣山と言います」

「日本の歴史からいいますと、そんなに古くないですね」

「といいますより、それはきっとこの山の真実を隠蔽し混乱させるための陰謀だと思います」

「陰謀ですか」

「そうです。四国について、またこの山については信じがたい話があります。しかし、僕はそれを信じているわけでもありませんし、信じる証拠もありませんし、信じてもどうってことないと思っています」

「へぇ、信じてないのですね」

「今、日本の人が何の疑いもなく信じている日本の歴史、いわゆる正史は明らかに支配のイデオロギーだと思います。ですから、それに対して、もう一方の説も大事だと思います。大事でもそれは僕にはどうでもいいことです」

「ややこしいですね。大事でもあなたにとってはどうでもいいのですか」

「エエ、この山に向かう道で言いましたね。四国が世界の中心だったというとんでもない話しの全てが本当であっても、僕はそれよりさらに前の、まさに人間に差ができる前の時代を探りたいと」

「わかりました。日本の体制が流布している正史と、郷土史家や反骨の歴史家が唱えている歴史のいずれでもない歴史の源流を探るのでしたね。でもそのとんでもない話ってどんな話ですか」

「日本の歴史を伝えるとされる『竹内文書』というものがあって、そこにはなんと三千百七十五億年前に、宇宙の彼方から人類の祖先と思われる生物が、この地に飛来したとされます。たとえそれが正しいとしても、この時に既にジョウコ一代目とかそれ以前のテンジン七代とかいう天皇につながる系譜があるといいますから、もっと前でないといけません」

「支配と被支配の差が出来る前ですね」

「ですから、今から向かう山頂にある七十トンもの磨かれた巨石『宝蔵石』が、太古の光通信ネットワークの痕跡だと言われても、また剣山にアークが隠されているといわれても、またモーゼまでも来ていたと言われても、そのどれかひとつが本当のことであったにしろ、また全てがでっち上げられたものにしろ、僕は、その支配、被支配が生じる以前の日本列島と世界を視界に入れたい、そう思っています」

私たちは、話しながら歩き、沈黙の中に霊気を浴びながら歩き、やがて頂上に着いた。季節が早いのか、リフトが開通していないせいか山上にはまばらな人影しかなかった。歩いて登ってきた人に私は敬意を抱き、同時に少し後ろめたさも感じていた。しかし、そんな我々の思いを知ってか知らずか、宝蔵石は凄まじいパワーを投げかけているように思えた。

「いろんな説が生まれるのはよくわかりますね。この岩には人々の脳を沸き立たせるようなパワーがありますから」

彼女は宝蔵石をいとおしそうに見詰めながらそういった。

「そうですね。もしこれが言われるように光通信ネットワークの痕跡だとしても、本来は支配のためでなく、むしろ被支配の側にあったと思いたいですね。あのドイツの詩人、ハンス・マグナス・エンチェンスベルガーが『メディアは人民のものだ』と情報化時代に突入するはるか以前に言いましたが、確かに情報の独占は次第に不可能になって、光ファイバー通信によって、膨大な情報がどこでも入手できるようになることと、ピーター・ラッセルが言うようにグローバル・ブレイン化することによって世界が一つになること、この二つによって支配と被支配の構図が機能しなくなってくるといいですね」

「その一歩として、あなたは人間や他の物との違いを超え、命という、差を無くす基準をまず持ってから、根気よく共通性を見つけようとしているのですね」

「そうです、僕とあなたの共通性は、人間の本質的な共通性だけにとどまりません。感性が似ているとか、日本列島で一九六五年あたりまで残っていた伝統的な生活様式が似ているという状況証拠からいってもそうではありません。しかも僕とあなたという普通名詞でなくて、僕ヒコという日本原住民を自称する特殊個人と、ネイティヴ・アメリカンの末裔で白人文化に陵辱された挙句愛のネイティヴ・アメリカン文化に目覚めたあなたナンシーという特殊個人が一緒なのです。実証主義が人間を発達させた一方、人間としての素晴らしい進化を遅らせもしていますが、それでも実証できる証拠があります。しかも、デカルト以来の近代科学が生み出した計測器によって、相似、類似、酷似、同一が証明されることが一杯あるのです」

「ちょっと待って」

そう言うと彼女は剣山の頂上に上ってきた人々の間を走り回り始めた。私は彼女に私と同一であることを話そうとしていたので、最初怪訝に思い、次に苛立ちさえ感じ始めていた。彼女はそんな私を無視するかのように、日本人と思われる男女のカップルに声をかけ回っていた。私は草原に佇んで彼女を待った。やがて彼女は五組ほどの男女を連れて戻ってきた。これ以上はないという怪訝な顔で人々は集まってきた。

「さぁお願い、続きを言ってよ」

彼女は私を睨(にら)みつけるように言った。

「何を言うの」

「あたしというネイティブ・アメリカンの末裔と、あなたという日本原住民の末裔が似ているどころか、近代科学で証明できる同一性を持っているということについてよ」

中に英語が分かる人が数名いるようで、同時通訳のように自分のパートナーに話していたが、そのうち自然に役割が決まって、一人の人が全員に聞こえるように同時通訳を始めてくれた。私が日本語で話すと、彼は英語に訳してくれる。これはありがたい。

「多分、何がなんだかお分かりにならずに集まっていただいたと思うのですが、この場所に男女で来ているという動機の中に僕の思いと同じものがあると思って始めます。あるいは今ここで変なおっさんに出会うというシンクロニシティのせいにしてください」

「ちょっと待って。なぜ皆さんを呼びに走ったか分かりますか」

「いや全くわからない」

「そこがあなたの素敵で凄いところです……」

「すみません、そんなとこ皆さんに訳さなくていいですよ」

私のその恥ずかしそうな言い方が集まった人たちに好感を持たれたのか、初めて出会う人々との不思議な場面で緊張していた人々がにこやかに緩(ゆる)んだ。

「あなたの話している間は邪魔していないのだから、あたしが言い終わるまで黙ってて」

「はい。すみません」

そのやりとりは笑いに変わった。場が一つの大気を共有し始めていた。

「この人が素敵だと言ったのは、自分がどんな凄いことを言っても、決して威張るわけでも吹聴するわけでもありません。これまでもこそこそ書いているだけで発表しようともしません」

「いや、誰も買ってくれないからだよ」

「お黙り」

彼女のたしなめる口調にまた笑いが起こった。

「俺買うよ」

「あなたもお静かに」

まるで兄弟に言うように彼女は言った。

「えらいすんまへん」

関西弁がこの場を特別異様なものと受け止めてはいないことを表していた。

「今度あたしの話を遮る人がいれば許しません。いいですか。彼が先ほどから話していたのですが、突然目が輝きだしたのです。今は濁ってお世辞にも綺麗な目だとは言えません。といってもそれは単なる網膜の濁りで彼の目つきそのものは綺麗です。あたしは最初その目に惹(ひ)かれたのですから相当変わり者の目だと思います」

誰かがナンシーを冷やかそうとしたが、一瞬早くナンシーが目で制した。

「その輝きがどんどん増してくるので、これはあたし一人で聞いていてはいけない、そう思って皆様をお連れしたのです」

「山上の垂訓みたいだ」

誰かがつぶやいたが、ナンシーは聞いていたのか聞いていなかったのか、そのまま続けた。

「あたしナンシーとこのヒコという男の間に、人種を超えた類似性、同一感があるのは、ただ単に、いいえ、これは凄いことですが、愛しているためだけではないように思えるのです。では、ここから続けてください。あなたが日本語で言って彼が訳してくださるほうがいいかもしれない」

「では、続けます。唐突な話題かもしれませんが……」

「訳者として、私も一言言わせていただきます。決して私には唐突ではありません。皆さんもそうだと思います。私も人種、民族、宗教、馬鹿らしいけれど政治体制が違っても人間が同じだということはわかります。しかし、もしあなたが言うように日本人とネイテイヴ・アメリカンが同じだということになれば、世界から戦争がなくなる第一歩がようやく始まるように思えます」

「そうだそうだ」

私は誰ともなく応じてくれた声に励まされて続けた。

「実は僕は、日本人と総称される人々の中に、一方で金銭が最高の人生の目的となり、生の指針にさえなる人がいて、もう一方に自分のことを忘れてでも人のために命さえ投げ出す人々がいます。もちろん暴力を使わずに生涯柔らかに生きていける人と、何かあれば暴力にしか訴えられない人がいて、この双方が同じ日本人という枠組みの中で一緒くたにされることが我慢ならなかったのです。それは同一の土地に住んでいたり、同じ肉体的な形象を持っていたりするだけで、ひょっとすると、その出自が違い、遺伝子の中に違うものがあるのかもしれない、そう思い始めました。それならば逆に住んでいるところも肉体の形象が違っても同じ出自、同じ遺伝子を持つ人がいるかもしれない、そう思ったのです。ですから、普通なら偶然と言うでしょうが、僕とナンシーの出会いは、神がそのおかしな命題に同調して下さったためだと思います。彼女と出会い、日本に連れてきて特殊日本的だと僕が思うことを彼女にぶつけてみたのです。すると、畳とか仏壇とか、近世以来の日本の象徴のようなものにはあまり同一感を感じなくて、感動することといえば古来から伝わったことに限られていることが分かってきました。彼女に出会う少し前に、日本原住民とネイティブ・アメリカンが同じ存在の範疇に入ることを証明した科学的な資料が労せずして手に入りました。それを『古代アメリカは日本だった』に書いたドン・R・スミサナというアメリカ人の著書から少しご紹介しますと、アリゾナ州立大学のクリチー・ターナー教授の『アジア先史時代の歯』によれば、『アジア人には二種類の歯の構成様式が明確に二分され、一つが支那型で中国人などに多くみられ、もう一つは東部シベリア人、モンゴル共和国のブリヤート人、日本人、アメリカ・インディアン、インディオに多く見られる』といいます。また、ミシガン大学のロアリング・ブレイス教授は、『一般的日本人と貴族または支配階層の日本人の間には明確な頭蓋骨の差が見られるという』といいます。また『医学的にはインディアンの部族の血清蛋白質中の遺伝子配列が日本人（特に西日本の北部九州が主）のそれと一致する』とも言います。仮に、この書物の信憑性があやふやだとしても、日本には優れた研究があります。東京医科歯科大学名誉教授で医学博士の角田忠信氏の『日本人の脳』によりますと、日本人と環太平洋の原住民は、母音に対して特殊な反応形式を示し、それは西洋人とも中国人、韓国人とも違うと言います。簡単に言えば、西洋人や中国人、韓国人は自然界の音に情緒的な反応をしないで、自然界の音も楽器や機械音と同じように無意味音として処理されるということです。とはいえ、こうしたことが、科学的証明になるかどうかはどうでもいいことですし、また近代科学主義者がその信憑性を云々するでしょうが、そんなものも全くどうでもいいのです。むしろ状況証拠の方が重要なのです。もっといえば心の透明度、純粋度とでも言えるようなものの共通性です。さらに言えば日常における性格と行動様式での類似性、同一性を求めるべきで、何かと言えば反対をし、暴力を振るう人間たちを惑星から追放することです。水の惑星地球に住む条件としての非暴力を貫けない人間は元の異星に戻ってもらいたい、そう言いたいのです。ですから、日本人を階級でも階層でもないもので分けたいと思います。決して過去、しかも超古代の出自がどうかと言うようなことではなくて、自分と他者は同一だと考えられる人と考えられない人に分けるのです。『汝の隣人を愛せよ』とはそうした同一の人の間でのことであるべきことでしょう。そしてそのためには『わたしが平和をこの地上にもたらすためにきたと思っているのか。あなたがたに言っておく。そうではない、むしろ分裂である』（新約聖書『ルカによる福音書』）から始めねばならない、と思い始めたのです」

いつの間にか、彼女が連れてきた人以外の人々も物珍しそうに寄って来て、そのまま座り込んで耳を傾けてくれた。話し始めた最初には、私の中で何をそう一人でいきまいているのだ、という冷ややかなまなざしがあったが、今は、私が話したいというよりは、集った耳が私から言葉を吸い出しているような感じで、私の思考を言葉の連なりが追い抜いていった。そしてとうとう愛について話し始めてしまった。

「では、何でその分裂を促すのか、ということですが、矛盾しているように思えますが、愛です。愛が生活の中心、命のまん真ん中に貫かれているかどうかです。もっと言えば、愛が境界線になるのでしょう。『愛なんて』と嘯く輩と、どんな価値よりも愛を優先する人とに分けます。もしある人が何の見返りも期待せずに愛を振りまいて、もう一人の人がそれに呼応しなかったり、それを馬鹿にしたりする時、その人との間には、数千年、ひょっとすると数万年、数十万年の時間の隔たりがあるか、それとも同じ空間に生活しているようでも、実際には次元が異なる世界にいるということです。では、どうして見返りを期待しない『でたらめな愛』など発揮できるのか、そうおっしゃるかもしれませんが、私たちは日常的にやっています。花を愛でたり、美しい景色を眺めたり、猫や小動物、鳥などのペットを可愛がる時にはそうしています。猫を可愛がる人が猫に何かを期待しても、彼らはその存在で人間を喜ばせてくれる以外、何も与えてくれません。犬はと言えば、犬はもともと人間の友として、狩の仲間として、番犬として飼い始めたのでしょうが、犬には微妙に何かを期待します。一生懸命しつけをしたり、芸を教えたりすることでもわかります。もちろん、その期待は人間同士と比べれば実に純粋だと言えますが、それでもどこかに期待があります。それは意識していないとはいえ見返りでしょう。ですから僕は猫から学びました。迷い込んできた野良猫が、僕に傷を治してもらい、餌をもらって、とうとう家の中に住みつき、最後は家の主のようになって長寿を全うしていきましたが、そんな多くの猫たちに教えてもらいました」

「それなら誰にでも練習できるし、やっていますね」

そんな声が聞こえた。

「そうです、誰にでもできますし、誰でもやっていることです。その同じ人が突然人間に対して暴力を振るうことがあるとすれば、猫を可愛がっているそのことも何か勝手に期待しているからでしょう。猫を可愛がることでイメージを良くしたいとか、猫を飼っていると疲れが休まるとか、ストレス解消になるとか、あるいは、高級な猫を飼って、自分の下賤な価値まであげようとするような不純な動機です」

「そうか、愛とはどこまでも純粋でなくてはならないのか」

私はそれが誰の声かわからなかったが、日本語のわからない彼女のためにそのつぶやきを繰り返しながら続けた。

「愛とはどこまでも純粋でなくてはならないのか、という声がしましたが、純粋でなくてはならないというよりは、純粋ではない人間の思考と相容れないからです。思考は本来過去の体験と蓄積の中での言語やイメージの組み換えです。しかし、愛は、常に現在この只中でしかありません。過去の何かを愛すると言っても、対象は過去でも愛すると言うことは現在の只中でないと出来ません。愛とは純粋でなくてはならないのではなくて、愛とは純粋なものでしかありえないので、それ以外、愛と見せかけているものは、ちょっとした好意か、性癖の偏（かたよ）りか、独占欲か、意識しないにもかかわらずどこかで見返りを求めている先行投資のはずです」

「その純粋な愛とやらを放出することが、人間として素晴らしい事なのですか」

「今、愛を放出することが人間として素晴らしいことか、という質問が飛んできましたが、確かに素晴らしいことではありますし、道徳的にも、倫理的にも、ついでに腹立たしいことですが、商業的宗教でも奨励します。しかし、ニュートン以来の十九世紀、二十世紀の珍奇な科学主義者、合理主義者を納得させるような科学的なメカニズムにまで説明できませんが、僕は、愛を放出することは、倫理的でも道徳的でも宗教的でも無く、いわゆる科学的なことではないかと思っています。将来素晴らしい検波器が出来れば、愛の波動が図示でき、それがいかに万能の力であるかが証明されるとは思いますが、そんな証明を待っていては私たちはいつまでたっても暴力地獄から抜け出せません。人間が個人という独立した存在であると言う誤解に生き続ける人々は一向に減らないでしょう。愛を振りまくことが、道徳的、倫理的なもの、ましては宗教的なものではなくて、その根本は物理的な現象であるということを、僕流に納得していただけるような説明を試みましょう」

「頼みます」

「聞かせてください」

おそらく季節外れに登ってきた山上の人が全て集合しているに違いなかった。私は明らかに彼女のパワーを受け、また彼女で増幅する天のエネルギーをあの宝蔵石から受けていた。

「まずわかりやすい命から始めます。命は肉体を生きさせるエネルギーだということはわかります。これが無くなった時、肉体はむくろとして、またたくまに腐って消えてしまいます。あれほど頑丈に見えていた肉体から命がなくなるとどうなるか、私たちはよく目にするために、あまり不思議には感じませんが、命がある時、人は百メートルを一〇秒以内に走り、数百キロの荷物を持ち上げ、鳥に見まがうほどの跳躍力を見せます。それは体内のエネルギーのように考えていますが、もしそうであれば、命が途絶えても何らかの力は残っていてもいいはずです。しかし、心臓の鼓動が止まった瞬間から、肉体は消滅に向けて腐食を始めます。それは人間の生命が体内の力だけではなく、普遍エネルギーにつながっていて、そこから力を頂戴するからでしょう。目に見えませんが、またニュートン以来の数百年の科学程度では把握できないでしょうが、まるでリニヤモーターカーのように宇宙の磁場に存在していて、それが肉体の中で力に変換されているのでしょう。しかもその変換力、また力が発揮できる舞台である肉体は、人間の意志を超えて、法則下で誕生、存続、消滅をします。スコッチウイスキーのラベルに画かれたパー爺さんが一五〇歳だったとしても、二〇〇歳以上をこの日常空間で肉体を保持したまま生き延びた人はいません。しかも、死の時期は普通の人には予測できませんし、いかに注意していても一瞬にして奪われることからも、それが人間の思惑をはるかに超えたもの、そう、人間の存在を超えたものの意志であることはわかります。しかし、それは時間と言いますか、寿命と言われる長さの問題です。命の質の問題ではありません。命の質、すなわち時間を超えた輝き、現在における命の輝きには、どうしても愛が必要なのです。いやひょっとすると輝き以前の命の存続、限られた寿命の中で選択の余地があるような時、愛が命を存続させることがあります。僕の数年前の難病時の危篤状態がそうだと思います。ちょっと横道にそれますが、僕は長年痛風を患っていたせいで、原発性アミロイドーシスという難病になり、それまでの患者のデータからいって、発症すれば死亡までの最長時間が一年と三ヶ月という、もし病気にかかればそれは死の宣告と同然と宣告されました。しかし、まぎれもなく愛の力によって、一年三ヶ月の二倍も三倍も今なお生き延びています。時に愛は寿命さえ変えることができるのかもしれません。なぜなら、命が日常的に個人と考えられている存在を超えてコントロールされているとすれば、愛こそが個人を超え宇宙とのつながりで発することができるものだからです。愛が単純な存在の制約をはるかに超えていることは、最近とみに報道される動物の異変に現れています。ネズミを可愛がる猫、鳥を育てる犬、他の種類の動物を愛する例など、陰惨な報道の合間に心和むニュースとして報じられています。しかし、あれはひょっとすると、いつまでたっても進化しない人間への警告かもしれません。存在の枠組みを超えてまで愛を発現しているのに、人間は同種のもの、しかも近所に住むもの、一緒に住んでいるものにさえ愛を放出できなくなっているからです。とはいえ、ネズミはネズミです。命は形に限られています。しかし、愛は形に限られていません。というより形という三次元の空間を持っていません。次元をもっていないというより全次元という方が正しいでしょう。ですから、時間も空間も関係なく、愛する人のために、また病気を治そうとする人のために遠隔地から愛を投げかけることが出来ます。北極海の厚い氷の下の原子力潜水艦の中で、ウサギの子供を次々に殺していった時に、ペンタゴンかどこかワシントンの軍事施設内で親ウサギが子供の死を同時に感じていたと言いますが、その実験の愚劣(ぐれつ)さ、他の生物の命を奪ってまで人間のために実験すること、しかも地球破壊の元凶原子力で動く戦争のための道具を使って、と幾重にも人間の尊厳と品位を傷つけながらの実験でしたが、哀れにもウサギの愛は証明されました。今、植物でもそれは実証されていて、日本の親の苗木につけた検波器で、ヨーロッパに運ばれて切られた子の木の死を察知することがわかると言います。愛は命より大事だともうお分かりだと思いますが、倫理的にも道徳的にも、宗教的にもそれが良いことだからではありません。実に人間の一切の根源が愛であり、それは命さえコントロールできるからです。そして、愛がどれほどの力になるか、今から実験をしましょう」

私は、運んできたバッグからシャンパンをとり出した。

「エ?これどこから持ってきたの」

「淡路島のホテルから」

「知らなかった」

「今朝、氷を入れたからよく冷えています」

彼女は、私の顔をまじまじと見詰めた。この予期せぬシャンパンがよほど嬉しかったみたいだった。私は大空めがけて栓を抜いた。コルクだけならどこに飛んでいってもいい、その思いがコルクに伝わったのか、再び頭上に落ちてきた。三本を開け、私は少しずつ飲んでもらった。

「イエスの行為に似ていますが、別にキリスト教の儀式をしようと思っていません。ちょっと心を潤わせて、その上で実験したいだけです」

三十人近くの人々、正確には十三組の男女のカップルがシャンパンを回し飲みした。

「これ極上品ですね」

「私、お酒は全く駄目ですが、美味しいですね」

「『私の血』とイエスが言ったものと同じですね」

私は、私がイエスだなんて大違いだと思いながら、

「イエスの血でしょう、これは。でも、僕は、愛のために骨をかじり、愛のために血を飲むというのは、どうも苦手でして、どちらかと言えば菜食主義者で、このシャンパンは透明なだけ、天の泉の水だと思います。粟粒のようにいつも愛をスパークさせながら」

「うまい、今の例えも、このシャンパンもうまい」

「なんか、とてつもない日に剣山に登ってきました」

「特別な目的があったのですか」

「いや、別に。ただ上りたかっただけです」

「それが大事なのでしょうね。目的は日常的思考の範囲ですが、なんとなく、うまく言葉に出来なくてやってきたのは、天の思し召しです。あたしはここ一週間、ずっと思し召しで過ごしています」

ナンシーがシャンパンを注ぎながら集った人々に話しかけていた。

その中の一人が、立ち上がってこういった。

「あのー、こんなチャンスはめったにありません。どうですか、先ほどおっしゃった実験とかをしてみませんか」

皆が一斉に彼に注目したが、その注目はそのまま同意であり、同じことを思っていたと口に出す人さえいた。そして、彼が指示するまでもなく、集った人が男女を交互にして車座に座り、手をつないだ。するとまもなくナンシーから熱いものが伝わってきて、私の体を駆け抜けて、手をつないでいる別の女性の手に流れていった。その熱いものを全員が一様に感じているようで、お互いに顔を見合わせてその不思議さを言葉には出さず認め合っていた。先ほど提案した男性が再び口を開いた。

「この輪の中に何かを描くために、同じものをイメージしてみませんか。ヒコさんとかおっしゃいましたが、何かありませんか」

「そうですね。せっかく皆さんと一緒にイメージできるのでしたら、我々を集めてくれたナンシーにお礼をしたいのです。彼女は桜が見たいと言っていましたが、桜の満開の状態をイメージするのはいかがですか」

「いいですね。いかに暖かい四国でも今の時期、しかもこの高さでは絶対に桜なんか咲いていません。それに誰もが好感を持っていることでも共通しますよね。桜の嫌いな方はいらっしゃいませんか。お返事がないということは、皆が好きだということで、大きな桜の木、高さ十五メートル、三人が手をつないで抱えられる太い幹の桜をイメージしていただけますか。桜と一口に言っても沢山の種類がありますが、まずはオーソドックスにソメイヨシノはいかがですか」

「すみません。私は知りませんから、今までに見た写真の桜をイメージします」

「きっとそれがソメイヨシノという最も代表的なものだと思います」

「じゃ、リラックスして。そうですね、座り方は、できればヒコさんのように結跏趺坐。無理ならばあぐらをかいてください」

今度は別の人が口をきいた。皆が気づくままに提言・進行して、誰がリーダーというのでもなかった。既に集団の理想像が垣間見えていた。

「始めましょうか。愛を一杯に感じて」

「難しければ、一番好きな人やペットに愛を集中して……」

「そして次第に真ん中に聳え立つ桜の大木をイメージして愛を注いでください」

目を閉じていたから誰が発言しているかわからなかったが、それでも次々と的確に指示が出され、その声は体の真ん中にまで染みとおり始めた。

「愛を」

誰かが言った。

「完璧な愛を」

誰かが続いた。

「純粋な愛を」

女性の声も入った。

そんな声が次第に頻繁になって、やがて皆に語りかけると言うよりは、呪文のようにマントラのように自らの内部にささやきかけるようになっていった。そして左手から入り右手から隣に流れる熱いものがいよいよ熱く回転をあげてきた一瞬、暖かい風を感じたと同時に、皆が一斉に叫んだ。

「あつ～」

確かに焼けるように熱いものが左手から体に突入して全身を燃え上がらせ、左手から次に移ったが、全身におおやけどをしたように思えた。その強烈な熱と共に、目を閉じていても開けていても関係ないような激しい光線が貫いた。思わず目を開けると、宝蔵石が純白に煌いていた。そして岩全体が煌き始め、やがて巨大なダイヤモンドのように透き通って輝くと、光が炎のように立ち上って、そのまま天空を目指したかと思うと、一瞬にして車座の中心に落雷のように落ちた。思わず目を閉じた。しかし、すぐさま何が起こったのかと目を開けると、一斉に同じ感嘆の声が上がった。

「おぉ～」

樹齢数百年と思える巨大な幹が車座の中心にあった。不思議なことに、一メートル以上もあるはずの幹の向こうの人をイメージすると、幹は透明になって、同じように熱いまなざしを注いでいる人たちが見えた。

しかし、大木は太い幹と頭上にまで広がる枝と梢しかなく、花は全く無かった。思わず私は、桜の花をイメージして、花々に光を投げかけ、愛を放射した。それはきっと全員同じ行為だったのだろう。

冬枯れの梢の先にわずかに色の変化が現れ、それが、注視による視覚の滲みかもしれない、と思うまもなく、その色は淡い緑を形作り、やがて枝全体に広がった。薄い緑が膨（ふく）らみ始めると、またたくまに桜の花となって、視界全体を限りなく純白に近い淡い緋色が覆（おお）った。

桜が時間をコントロールしていた。おおよそ三週間ほどかかる開花が数分で始まり、花は圧倒的に空を埋め、そしてまたたくまに満開になり、やがて散り始めた。どんどん花びらが舞い落ちてきた。しかも、凄まじい量の花びらが降り注いだ。ナンシーは歓喜した。余りの見事さにとうとう泣きだした。濡れた頬に花びらがくっついた。誰もがお互いの相手を抱擁し、キスをしていた。

　桜の花びらが世界を淡い緋色に変えた。見るもの全てに花びらが降り注いで、その量は想像以上で、両手で受ければみるみる手のひらに山を作った。しかも、よく見れば、花は蕾から開花して散り、再び蕾を結んで花となって開いて、また散って、その繰り返しだった。車座は花びらのじゅうたんの中にあり、結跏趺坐の膝の高さにまで花びらが雪のように積もっていた。

「これが桜の花なのね。生きている間に天国を味わわせてくれてるのね。あなたが言っていた桜の美しさは散る美しさなのかもしれませんね。だから、日本原住民がこよなく愛したのでしょう。春の夢先案内のようにして」

「本当は一年に一度、生き方を示してくれるのでしょうね」

　私たちの誰もがエネルギーを放出し終えたようなけだるい恍惚感の中にいたが、誰ともなく再び手をつないだ。今度はさらに時間を短縮していた。皆の手がつながれて円を完成した瞬間、散り敷いていた大量の花びらを、幹が竜巻のように吸い込み、一瞬にして回りから全ての花びらが消えた。と思った瞬間、幹が大きなカタバミのように爆ぜた。

　すると白い透明の光の束が天空目指して、しゅるしゅるしゅると打ちあがり、そして、大空の上で破裂すると、巨大な枝垂(しだ)れ桜の花火となって空を覆った。青空を背景にして、それでも色彩が別の次元で重なっているように、まさに夜空の花火そのままの鮮やかさで咲いた。

「はぁ〜」

「わぁ〜」

「あぁ〜」

感動が言葉を越えていた。天空で爆発して円形をなし、そのまま丸みを帯びた穏やかな円錐形で人々の上に舞い降りてきた。尾を曳いた火の粉が花びら同様に降り注ぎ、頭と言わず肩と言わず、膝や手のひらはもちろん、体全体に降り注いだ。その連続する花火にもかかわらず、全く音はしなかった。私たちが音の速度を感知し得る日常の空間にいなかったせいか、数万発と思われる花火の連続打ち上げも、静かな色彩の乱舞で、大地にも粉雪のように赤や黄色、青や紫の火の粉が降り注ぎ、花びらにかわってどんどん積もるとさえ思えた。余りに輝かしい色彩が音まで吸収してしまったように、静寂が広がり、誰もが光の乱舞を見ながら、火の粉を全身に浴びながら、音も無く温度差でジュッジュッと可燃物に突き刺さっていながら、実際は光の粉に過ぎなかったのか、少しも熱くなく、少しも焦げ付くことなく、まるで火の粉を全身に浴びながら私たちは圧倒的な恍惚感の中にいた。私そのものの宇宙が精子のように光の粒子を花火の形で撒き散らし、私という子宮の中で爆発して、まさに実りのために大地に降り注いで、新しい何かを孕ませているように、存在する全ての人が、両性具有で、火柱のような亀頭を、花火のように天空に広がる膣の中に番って、何かが始まった。まさに天空と大地が番った。番ったそのまん真ん中で、もう一つの天と大地が彼女の中で結実し、その思いは全てのカップルの気持ちを高ぶらせたのか、あるいはそれ以外にこの感動を表現することができないと思ったのか、激しく抱擁し、唇を重ね、胸をまさぐり、その場で、あちこちで、天と大地のように皆が繋がった。まるでインドのカジュラホ村でミトゥナ（交歓）像を見ているように、女性が上に乗るブルシャイタが連なった。沖縄のモーアシビーが始まり、「カーマ・スートラ」が目の前に現出した。二人が一つになった分だけ、私たちは輪を小さくして桜の巨木を囲んだ。もちろん、桜の木は既に天空に花火となって爆発してしまっていたが、その幹のそびえていたあたりを中心にして、車座が二重に結ばれた。皆が皆、自分の興奮を相手より高めるように競い、その磁極がさらなる電流を発生させるかのように輪のエネルギーを高めて、誰もがこのまま続ければ、自分たちも花火のように大空に光の粉となって消えていくように思い始めていた。しかし、誰もがそれに恐怖していないことは、さらにエネルギーが上昇してきたことでわかった。体が熱を帯び、まさに昇華寸前まで熱せられて、そしてついに回転していたエネルギーの流れが臨界点にまで達した。

視界が少しずつ動き始めると、次第に回転運動となって、視界を回し、それは世界を万華鏡にするように、キラキラと輝きながら、景色も人々の顔も姿も、幾重にも張り巡らされた鏡の中で無数に飛び散りながら、美しい絵模様を描いていた。空に意識を向けると水色の多面体が世界を作り、正面に見えていたはずの人々を想うと、暖かい笑顔が無数に回転して、その中心で次第に重層する色彩が重なり合い重なり合って渦巻き始め、煌く白光に収斂（しゅうれん）していくようなその時、地球の地軸の回転音のような唸りから、天空の音楽と思える軽やかな音楽に変わり、やがて白光が音まで吸い込んでいくように、スーと音が消える瞬間、透明な声が聞こえた。

「あの、きっと……」

それが最後に彼女が私の目を見て言った言葉で、誰もが爆発して消えてしまった、そう思った。確かに限りなく光る世界に向かって、体がフーと浮き上がる感覚の後、誰も確かな記憶が無く、世界の果てに飛んで行った。

その日の夜、淡路島が見えるマンションに一人で戻った。翌朝、いつものように目覚め、シャワーを浴びてベランダに出て朝日を浴びると、昨日までの夢の時間が鮮やかに蘇った。特に一昨日、淡路島を出てからの長い長い二日間は、私にとって夢だったのか、幻覚だったのかはっきりしない。あの時が現実で、今が夢なのか、それとも逆なのか、私には判然としない。ただ、あの巨大な桜の木が満開となって、しかも数分間に何度も満開になって、私たちを花びらで埋め尽くそうとしたファンタジーは日常ではありえないことだった。自然がその厳然たる法則を変えてまで私たちを喜ばせることなどないことを考えると、山上で、普段よりはるかに薄い酸素で脳がある種の緊張状態に置かれ、そこに精神的な充実感とアルコールの程よい酔いなどが稀に見る意識の錬金術を可能にして、集団幻覚というか、集団催眠に陥ったに違いない。まして、花びらを飲み込んで天空に駆け上って空に描かれた昼間の花火、しかも漆黒の空を背景にした花火のように鮮やかな色を現出させたことを含めると、脳の中に同時に進行した幻覚かもしれない。あの原住民の描く文様は人類共通の絵模様で、真っ暗な部屋で一人静かに目を閉じていると、高層ビルの一角でさえ現代人でも見ることができると言う。だが、昨日は光溢れる真昼間で、多くの人々と一緒だった。それだけに人類共通の文様が跳ね踊って桜の花びらのように見え、花火のように見えたのだろう。

その幻覚の瞬間を振り返ると、何か全身がほぐれ、精神がゆったりと喜びを感じることを思えば、ある種の麻薬的な幻覚症状だったのかもしれない。私はもちろん誰も麻薬や覚醒剤を利用していたとは思えない。だが、エンドルフィンなど脳内物質が大量に分泌されて、その分泌液が皮膚から伝播して、あの集団全体を浸してしまったのかもしれない。私は、初動捜査に手抜かりがあった警察の捜査陣のように、状況を何度も思い浮かべて、そこに現実のアリバイを探し続けた。

コーヒーをいれる作業を、日常的に、全くいつものように始めた。アメリカに出発する朝にいれて以来だからもう一週間前になる。私は、フィルターの紙の底を折り、反対側を折って、ドリッパーに入れた。そして缶を開け、コーヒー豆をきっちりスプーンで二カップ分をすくってグラインダーに入れた。ギリギリとハンドルを回して粉砕した。いつもより長くやっていたようだが、それはこの耳慣れた音で、こちらが日常で紛れもない現実であることを確認していたのかもしれない。全てセットし終わってスイッチを入れた。やがてコーヒーの香りが部屋に流れる。私は、毎朝のコーヒーは飲料としてではなく、香料として楽しんでいるような気がする。コーヒー豆の缶を開ける時、グラインドする時、そしてお湯がコーヒーに注がれて、香りが部屋一杯に広がり、それを味わうと私の朝が完了する。今は、タンザニアのＡＡスノートップというコーヒーにしているが、何でもそうだが銘柄に固執しているわけではない。今回は万年雪を眺めながらキリマンジャロ山の高地で栽培されたというたい文句に惹(ひ)かれただけで、味がどうこう言うのではない。

朝が完了したといったが、朝は、目覚め、シャワー、瞑想と祈り、簡単な体操、果物だけの朝食とコーヒー、これがいつもの朝であり、その朝が何を運んでくるかは、その朝の通常の手馴れた行事の後だが、これは毎朝きっちりと進めているわけでもない。シャワーを浴びている最中に書くべきことが浮かんでくると、そのままパソコンに向かってしまうこともある。瞑想の時も同じで、何か書くべきことが浮かんでくると、そのまま手元においてある紙にメモを取り始めてしまう。そうすると、瞑想はまた最初からやり直すことになるから、全て通常の行為とはいえ、時間的に習慣付けているものはない。

朝食にしたところで、五十歳を越えるまで午前中は固形物は一切口にしなかったが、それは午前中は排泄の時間だからという説を信じていたからで、それを止めたのは、五十五歳を越えて大病のあとにいきなり体力が無くなり、何も食べずに書き続けると午前中に力尽きるからである。パソコンに向かって何かを創ることは、肉体労働に比べて消耗が少ないと思われているが、脳に送られる栄養は、喉(のど)のブレイン・バリアーでフィルターにかけられて極上のものだけが使われる。だからパソコンに向かっているだけでも体力は消耗する。

また、目覚ましで起きることは稀で、目が開いた時が起床時間だが、それもほぼ一定の時間で、おおよそ六時間の睡眠後である。このように、決められた朝の行動があるとしても、それはたまたまそうなっただけで、私にとってどれがどうだから、という理由付けはあまりない。全てが、午前中の創作の時間のためである、というただそれだけである。

そのおおよそ決まった朝の行動を一通りやって、一週間前の生活に戻した。戻そうとしたのは、昨日までのあまりに衝撃的な出来事を、どう生活に組み込んでいくかを考えたからで、あのまま特殊な位置づけのままなら、そのあたりの観光旅行に過ぎない。ちょっとこましな建造物や自然をみて、「あぁ～」と感嘆の声を上げたり、写真を撮ったりして、元の日常に返ってから何の変化もない、あの無駄と同じではないか、そう思った。観光地……、特に京都など世界的な観光地の退廃はそこにもある。自分たちの内部的な腐食に加え、観光という人生に何も寄与しない旅で訪れる人が零す感嘆詞に蝕まれるからである。思い出作りというすでにその目的による過去という時間のかかわりが最初から新しい創造や発見の勢いを削いでしまう。じっくりと伝統工芸者、芸能者の生き様など学ぶのなら話は別だが、通りすがりの一見さんを、不況のせいもあって名のある料亭さえ拒まなくなったが、神は真の人生参与をさせてはくれまい。心地よさと、満腹感と感嘆詞だけの旅は、訪れる人を迎える人をも、両者を蝕んで価値がない。観光地とか観光地のお土産がどこか薄汚れて輝きを失せているのは、手馴れた人扱いからではない。価値の輝きがないからである。

そんなただの観光旅行でなかった証を捜し求めるために、出来る限り何でもない日常の中で、旅を再確認したかったが、時間を逆に辿ることで、一つずつ検証し、感動を反芻(はんすう)しようとしていた。

とはいえ、あの桜と花火の後、記憶があまり鮮明ではない。あの降り注ぐ花びらと天空に舞った火の粉は今も同じようにイメージできるが、その後、一緒にいた人々とどう別れ、どのようにして山を下ったかが定かでない。リフトに乗ったことは確かだろうが、その記憶も自信がない。満たされた後の心地よい疲労感で、交わす言葉も少なかったという記憶があるが、それぞれの人の笑顔は次々に思い出される。もしも町で偶然にすれ違っても、追いかけて声をかけ、あなたは剣山にいきませんでしたか、とたずねられる。というより、顔を合わした瞬間に、「お久しぶりです。その後はいかがですか」そう言えるはずである。

彼女との会話さえ記憶がない。私はひたすらに車を走らせ、ただ四国を出て、淡路島を走り抜けたあたりから始まった会話は覚えている。

「このまま空港に送ってくれませんか」

「エ、帰るのですか」

「はい、日本での第一次勉強会は終りましたし、あの素晴らしい桜と花火で胎教も充分できました。この上は、一日も早く学校を辞めて、我が部族の居留地に帰ります」

「学校も辞めるのですか」

「あたしの学ぶべき場所は大学ではないようです。むしろこのお腹の子供のためにも、ネイティブ・アメリカンの血、スー族の血を心にも継承させたいのです。スー族のやり方で赤ちゃんを産みたいのです」

「それは、僕と別れてからのことですか、それとも……」

そこまで言うと彼女の手が、膝にきた。

「わかっています、と言いたいのですが、言葉で聞かせてください」

「じゃ、言います。あなたのスー族に僕も入らせていただいて、そのお腹の子供の父として、出産を助け、スー族の子育てをしてみたいのですが」

「ありがとう、そう言って下さって。これで決心できました。スー族のやり方で産みたいというのは、希望でした。あなたの今の言葉の前に、恐怖と不安と寂しさがありましたが、今の言葉で全て消えました。胸を張ってスー族の居留地に帰れます。そしてあなたを待っています」

「一刻も早く行きましょう。今、取り掛かっている原稿をやっつけてしまって、すぐにまいります」

「でしたら、このまま空港に送ってください。お別れは辛いですが、その分だけ再会が早まりますから」

こうして彼女を関西国際空港に送って行った。早春で春休みも始まっていない時期だったから空席はあった。彼女はそれが当然と思っていたようで、空席が無ければどうするかなど一度も言わなかった。相変わらずの彼女の意識の凄さを思い知らされて、スー族での生活が楽しみになった。とはいえ、別れはサンフランシスコの時と同じで、実にあっさりしたものだった。ゲートを入る前の抱擁とキスもどちらかと言えば儀礼的な感じさえした。その日はそれで充分だった。

私は彼女を送り出したあと、空港内のレストランで食事をして、出発の時刻まで待った。時刻が来て、展望ホールに出たが、もうすっかり日は落ちていた。私は、時間前に誘導路を動き始めた飛行機がそれだと決めて、大きく手を振った。彼女が見詰めているという確信があった。というより、遠ざかるジャンボ機の窓に彼女の目を見たと言える。

私は、その後、マンションに辿りついて、風呂に入り、入浴後はベッドに裸で転がって、天井ばかりを見詰めていた。彼女と別れてから今朝までの間も釈然としないからだ。というより別れてからの車の運転にしろ入浴にしろ、いつものようにいつものことをいつものようにやっているだけで、そこに特別な意識は働いていなかったからだろう。意識は新たなアメリカ行きに焦点が当てられていて動かなかった。

彼女とスー族の居留地で、ネイティブ・アメリカンとして生きることになりそうだ。そうすれば、日本で見つけられない日本原住民の何かを発見できるかも知れない。スー族の居留地で、四国に繋がる列島史に行き当たるかもしれない。

私は日本と日本に連なる一切を処分して、二度と帰国しなくてもいいようにしようと思った。ネイティブ・アメリカンになるためには現代の日本人を捨てるしかない。一方で日本人としての自分に固執しながらネイティブ・アメリカンの生活をするというのは、自らの中に再び差を生み出すことでしかない。中国大陸や朝鮮半島から来て日本列島を占領し、支配した人々が、彼らの以前の大陸や半島の生活の仕方を捨て去り、日本列島の原住民である海洋民として生き始めていたならば、今の日本はもう少し住みやすい国になっていたはずである。海洋民族で、海の幸、山の幸が充分に食を満たしていた日本原住民や、環太平洋原住民は、争いや戦いが苦手だった。いや、苦手と言うより、経験がなかった。一方稲作や畑作で、時間を必要とし、蓄えをしなければならない大陸や半島の人々は、その食を得る方法で、同じ人間の中に差を作り始め、その差の間で争いや戦いを始めてしまった。その日の食を分け合って食べていた海洋原住民には蓄えもなければそれによる貧富の差も生まれず、侵略者が来るまで戦いのあることすら知らなかった。だから渡来者たちは赤子の手をねじるように簡単に支配を始め、自らの生活方法こそが最も正しいと言うかたくなな考えで、支配者の生活方法と文化を強要した。

私は、私の中に差の感覚を生む二重国籍のような生き方をしたくなかった。郷に入れば郷に従え。今から出かけていって住むだろうネイティブ・アメリカン・スー族の居留地の気候風土にはスー族の暮らし方が最も理にかない、合理的で健康的なのだろう。目覚ましで起きることも、電動歯ブラシで歯を磨くことも、日本風にローソクや線香を点して般若心経で始める朝の瞑想も変えよう。スー族のやり方でやろう。朝の儀式であるコーヒーを飲むこともなくなるのだろう。あるいはシャワーを浴びることもなくなるのだろう。きっと美しい渓谷の清らかな一杯の水が全身に朝を運んでくるのだろう。

私は、日々続けてきて習慣となっている朝の行動を一つずつ、丁寧に、意味を感じつつ点検していった。もし、出来れば今日、このマンションを返そう。急に言い出したから月末までの家賃は支払うことになるだろうが、それでも一刻でも早く彼女に合流したかった。彼女が一足先にスー族の居留地に入って地ならしをし、私がやおらお客様として遅れて入っていくことはいかにも傲慢に思えた。客と住人という差を作ってしまって、最初から駄目なような気がした。

しかし、彼女に待っていて欲しいと頼み込むことも止めた。そんなに気を使わなくても、うまい時期にうまいように会える、そう確信していた。それが本当の人間の生き様であり、意志と義務感、自分が描いた夢に拘束されながら生きていくことが生き様ではない。あれは自分の思考に飼われた家畜の人生でしかない。もっともっと、一切を信じて、神の法則が働くことを信じて、全てを任せて生きていけば、この世はたちまちパラダイスになりえる。思想や信念、自分に都合のいい正義感や宗教的教義など、人間の生み出した愚かなことである。そんな中思考という過去の時間を拭い取れない時代遅れの方法にがんじがらめになり現在を窒息させている輩のなんと多いことか。

自分たちの欲望を正当化し、カモフラージュするために駈りだされる神を、最も信じていないのは、神の名において戦争を遂行する時代遅れの政治家である。しかも彼らは、彼らの神に全てを任せるわけではなくて、自分たちの行為の正当化を押しつけているに過ぎない。もっと神を信じ、任せることができるのなら、やがて戦争やいさかいは地球上から無くなる。

私は、やがて六十歳。今が醜い老年の入り口などとは誰にも言わせない。やっと六十歳。古来より、再び子供に戻ると言うが、私は、子供に戻るどころか新たに子供を作ってしまった。きっと彼女は妊娠している。私は確信できる。そうすると、六十歳直前に子供は生まれ、私が八十才直前にようやく成人になる計算だ。しかも生きていればの話で、それもはなはだ心もとない。しかし、何の不安もない。子供は種族の宝物であって、親がいようがいまいが集団で育てる、それが環太平洋の海洋民族の文化だったと思うからだ。

我が故郷の琵琶湖の東岸、琵琶湖と内湖に挟まれた猫の額ほどの村落に、宿親（やどおや）制度というものがある。その村落の誰かに子供が授かると、その子の実の親以外にもう一人の親を定める。それが宿親であり、この親も子供の本当の親同然、子供の成長の責任を負い、子供も自分の親の家のように出入りし、また相談に出かける。恐らくそれは漁業しか生活の方法が無く、しかも、風向きの不安定な湖での漁業が危険な仕事だったに違いない。働き盛りで命を失う漁師がいたのだろう。しかし、そうした事故は稀であり、さらに二人の親が共に命を落す確率は少ない。しかし、事故が少なかっただけに親を亡くした子供はよけい惨めだったのだろう。一人目の親が死んでも宿親がいて、その親が本当の親に代わる。それは、子供は宝であり、その子を産んだ両親だけのものでない、地域で育てよう、象のようにコミュニティで育てようという未来のパラダイムなのだ。その子育ての意味は、暮らしの先進国アメリカ合掌国で、離婚の多さによって、やむなく実践されている。前夫や前妻の子の子育てによって血の繋がっていない子供も差別しないことを学ばされている。

私は朝の手馴れた行動の中で、この部屋の何を持っていこうかと考えた。もし、スー族の中で暮らすのならば、一切のものは不要である。赤子で生まれるように、私自身スー族の中に生まれればいいのだ。私はそう思って、持っていくものをメモし始めた。日本の匂いのするもの、自分の生活の習慣から生まれたもの、そうした物を排除していくと、出入国のためのパスポートと少々の金銭以外は、一切なくなってしまった。スー族の一切の暮らしの中でも、私の創造的な行為(書くこと)はし続けるつもりであるから、そのためにパソコンだけは持った。日本で仕上げるつもりの書き物もそのままで出かけよう。もしも書き続けたければ、スー族の日々でも書けるし、それこそが書きたいものだろうから。

そうすると、持ち物を極限にまで減らしていた前回のサンフランシスコ行きの時よりさらに少なくなった。私は、残ったもので使えるものや書籍などは、ダンボールに詰め、母が晩年を過ごした老人ホームに送ることにした。もちろん、その作業は、今日一日かかるだろうし、明日になってしまうかもしれない。ただ一刻でも早く彼女に合流したい、そう思ったが、その作業こそが彼女との新しいつながりを作り始めると感じてもいた。

掃除と荷作りに夢中になっているとたちまち午前中が消えた。冷蔵庫に残っていたものを口に入れ、コーヒーを飲んでいると、「ユー　ガット　メール」というパソコンから声が聞こえた。私は到着を知らせる彼女からのメールを何気なく読んで、そして声をだして読み直し、英語が不確かで誤解してはいけないと思って、紙に書き出し、その文章を文字通りにきちんと訳そうとした。もちろん最初の一読で意味はわかった。何も難しいことは書いていなかった。

「先ほどアパートに戻りました。いろいろありがとうございました。離陸の時まで手を振っていただきましたが、涙で滲んでしまってはっきりとは見えませんでした。人生で最も素晴らしい旅、しかも憧れの旅ができましたこと、あなたに感謝しています。私たちの子供も私たちに感謝しているでしょう」

ということが大半の文章だったが、問題は後半だった。

「やはり命より愛が大事ですね。あなたのお出でを待っています、ありがとう」

この文章の前に、私が英語力を疑い、彼女の綴(つづ)りの間違いを疑い、それがいずれでもないこと、また辞書で確かめてもそうであった時、私は、凄まじい目眩(めまい)を感じてソファーに倒れこんだ。

そこまで私を驚かせたのは、彼女が何気なく書いているように見える一行だった。そこには、「私のポケットに入っていた、three petals of the cherry blossomsに私たちの夢の実現を見ます」と書かれてあった。三枚の桜の花弁という具体的な書き方、そしてそれがポケットに入っていたということである。彼女がまだ夢をみているのかもしれない。あの桜の花びらに埋もれた印象が強烈で、あの幻覚があたかも実際の物質化だったような錯覚を抱いているに違いない。しかし、それならポケットに入っていたと書くことはない。胸のポケット、それは心のポケットを意味するのだろう。それならば三枚って書くことはない。沢山の花びらに夢の実現を見ればいい。

私は倒れこんだソファーでそれだけ考えると、もう頭は沸騰していた。

そんな馬鹿なことがあるものか……しかし、帰り道、どこにも桜の木はなかったし、桜の開花宣言は沖縄だけで、九州にさえ上陸していなかった……私たちが現実に桜の花弁を目にしたのは、あの剣山の幻覚症状の中だけだ……集団催眠の中だった証拠は、あとの花火にもある……数万発とも言える膨大な花火があんな山上で、しかも真昼間に見られるはずがない……私の頭はそれが彼女の文章上の比喩であると結論付けた。

だが、そう結論づけたはずが、またたくまに違った考えが湧き上ってきた。「もしも、彼女の洋服のポケットに花びらが三枚入っていたとしたら、私たちはあの桜を幻覚したのではなくて、実際に物質化した桜を目にしていたのだ……そんなことはありえない……もし、彼女のポケットの中の花びらが本物だとしても、昨年にどこかワシントンのポトマック河畔など桜並木のあるところや、ロス・アンジェルスのリトル東京の日本人町の桜の木のそばで偶然に入ったものだろう……見れば、桜の花びらの形はしていても、昨日入ったように、薄い緋色ではなくて、茶色に汚れたものだろう……そうかもしれない」と思いつつも、その考えに、誰よりも私が納得していなかった。

私は、「まさか」「絶対そんなことはありえない」とぶつぶつ口にしながらも、足はクローゼットに向かっていた。クローゼットを開けて、昨日まで着ていた上着を取り出して、鑑識課の警察官のように、そっと光の溢れる部屋まで運んだ。そして、広げた紙の真上で洋服を逆さにして、振ってみた。

すると確かに胸のポケットから、白いものが零れ落ちた。紙の上で、見事に桜色を見せる花びらであった。さらに激しく洋服を振ると、ひらり、ひらりと二枚の花弁が落ちてきた。三枚の桜の花弁が光を受けて、昨日そのままに艶やかにあった。

私は立ち尽くしていた。音が部屋の外で遮断され、微かに聞こえていた時計の音も消え、私は無音の中で、全く動くもののない世界で、身じろぎもせず立ち尽くしていた。地球の中心から大地を突き抜けて、熱いものが足元に辿り着いて、次第に足元から体を遡ってくるようにカーと体が燃え上がったと思った瞬間、愛が桜を生み出したように、全身を燃え上がらせるような熱いものが言葉に紡がれた。

「あぁ、やっぱり、命より、愛が大事なんだ」

【了】

人間(にんげん)の進化(しんか)

―愛より命が大事だなんて
誰にも言わせない―

伊吹龍彦(いぶきたつひこ)

明窓出版

平成十九年三月三〇日初版発行

発行者――増本　利博

発行所――明窓出版株式会社

〒一六四―〇〇一二
東京都中野区本町六―二七―一三
電話　（〇三）三三八〇―八三〇三
FAX　（〇三）三三八〇―六四二四
振替　〇〇一六〇―一―一九二七六六

印刷所――株式会社　シナノ

ISBN978-4-89634-206-2

ホームページ http://meisou.com

『単細胞的思考』

上野霄里（ショウリ）著　定価　三七八〇円

『**単細胞的思考**』の初版が世に出たのが昭和四四（一九六九）年、今年でちょうど三〇年目になる。以来数回の増刷がなされたが、今では日本中どこの古本屋を探してもおそらく見つかるまい。理由は簡単、これを手にした人が、生きている限り、それを手放さないからである。大切に、本書をまるで聖書のように読み返している人もいる。

この書物を読んで、人間そのものの存在価値に目醒めた人、永遠の意味に気づいた人、神の声を嗅ぎ分けることのできた人たちが、実際に多く存在していることを私が知ったのは、今から一〇年ほど前のことである。

衆多ある組織宗教が、真実に人間を救い得ないことを実感し、それらの宗教から離脱し、唯一個の人間として、宗教性のみを探求しなければならないという決意を、私が孤独と苦悩と悶絶の中で決心したのもその頃であった。これは、私の中で、すでにある程度予定されていたことなのかもしれない。——後略

中川和也論

地球（ガイア）へのラブレター

～意識を超えた旅　西野樹里

そして内なる旅は続く……。すべての人の魂を揺さぶらずにはおかない、渾身のドキュメンタリー。

内へと、外へと、彼女の好奇心は留まることを知らないかのように忙しく旅を深めていく。しかし、彼女を突き動かすものは、その旅がどこに向かうにせよ、心の奥深くからの声、言葉である。

リーディングや過去世回帰、エーテル体、瞑想体験。その間に、貧血の息子や先天性の心疾患の娘の育児、そしてその娘との交流と迎える死。その度に彼女の精神が受け止めるさまざまな精神世界の現象が現れては消え、消えては現れる。

そうした旅は、すべて最初の内側からする老人の叱咤の声に始まっている。その後のいろいろな出来事の記述を読み進む中で、その叱咤の声が彼女の守護神のものであることが判明する。子供たちが大きくなり、ひとりの時間をそれまで以上に持てるようになった彼女には、少しずつ守護神との会話が増えていき、以前に増して懐かしく親しい存在になっていく……。

惑星の痛み／リーディングと過去世回帰／命のダンス／瞑想／命の学び／約束／光の部屋／土気色の馬面／孤軍奮闘／地球へのラブレター／内なる旅 ／過去との遭遇／アカシック・レコード／寂光院／喋る野菜／新しい守護神／鞍馬の主／進化について／滝行脚／関係のカルマ（目次より抜粋）　定価1500円

エンジェル ノート
～自分に目覚める

田中眞理子

幸せな現実を作っていくには？
自分の内にあるとてつもない価値に目覚めるとは？
日常の喧噪を離れ自らの内側を見つめる時、
気づくこと、分かることがある。
考え方や見方を少し変えるだけで見つけられる、
幸せへの大きなステップ。

中学二年生の秋に親友の繭子（まゆこ）を失った在麗（あり）はそう思うようになる。繭子は在麗から見るとすごく不幸の筈なのだが、繭子はすいすいとその苦しみを通り過ぎていくようにみえた。

そんな繭子の生き方が在麗に残してくれた一冊のノートに記されていた。

最初の頃は繭子のメッセージをなかなか理解できない在麗だったが、次第に色々なことがはっきりと分かるようになった。その時から在麗の生き方は変わり、その事によって母親との関係も今までになく良いものへと変化していく。

自分の価値、生きることへのすばらしさを見出し、本当に自分が幸せに生きることのできるこつをつかんだ在麗は……。

定価1365円

男女平等への道

古舘　真

定価　一三六五円

これまで性差別に関しては、「男が加害者で、女が被害者」と言われてきた。しかし、私は男に生まれて得したと思った事は一度もない。恐らく、そのように思っている男性は、私以外にも大勢いるだろう。

私は欧米のフェミニズムに対しては高い評価をしている。しかし、日本でフェミニストと称している女性には似非フェミニストもいる。本来、フェミニズムの目的は男女平等であった筈だ。それが、損をした女性の愚痴や金儲けの手段、あるいは男性に対する復讐になっているような極端な例が見受けられる。女性の解放は目的から外れ、女性学自体が存在目的になってしまった例もある。

私は、女性の解放が男性の解放につながり、男性の解放が女性の解放につながると思っている。両方を同時に進めなければ意味がない。怖いおばさんが喚くだけでは、何の解決にもならない。